Doris Oetting

Das Haus auf Föhr

Handlung und Figuren dieses Romans entspringen der Phantasie der Autorin. Ebenso die Verquickung mit tatsächlichen Ereignissen. Darum sind eventuelle Übereinstimmungen mit lebenden oder verstorbenen Personen zufällig und nicht beabsichtigt.

9. Auflage 2025

©Prolibris Verlag Rolf Wagner, Rasenallee 23 d, 34128 Kassel
buero@prolibris-verlag.de
Titelbild: © Jürgen Nickel, Fotolia.com
Schrift Linux Libertine
Druck: OSDW AZYMUT Sp. z o. o., Daimlera 2, 02-460 Warszawa, Polen
ISBN: 978-3-95475-182-2

www.prolibris-verlag.de

Doris Oetting

Das Haus auf Föhr

Inselroman

Prolibris Verlag

Die Autorin

Doris Oetting, geboren 1970, lebt im ostwestfälischen Minden. Sie arbeitet hauptberuflich im Vertriebsmarketing der EDEKA Minden-Hannover und freiberuflich als Autorin von Kurzgeschichten und Romanen. Im März 2016 veröffentlichte sie ihren ersten Roman, der überwiegend in Travemünde spielt. Nach diversen Kurzgeschichten für Anthologien erschien 2018 „Das Haus auf Föhr". 2020 folgte der Krimi „Kalte Liebe in Cuxhaven", der sich mit dem Thema Stalking beschäftigt. Mit den Inselkrimis „Die Föhr-Affäre" (2022) und „Das Föhr-Geheimnis" (2023) kehrte Doris Oetting auf ihre Lieblingsinsel zurück.

Mehr Informationen über die Autorin unter:
www.doris-oetting.de

Für Rainer

Teil I

März 1968 bis November 1969

1

Hafen von Le Havre, MS Bodenstein

Er wusste, dass die Kollegen hinter seinem Rücken über ihn tuschelten und lachten und ihm den Spitznamen Emi, als Abkürzung von Eremit, gegeben hatten. Seine blasse Haut und die eher hagere Statur hatten ihren Teil dazu beigetragen. Er war sich der schiefen Blicke bewusst, die ihm die anderen zuwarfen, wenn sie an ihm vorbeigingen. Oft schnappte er Teile ihrer Unterhaltung auf, wobei »Eigenbrötler«, »Bücherwurm« und »komischer Kauz« die harmlosesten Titel waren, die sie für ihn fanden.

All das machte ihm nichts aus, denn sie waren ihm genauso egal wie er ihnen. Und sie hatten ja Recht, er lebte tatsächlich wie ein Einsiedler hier an Bord. Er war nun mal lieber allein, auch wenn Einzelgänger es als Teil einer Schiffsbesatzung schwer hatten. Alles war auf Kameradschaft ausgerichtet. Das musste so sein, die Abläufe funktionierten sonst nicht reibungslos.

Soweit es seinen Job betraf, hatte Emi kein Problem damit, sich einzufügen. Aber außerhalb der Dienstzeiten hielt er nicht viel vom ständigen Miteinander. Wenn seine Schicht als Ingenieur im Maschinenraum zu Ende war und er gegessen hatte, zog er sich sofort in seine Koje zurück, um zu lesen oder zu schlafen. Manchmal, bei schönem Wetter, suchte er sich ein Plätzchen an Deck und tauchte ein in die Welt der wenigen Bücher, die er mitgenommen hatte und immer wieder las. Ab und zu kaufte er sich auch im Hafen eine Tageszeitung, um darüber informiert zu sein, was in der Welt um ihn herum so geschah. Und es geschah viel. Die Tschechoslowakei bemühte sich unter Alexander Dubcek um Demokratie, und die Lage spitzte sich gefährlich zu. In Amerika kämpfte Martin Luther King um mehr Akzeptanz der schwarzen Bevölkerung und in Berlin und Paris bestimmten Studentenaufstände die Schlagzeilen. Reden konnte er darüber allerdings hier an Bord mit niemandem.

Als Emi vor knapp einem Jahr, Ende April 1967, auf dem Lloyd-Frachter MS Bodenstein angeheuert hatte, war für ihn damit ein Traum in Erfüllung gegangen. Jahre zuvor war es noch leicht gewesen, Arbeit auf einem der vielen Schiffe zu bekommen, die zur wachsenden deutschen Handelsflotte gehörten. Der Krieg hatte personelle Engpässe geschaffen, immerhin fehlte fast eine ganze Generation. Inzwischen gab es wieder genug gut ausgebildete Nachwuchs-Nautiker und –Ingenieure, die auf einem Schiff des Norddeutschen Lloyd anheuern wollten, denn die Flotte galt als eine der modernsten der Welt.

Nachdem Emi ein Mitglied der Besatzung der MS Bodenstein geworden war, hatte er sich anfangs bemüht, Anschluss zu finden und sich in die Gemeinschaft einzufügen. Es war für alle Beteiligten eine Quälerei. Er unterschied sich in seinem Denken und seinen Interessen zu sehr von den Kollegen, die nach dem Ende ihrer Schulzeit kein Buch mehr aufgeschlagen hatten. Dienstfreie Zeit bedeutete für sie, Karten zu spielen und Bier zu trinken. Wenn sie sich überhaupt einmal über das aktuelle Zeitgeschehen unterhielten, drehte sich alles um die Fußball-Europameisterschaft, die im Sommer in Italien stattfinden würde. Alle fragten sich, ob es den Italienern wohl gelingen würde, den Titel im eigenen Land zu holen. Emi war das völlig egal. Es gab in der Welt weitaus drängendere Fragen.

Sobald das Schiff irgendwo im Hafen lag, ging Emi an Land spazieren, während die anderen Männer zwielichtige Kneipen oder Bordelle aufsuchten. Auf beides konnte er gut verzichten. Heute war er beim Landgang wieder allein unterwegs gewesen. Er war ein bisschen in der Umgebung des Hafens herumgelaufen und hatte in einem gutbürgerlichen Gasthaus ein deftiges Abendessen zu sich genommen. Dann war er langsam zum Schiff zurückgegangen. Gegen elf Uhr erreichte Emi die MS Bodenstein, die wirklich ein imposanter Anblick war.

Emi hatte seit seiner Jugend auf einem Handelsschiff fahren wollen, aber nie den Traum gehabt, Kapitän zu werden. Seine Welt war der Maschinenraum. Er liebte das kraftvolle Stampfen des Motors, ohne den das Schiff keine einzige Seemeile zurücklegen konnte. Im Fall der MS Bodenstein war es ein Achtzylinder-Diesel MAN Vulkan mit 9000 PS. Dieser bärenstarke Motor ermöglichte eine Dienstgeschwindigkeit von 17,5 Knoten. Emi genoss das gleichmäßige Hämmern der Kolben, das sich wie ein Herzschlag anhörte und trotz des Lärms eine beruhigende Wirkung auf ihn hatte. Wegen der Lautstärke der Maschinen war bei der Arbeit keine Unterhaltung mit den Kollegen möglich, so dass seine schweigsame und zurückgezogene Art dort kein Problem darstellte.

Als Emi sich jetzt satt, zufrieden und müde der Gangway näherte, sah er in einiger Entfernung einen Mann mitten über das Hafengelände gehen. Torkeln war allerdings der weitaus passendere Ausdruck, denn die Person war zweifellos sturzbetrunken. Emi erkannte trotz des spärlichen Lichts und der dunklen Kleidung des Mannes, dass es sich um den Kapitän der MS Bodenstein, Deik Hansen, handelte, obwohl er die Kapitänsmütze nicht trug.

Emi überlegte, was er tun sollte. Bei jedem anderen hätte er nicht gezögert, dem armen Tropf, der da zu tief ins Glas geschaut hatte, zu helfen, wohlbehalten in seine Koje zu gelangen. Beim Kapitän war das nicht so einfach. Alle wussten zwar, dass der Mann zu viel trank, aber niemand wagte es, das auszusprechen. Deik Hansen wäre nicht glücklich darüber, wenn ihn einer seiner Untergebenen ins Bett brächte. Von Dankbarkeit ganz zu schweigen.

Emi beschloss, sich nicht einzumischen und sich dieses drittklassige Schauspiel nicht länger anzusehen. Er wandte den Blick ab und ging mit schnellen Schritten auf das Schiff zu. Als er den letzten Abschnitt der Gangway erreicht hatte und die MS Bodenstein durch die geöffnete Luke betreten wollte, hörte er hinter sich ein Hupen. Sofort drehte er sich um und sah einen LKW über das Gelände rasen, direkt auf Deik Hansen zu. Der sah sich irritiert um und schien keine Ahnung zu haben, was der Lärm zu bedeuten hatte. Der Fahrer des LKW bremste scharf, aber es war zu spät. Der Wagen erfasste den Kapitän, der wie festgewachsen stehen geblieben war, mit voller Wucht. Er flog durch die Luft und landete ein paar Meter entfernt auf dem Asphalt, wo er reglos liegen blieb. Der Unglücksfahrer hielt an, doch er stieg nicht aus. Und nach wenigen Sekunden gab er Vollgas und verließ den Unfallort und sein hilfloses Opfer.

2

Hafen von Le Havre

Deik Hansen lag flach auf dem Rücken und zitterte am ganzen Körper. Schwere Wolken zogen über den Nachthimmel und verbargen den Blick auf die Sterne.

Er versuchte, sich zu bewegen, aber es gelang ihm nicht. Bestimmt hatte er sich zahlreiche Knochenbrüche zugezogen, er wollte gar nicht wissen, wie viele. Sein Kopf fühlte sich an, als würde darin mit einem Presslufthammer gearbeitet, und Blut sickerte aus einer Wunde an der linken Schläfe, mit der er hart auf dem Asphalt aufgeschlagen war.

Das Schlimmste jedoch waren die stechenden Schmerzen, die ihn bei jedem einzelnen Atemzug durchfuhren, als würde jemand ein Messer in seinen Eingeweiden herumdrehen. Er war kein Arzt und verfügte nur über bescheidene medizinische Kenntnisse, aber ihm war klar, dass nur schwere innere Verletzungen der Grund für diese beinahe unerträglichen Qualen sein konnten.

Er versuchte, flach zu atmen, doch das nützte nichts. Er schloss die Augen und hoffte darauf, das Bewusstsein zu verlieren, um für kurze Zeit verschnaufen zu dürfen. Die Hoffnung erfüllte sich nicht. Sein Körper verweigerte ihm den Gehorsam, sein Geist blieb leider wach. Vermutlich hatte er das der beachtlichen Menge Alkohol zu verdanken, die er im Laufe des Abends in der schäbigen Hafenkneipe zu sich genommen hatte. Eine üble Spelunke, aber wen interessierte das schon?

Ihn jedenfalls nicht. Ihn interessierte nur, dass der Wirt unaufgefordert sein Glas nachfüllte.

Er war das, was man im Volksmund einen typischen Quartalssäufer nannte. Oft trank er monatelang nicht einen Tropfen, um anschließend mehrere Tage durchzusaufen. Wenn es gut lief, fiel die Trinkphase in einen Hafenaufenthalt, denn dann konnte er bei den Landgängen unbeobachtet saufen. Auf dem Schiff aber musste er sich enorm zusammenreißen, damit die Besatzung tagsüber keinen Verdacht schöpfte, wenn er als ihr Kapitän auf der Brücke des Frachters die Kommandos gab. Den Zutritt zu seiner Kajüte, in der er einen Vorrat an Rum oder Wodka versteckte, hatte er strikt untersagt. Noch nie hatte es einer der Männer gewagt, sich über seinen Befehl hinwegzusetzen. Sie wussten, warum.

Zu Hause bei seiner Familie verbrachte er zum Glück wenig Zeit, so dass er die Saufgelage bisher vor seiner Frau hatte geheim halten können. Nicht, dass ihn ihre Meinung sonderlich interessierte, aber er verzichtete gerne auf das zu erwartende Gezeter und ging solchen Konflikten lieber aus dem Weg. Seine Frau erfuhr, was sie unbedingt wissen musste, und was und wie viel das war, bestimmte er ganz allein.

Er hatte Rike vor neun Jahren geheiratet, weil sie einen wohlgeformten Körper, ein hübsches Gesicht und ein zurückhaltendes Wesen hatte. Und weil all das in genau dieser Reihenfolge für ihn wichtig war. Dass sie nicht besonders klug war und sich für nichts interessierte, was nicht direkt vor ihrer Haustür passierte, hatte ihn nie gestört. Wer wollte sich schon mit einem Weibsbild über das politische Weltgeschehen unterhalten? Bestimmt war ihr in ihrer beschränkten Welt und ihrem noch beschränkteren Kopf völlig entgangen, dass US-Soldaten vor wenigen Tagen, am 16. März, in einem vietnamesischen Dorf unzählige Zivilisten erschossen hatten. Dabei demonstrierten die eigenen Landsleute längst in Scharen auf Straßen und Plätzen und protestierten gegen den Vietnamkrieg. An Rike gingen solche Geschehnisse meistens unbemerkt vorbei, aber sie zog seine Söhne groß und hielt sein Haus in Ordnung, und das war auch alles, wofür er sie brauchte. Außerdem war sie bis über beide Ohren in ihn verliebt, was ihm schmeichelte, wenn es ihn auch nicht sonderlich überraschte. Er liebte sie nicht, allerdings war die Auswahl an ansehnlichen und heiratsfähigen Mädchen in seinem Heimatort Nieblum auf der Nordseeinsel Föhr nicht groß gewesen. Rike hatte ihn also mehr aus Mangel an Konkurrenz für sich gewinnen können.

Die Familie war ihm sowieso weitestgehend egal. Alles, was er je gewollt hatte, war, Kapitän zu sein. Wie sein Vater, sein Großvater und seine übrigen männlichen Vorfahren bis zurück in die Zeiten des Walfangs.

Noch einmal versuchte er, sich zu bewegen, aber es gelang ihm wieder nicht. Die Schmerzen schienen von überallher zu kommen, er hätte auf die Frage, wo es weh tut, nicht antworten können. Allerdings fragte ihn sowieso niemand. Er war allein und so hilflos wie zuletzt wohl als Baby.

Er hatte keine Ahnung, wie lange er hier schon lag, jegliches Zeitgefühl war ihm abhandengekommen. Es hatte angefangen zu regnen, und die Tropfen, die ihm auf das Gesicht prasselten, vermischten sich mit dem Schweiß, der ihm auf der Stirn stand. Die Kopfwunde blutete immer noch und in seinem Körper breitete sich ein Taubheitsgefühl aus. Er wusste instinktiv, dass es eng für ihn wurde, wenn nicht bald Hilfe kam.

Zu Hause lagen seine beiden Jungen jetzt in ihren Betten und schliefen. Rike wahrscheinlich auch, denn sie war mit dem dritten Kind schwanger und am Ende eines Tages erschöpft. Die Jungen waren jetzt acht und fünf Jahre, und weiterer Familienzuwachs war nicht geplant gewesen. Die ersten Schwangerschaften hatten an Rikes Körper ihre Spuren hinterlassen, so dass es inzwischen eine seiner leichtesten Übungen war, sich im Ehebett zurückzuhalten. Natürlich hatte ein Mann Bedürfnisse, aber die wurden in jedem Hafen der Welt bereitwillig bedient. Und zwar ohne übertriebene Erwartungen in Sachen Zärtlichkeit oder Einfühlungsvermögen.

Nach dem Dorffest im vergangenen August hatte es ihn aber doch einmal überkommen. Sturzbetrunken war er über Rike hergefallen. Ihre Gegenwehr und ihr Gewimmer hatte er ignoriert. Eine Frau musste schließlich dafür sorgen, dass es ihrem Mann gutging und er bekam, was er brauchte. War das etwa nicht schon zu allen Zeiten so gewesen? Und bei diesem ausschließlich triebgesteuerten Akt war das Kind entstanden, das in zwei Monaten, im Wonnemonat Mai, geboren würde.

Komisch, eigentlich dachte er fast nie an seine Familie in Nieblum. Was war denn los mit ihm? Er erkannte sich selbst kaum wieder. Sein Zuhause war die MS Bodenstein und sein Leben war das geschäftige Treiben an Bord oder in den Häfen. Alles, was er brauchte, waren das Schiff und eine Besatzung, die bedingungslos seine Befehle befolgte. Frau und Kinder hatte er, weil es dazugehörte. Ehemann und Vater war er nur nebenbei. Er war Kapitän, und was konnte es Besseres geben?

Inzwischen fühlte sich sein Körper an, als würde er nicht mehr zu ihm gehören, und der Kopf, als sei er mit Watte gestopft. Er nahm um sich herum keine Geräusche wahr, aber vielleicht waren da auch keine. Wenigstens wurden durch das taube Gefühl die Schmerzen erträglicher, so dass es ihm gelang, seine Lage ein bisschen zu verändern. Er öffnete die Augen und drehte den Kopf leicht in die Richtung, in der er das Schiff vermutete.

Da lag sie, die MS Bodenstein. Groß und stolz ragte der Frachter des Norddeutschen Lloyd an der Kaimauer empor. Vor mehr als elf Jahren, am 29. Dezember 1956, hatte die Reederei das Schiff von der Werft übernommen. Und seit nun knapp drei Jahren hatte er an Bord das Sagen.

Sein Blick blieb an der Gangway hängen, die über ihm aufragte. Und plötzlich erinnerte er sich daran, dass er auf dem Weg zurück aufs Schiff gewesen war. Da die Besatzung von Bord gegangen war, hatte er eine Runde an Deck spazieren gehen wollen, um danach in die Koje zu fallen und seinen Rausch auszuschlafen.

Tagsüber ließ er sich fast nie an Deck blicken. Sein Revier war die Brücke, die Kommandozentrale.

Die Ingenieure sagten, die Maschine sei das Herz eines Schiffes, und das stimmte. Aber die Brücke mit all ihren Knöpfen, Schaltern und Hebeln war das Gehirn. Und er allein hatte dort das Sagen.

»Kapitän Deik Hansen«, murmelte er vor sich hin, um sich ein bisschen von den Schmerzen abzulenken. Es klang sogar in dem jämmerlichen Zustand, in dem er sich befand, wie Musik in seinen Ohren. Seitdem er denken konnte, hatte er gewusst, dass er eines Tages Kapitän sein würde.

Was hatte sein Vater gesagt? »In jeder Familie gibt es Schwächlinge, die es zu nichts bringen, aber von denen abgesehen, sind wir Kapitäne. Nichts als Kapitäne.«

Seine Mutter hatte gehofft, dass er einen anderen Beruf wählen und an Land bleiben würde. Frauen waren nun mal schwach. Sie hatten ständig vor irgendetwas Angst, wollten Ruhe und Beständigkeit, scheuten das Risiko. Der Vater hatte ihm beigebracht, dass ein Mann, der seinen Weg klar vor sich sah, auf die Meinung der Weiber nichts geben durfte. Also hatte er sich nur auf sich konzentriert und nun war er Kapitän Deik Hansen. Niemals hätte er sich mit weniger zufriedengegeben.

Eine Welle des Schmerzes überflutete ihn und er stöhnte gequält auf. Um sich erneut abzulenken, richtete er den Blick so gut es ging wieder auf die MS Bodenstein.

Der Frachter, eines von insgesamt sechsunddreißig Schiffen des norddeutschen Lloyd, hatte eine Länge von 152 Metern, eine Größe von rund 5800 Bruttoregistertonnen und eine Tragfähigkeit von 8000 Tonnen. Ihre Fahrten gingen von Bremen über Hamburg, Antwerpen und Amsterdam zunächst bis zur Karibikinsel Aruba.

Auf der Insel der Niederländischen Antillen gab es viele Raffinerien, so dass dort Brennstoff für die Reise gebunkert werden konnte.

Wenn der Frachter mit genügend Dieselkraftstoff für den Schiffsantrieb und Lebensmitteln für die Verpflegung der 44 Besatzungsmitglieder ausgestattet war, ging die Fahrt weiter. Durch den Panamakanal nach Los Angeles und San Francisco bis hinauf nach Vancouver und zurück nach Europa. Eine solche Fahrt dauerte ungefähr drei Monate.

Die Ladung der MS Bodenstein bestand bei der Ausreise aus Kinderspielzeug, Maschinenteilen, Traktoren oder Autos. Auf der Rückreise nach Bremen transportierte sie Baumwolle,

Holz, Getreide, Kaffee oder Tabak. Dass sie hier in Le Havre vor Anker lagen, war eine Ausnahme und normalerweise nicht Teil ihrer üblichen Routen, aber was machte das schon? Kneipen und Huren gab es überall auf der Welt und sie unterschieden sich kaum voneinander.

Das Auslaufen der MS Bodenstein war für den nächsten Tag um die Mittagszeit geplant. Die Hauptmaschine brauchte vier Stunden, um ihre notwendige Betriebstemperatur zu erreichen, er musste das Kommando also gegen acht Uhr morgens von der Brücke aus geben. Zeit genug, um bis dahin einen klaren Kopf zu bekommen.

Mit diesen Gedanken war er nach seinem Landgang auf das Schiff zugegangen. Plötzlich hatte er ein Hupen gehört und sich verwirrt umgesehen. Wie aus dem Nichts war ein Lieferwagen direkt vor ihm aufgetaucht und auf ihn zugerast. Es hatte ausgesehen, als säße gar kein Fahrer in dem Wagen, aber vielleicht war einfach ein nahezu unsichtbarer Schwarzer am Steuer. Davon gab es in Frankreich viel mehr als in Deutschland, denn das hatte seine Kolonien in Afrika ja schon nach dem Ersten Weltkrieg verloren. Sein Großvater war Kapitän auf einem Frachtschiff gewesen, das Kautschuk und Elfenbein in unvorstellbaren Mengen aus Deutsch-Ostafrika transportiert hatte. Der hatte immer schon vor diesen Untermenschen gewarnt. Und jetzt war er von einem Neger angefahren worden.

Alles war blitzschnell gegangen. Bevor er reagieren und zur Seite springen konnte, hatte ihn der Wagen erfasst und durch die Luft geschleudert. Schlagartig fühlte er sich nüchtern, als er auf dem harten Boden landete.

Zuerst spürte er keinen Schmerz. Noch mal Glück gehabt, war sein erster Gedanke. Der zweite war, dass der Idiot da in dem Auto jetzt sein blaues Wunder erleben würde. Dann setzten die Schmerzen ein, und er erkannte, dass es ihn wohl doch schwer erwischt hatte. Er musste abwarten, bis der LKW-Fahrer oder sonst jemand sich um ihn kümmerte. Er lauschte angestrengt. Waren da Stimmen? Oder Schritte, die sich ihm näherten? Oder eine Autotür, die zugeschlagen wurde, weil der Unfallfahrer sich endlich auf den Weg zu dem Opfer machte? Aber alles, was er tatsächlich hörte, war das Quietschen der Räder, als das Auto davonraste. Weit und breit war niemand aufgetaucht, um sich um ihn zu kümmern.

Er versuchte, nicht in Panik zu geraten. Spätestens bei Anbruch des Tages würden sie ihn hier finden. Wenn der Hafen in den Morgenstunden zum Leben erwachte und alle an ihre Arbeit gingen, würden sie sehen, was passiert war. Und sie würden sich darum drängeln, ihm zu helfen. Ein Kapitän, der seine Männer im Griff hatte, war für sie der Master next God, und genauso war es auch bei ihm.

Wie lange würde es wohl noch dauern, bis sie ihn fanden? Er spürte, dass ihm nicht mehr viel Zeit blieb. Die Kopfwunde blutete immer noch, das Zittern verstärkte sich von Minute zu Minute und sein Blick wurde unscharf. Er schloss die Augen.

3

Nieblum

Sie saßen zusammen am Küchentisch. Links von Rike der achtjährige Sönke und auf ihrem Schoß der fünfjährige Fiete. Der Sturm, bereits der vierte in diesem Frühjahr, rüttelte heftig an den Fensterläden und heulte so laut, dass es sich anhörte, als hätte ein Rudel Wölfe vor dem Haus Stellung bezogen.

Vor über einer Stunde war der Strom ausgefallen, ausgerechnet in dem Moment, als im Radio »Massachusetts« von den Bee Gees lief. Rike liebte diesen Song, der bis zum Januar des Jahres auf Nummer eins in den Charts gestanden hatte. Schade, aber vielleicht spielten sie das Lied ja später noch mal, wenn der Sturm sich gelegt hatte und die Jungen in ihren Betten lagen.

Jetzt hieß es allerdings erst mal abwarten, bis das Wetter sich beruhigte.

Die Kerzen, die in der Mitte des Tisches standen, flackerten im Wind, der durch die Fensterritzen pfiff. Um das gespenstische Heulen des Sturms zu übertönen, hatte Rike ein Kinderlied nach dem anderen gesungen, aber jetzt fiel ihr keines mehr ein. Zum Glück war Fiete, der sich gefürchtet hatte, auf ihren Knien ruhig geworden, und damit das so blieb, saß Rike trotz ihres schmerzenden Rückens so still wie möglich.

In zwei Monaten würde ihr drittes Kind zur Welt kommen, und obwohl ihr Bauch kleiner war als bei ihren ersten beiden

Schwangerschaften, fühlte sie sich doch wie ein aufgeblasener Ballon.

»Mama, wann gibt's endlich Abendessen?«, fragte Fiete.

»Sobald wir wieder Strom haben«, antwortete sein Bruder an Rikes Stelle, »sonst funktioniert der Herd nicht, du Doofie.«

»Mama, der soll nicht Doofie zu mir sagen«, beklagte sich Fiete.

Rike legte ihm den Zeigefinger an die Lippen. »Sscht. Tu einfach so, als hättest du es nicht gehört.«

Fiete rutschte beleidigt von ihrem Schoß, weil er von seiner Mutter ein bisschen mehr Unterstützung erwartet hatte. Als der Wind draußen erneut aufheulte, überlegte er es sich aber sofort wieder anders und schmiegte sich an Rike.

»Jetzt ist der Sturm bald vorbei«, meinte Sönke zuversichtlich.

Rike lächelte. Deik war selten daheim, also hatte Sönke automatisch die Rolle des Mannes im Haus übernommen.

Sie hatte bei ihren Söhnen nicht das Gefühl, dass sie ihren Vater vermissten. Als Kapitän eines Frachtschiffs verbrachte Deik die meiste Zeit des Jahres auf See, so dass die Kinder ein Familienleben mit beiden Elternteilen kaum kannten.

Rikes Blick wanderte von Sönke zu Fiete. Die Jungen waren das genaue Abbild ihres Vaters. Sie hatten seine blonden Haare, die blaugrauen Augen, die etwas zu lange Nase und sein markantes Kinn geerbt. Rike hatte braune Augen und braune Haare, die sie meistens zu einem Zopf geflochten trug. Sie wünschte sich von Herzen, dass ihr drittes Kind ein Mädchen würde. Und dass die Kleine ihr ähnelte, denn sonst würden die Leute im Ort stutzig werden. Wenn die Tochter nach ihr käme, wären alle damit zufrieden, dass die Jungen aussahen wie der Vater und das Mädchen wie die Mutter. Sie ahnten ja nicht, wie oft Rike betete, dass die Kleine dafür aber vom Wesen her wie ihr Vater würde. So freundlich, so liebenswert und so anständig wie er. Und vollkommen anders als Deik.

Langsam verstummten vor dem Haus die Geräusche des Sturms. Sönke ging zum Lichtschalter und probierte aus, ob sie wieder Strom hatten. Tatsächlich spendete die Hängeleuchte über dem Tisch sofort ein gleißendes Licht. Rike und Fiete kniffen die Augen zu.

Rike seufzte. Mit dem Unwetter war auch ihre kurze Verschnaufpause vorbei. Nun musste sie den Jungen ihr Abendessen zubereiten und danach die Küche aufräumen. Und dann war da noch der kniehohe Stapel mit der Bügelwäsche, die im Korb neben der Tür auf sie wartete.

Als Rike gegen Mitternacht erschöpft in ihr Bett fiel, konnte sie trotz aller Müdigkeit nicht einschlafen. Immer wieder kreisten ihre Gedanken um ein und dasselbe Thema. Ihre Kinder hatten verschiedene Väter.

Deik hätte sie für ihren Ehebruch aus dem Haus gejagt und dafür gesorgt, dass sie ihre Söhne nie wiedersah. Und fast alle hier im Dorf hätten das verstanden und richtig gefunden. Zwar neigten sich inzwischen die Sechzigerjahre dem Ende zu, aber das engstirnige und einseitige Denken vieler Menschen leider noch nicht.

Zum Glück ahnte Deik nichts von ihrer Untreue, er war viel zu überzeugt, dass es kein anderer Mann mit ihm aufnehmen konnte. Er sah sich als absoluten Hauptgewinn an. Es war nicht zu fassen, dass Rike selbst das auch mal geglaubt hatte.

Nur ein einziger Mensch auf der Welt kannte ihr Geheimnis. Und dieser Mensch war der Vater ihres ungeborenen Babys.

Rike warf einen Blick auf ihren Wecker. Kurz nach zwei Uhr. Sie schwang die Beine aus dem Bett und ging hinüber zum Fenster. Draußen beleuchtete der Vollmond den Weg vor dem Haus. Es war, als hätte es den schweren Sturm vor ein paar Stunden nicht gegeben.

Rike erinnerte sich daran, was ihre Mutter ihr immer gesagt hatte, als sie ein kleines Kind war: Bei uns ist die Welt noch in Ordnung, weil wir hier auf der Insel leben. Die Menschen auf dem Festland machen sich immer um irgendetwas Sorgen. Aber Sorgen können nicht schwimmen, deshalb kommen sie nicht hierher und deshalb sind wir alle glücklich und zufrieden.

Rike massierte sich die schmerzenden Schläfen und lächelte wehmütig bei dem Gedanken an ihre Eltern, die einander und ihre einzige Tochter von Herzen geliebt hatten. Über ihre Enkelkinder hätten sich die beiden sehr gefreut. Aber über den Schwiegersohn? Rike war sicher, dass ihr Vater und ihre Mutter Deik nicht gemocht und versucht hätten, ihr die Heirat auszureden. Hätte sie auf ihre Eltern gehört? Vermutlich nicht. Sie war so verliebt gewesen. Vielleicht hätte sie sich sogar mit ihnen überworfen für diesen Mann, dem sie, das wusste sie heute, kaum etwas bedeutete.

Inzwischen waren Rikes Füße eiskalt und sie schlüpfte zurück unter die Bettdecke. Sie schloss die Augen, entschlossen, endlich einzuschlafen. Es gelang ihr nicht.

4

Hafen von Le Havre, MS Bodenstein

Von seinem Logenplatz oben auf der Gangway aus hatte Emi alles mit angesehen. Seine schweißnassen Hände umklammerten das Geländer, aus seinem Gesicht war vor Schreck jegliche Farbe gewichen. Dann, mit einem Ruck, setzte er sich in Bewegung und rannte die Gangway hinab und auf den Verletzten zu. Er kniete sich neben seinen Kapitän, der aus einer Kopfwunde blutete und die Augen geschlossen hatte. Der rechte Arm und das linke Bein lagen in unnatürlichem Winkel zum Körper, was auf komplizierte Knochenbrüche schließen ließ. Deik Hansen atmete nur flach und verzog jedes Mal schmerzverzerrt das Gesicht. Emis Anwesenheit schien er gar nicht wahrzunehmen.

Emi musste Hilfe holen. Sofort. Sich kümmern. Aber er stand nur wie versteinert da, während die Gedanken durch seinen Kopf wirbelten wie Staubkörner im Sonnenlicht. Er sollte einen Krankenwagen rufen, damit der Kapitän in eine Klinik gebracht und untersucht werden konnte. Wenn sich allerdings herausstellen würde, dass die Verletzungen nicht so schwer waren, wie es auf den ersten Blick schien, würde ihn der unnötige Aufwand nur wütend machen. Und dann würde Emi vorläufig keine ruhige Minute mehr an Bord haben, denn der Kapitän war für seine Art, die Männer nach Lust und Laune zu schikanieren, berühmt und berüchtigt. Außerdem würde jeder Arzt sofort feststellen, dass Deik Hansen betrunken war, was dieser ja unter allen Umständen geheimhalten wollte.

Und wenn die Verletzungen doch schwer und lebensbedrohlich waren? Was wäre, falls der Kapitän starb?

Emi erschrak über sich, als er sich bei der Überlegung ertappte, welche Chance sich daraus für ihn ergeben würde. Und diese Chance hatte nicht das Geringste mit seinem Beruf oder dem Schiff zu tun.

Emi sah sich vorsichtig um. Noch immer war kein Mensch zu sehen. In diesem Moment fasste er den Entschluss, den Kapitän sich selbst und seinem Schicksal zu überlassen. Ein einziges Mal wollte Emi sein eigenes Glück über alles andere stellen.

Er stand auf und entfernte sich Schritt für Schritt vom Ort des Geschehens. Wie ferngesteuert ging er auf die MS Bodenstein zu und die Gangway hinauf. Oben nahm er denselben Platz ein wie zuvor und begab sich erneut in die Rolle des Beobachters. Falls dies heute der letzte Tag im Leben von Deik Hansen sein sollte, dann konnte er es auch nicht ändern. Und falls nicht, sollte ihn doch jemand anderer retten.

Wenn das Schiff über Nacht im Hafen lag, gab es nur eine Wache an Bord. Alle übrigen Besatzungsmitglieder waren ausgegangen, um sich an Land zu vergnügen. Emi fragte sich kurz, warum der Wachhabende den Unfall nicht bemerkt hatte. Ein Blick auf seine Armbanduhr sagte ihm, dass es kurz vor Mitternacht war. Es dauerte sicher noch, bis die Männer vom Landgang zurückkamen.

Emi wischte sich den Schweiß von der Stirn und schloss für einen Moment die Augen, als könnte er auf diese Weise Ordnung in seine wirren Gedanken bringen. Als er den Blick wieder auf das Unfallopfer richtete, hatte sich an dem Bild, das sich ihm bot, nichts verändert. Lange stand er auf seinem Beobachtungsposten und verharrte ebenso reglos wie der Verletzte.

Eine Stunde später hörte Emi durch den Regen hindurch, der vorhin eingesetzt hatte, Stimmen, die langsam näherkamen. Er vermutete, dass die Besatzung der MS Bodenstein zurückkehrte von ihrem Landgang. Träge vom Essen, schläfrig vom Alkohol und befriedigt von Hafennutten würden sie in ihre Kojen fallen und in wenigen Minuten um die Wette schnarchen. Es war fraglich, ob sie den am Boden liegenden Kapitän bemerkten, denn er lag nicht direkt auf ihrem Weg, sondern abseits und komplett im Dunkeln.

Emi hatte absolut keine Lust, seinen Kollegen zu begegnen oder von ihnen gefragt zu werden, warum er hier herumstand. Mit einem letzten Blick auf Deik Hansen betrat er das Schiff und legte sich schlafen.

Nach wenigen Stunden, um fünf Uhr morgens, wurde Emi durch nervöses Stimmengewirr geweckt. Er hatte das Gefühl, erst vor ein paar Minuten eingeschlafen zu sein, weil sich die Bilder des vergangenen Abends nicht aus seinem Kopf vertreiben lassen hatten. Er setzte sich auf, schwang die Beine aus der Koje und lauschte. Aus dem Radio drang blechern das Lied »Judy in Disguise« an sein Ohr. Dieser nervtötende Song von John Fred & His Playboy Band wurde gerade auf allen Sendern rauf und runter gespielt, und die einigermaßen fröhliche Melodie stand in krassem Gegensatz zum Inhalt der Unterhaltung, die Emi Stück für Stück mitbekam.

»Ein Unfall?«

»Keiner weiß es.«

»Kapitän Hansen?«

»Ja, es heißt, er sei tot.«

»Verfluchte Scheiße.«

»Wer hat ihn gefunden?«

Alle redeten durcheinander, aber nach kurzer Zeit hatte Emi die bruchstückhaften Informationen zusammengesetzt.

Beim Dienstantritt um halb fünf hatte der Hafenmeister die Leiche von Deik Hansen entdeckt und die Polizei alarmiert. Dass der Kapitän des deutschen Frachters von einem Auto überfahren worden war, wurde anhand der Reifenspuren schnell ermittelt. Nun galt es, den Fahrer des Wagens zu finden und zu klären, ob wegen eines Unfalls mit Fahrerflucht, Totschlags oder sogar Mordes ermittelt werden musste. Allerdings wussten alle Beteiligten, dass der Eifer der französischen Beamten sich in Grenzen halten würde, da es sich um ein deutsches Schiff und auch um ein deutsches Todesopfer handelte.

5

Nieblum

Als Klaas Petersen, der Nieblumer Pfarrer, mitten am Vormittag zusammen mit zwei Polizisten vor ihrer Tür stand, wusste Rike sofort, dass etwas Schlimmes passiert sein musste. Väterlich legte er ihr den Arm um die Schultern, drängte sie sanft zurück ins Haus und lenkte ihre Schritte in die Küche. Die Polizeibeamten folgten ihnen.

Nachdem Rike sich gesetzt hatte, nahm der Pfarrer ihr gegenüber Platz, hielt ihre Hände und sagte:»Rike, du musst jetzt tapfer sein.«

Dann nickte er den Polizisten zu, die nahe der Küchentür stehen geblieben waren.

Der ältere der beiden räusperte sich und fragte:»Sind Sie die Ehefrau von Deik Hansen, dem Kapitän des zur norddeutschen Lloyd gehörenden Frachtschiffes MS Bodenstein?«

»Natürlich ist sie das, wären wir sonst hier?«, stieß Klaas Petersen hervor, dem es auf die Nerven ging, wie der Beamte sich an der Routine festhielt.

Rike nickte nur stumm.

»Ich muss Ihnen leider mitteilen, dass Ihr Mann in der vergangenen Nacht bei einem Unfall ums Leben gekommen ist.«

Nach seinen Worten hätte man in der Küche eine Stecknadel zu Boden fallen hören können. Die Polizeibeamten traten verlegen von einem Fuß auf den anderen, während Pfarrer

Petersen Rikes Hände immer noch festhielt, als wollte er ihr damit Halt geben.

Rike war wie benommen. In ihrem Kopf wirbelten unzählige Gedanken durcheinander.

Deik war tot? Gestorben bei einem Unfall? Das hieß, er kam nie mehr in dieses Haus, ihr Zuhause. Sie musste ihn nie wieder sehen. Nie wieder die Beleidigungen hören, die er ihr an den Kopf warf, weil er der Meinung war, dass sie einen Mann wie ihn nicht verdient hatte. Nie wieder die Grobheit ertragen, mit der er die Kinder anpackte, damit aus ihnen echte Kerle würden. Von den körperlichen Attacken auf sie selbst ganz zu schweigen. Nie wieder würde sie vor ihren Söhnen so tun müssen, als ob sie sich auf Deiks nächsten Heimaturlaub genauso freute wie sie. Nie wieder musste sie, wenn er zurück aufs Schiff ging, Tränen der Erleichterung weinen, die ihre Kinder für Tränen der Traurigkeit hielten.

Endlich konnte sie ihr Leben friedlich und ohne Angst mit den Kindern genießen.

Andererseits war sie nun in allen Dingen auf sich allein gestellt. Deik hatte vor vielen Jahren eine hohe Lebensversicherung abgeschlossen. Wenn dieses Geld jetzt zur Auszahlung kam, müsste sie sich finanziell keine Sorgen machen. Aber was, wenn die Versicherung nicht zahlte? Die fanden doch immer irgendein Haar in der Suppe, so dass der Versicherte leer ausging. Und dann? Wie sollte es dann weitergehen? Wo konnte sie das Baby unterbringen, wenn sie selbst arbeiten musste? Und wo könnte sie überhaupt Geld verdienen? Sie hatte ihre Ausbildung zur Arzthelferin damals kurz nach der Hochzeit abgebrochen, weil Deik der Meinung gewesen war, seine Frau brauche nicht zu arbeiten. Als sie dann ihr erstes

Kind erwartete, war das Thema ohnehin erledigt gewesen. Bliebe also nur eine Stelle als landwirtschaftliche Helferin oder als Bedienung in einem Lokal und Restaurant.

Es gab von nun an viel zu bedenken und zu überlegen. Gut, dass ihr nicht die Trauer den Sinn vernebelte, denn um Deik trauern oder ihn vermissen würde sie nicht.

Rike warf einen Blick auf die Küchenuhr. Kurz vor elf. Die Jungen kamen nicht vor ein Uhr aus der Schule. Ihr blieb also noch ein bisschen Zeit für sich allein.

Allein?

Sie entzog dem Pfarrer ihre Hände und legte sie auf ihren Bauch. Sie war nicht allein. Sie trug ihr drittes Kind unter dem Herzen. In acht Wochen würde es zur Welt kommen und damit den neuen Lebensabschnitt unterstreichen, der jetzt begann.

»Ich möchte Sie alle bitten, zu gehen«, sagte Rike, ohne die drei Männer anzusehen.

Die Polizeibeamten schienen erleichtert und verließen sofort die Küche. Sekunden später war zu hören, wie die Haustür geöffnet wurde und kurz danach wieder ins Schloss fiel.

Klaas Petersen erhob sich von seinem Stuhl, tätschelte Rike die Schulter und meinte: »Wenn ich irgendetwas für dich tun kann, lass es mich wissen. Du wirst einen Weg für dich und die Kinder finden und die Gemeinde wird für dich da sein. Kopf hoch, mein Kind.«

Rike nickte und begleitete ihn hinaus. Sie schloss die Haustür, lehnte sich von innen dagegen und atmete tief durch.

Mein Kind, hatte Pfarrer Petersen gesagt. Wie seltsam das klang, wenn man erwachsen und selbst Mutter war. Andererseits kannte der Pfarrer Rike wirklich seit ihrer Kindheit. Er hatte sie getauft und konfirmiert und ihr beigestanden nach dem Tod ihrer Eltern. Er hatte sie und Deik getraut und auch ihre beiden Söhne getauft. Rike hatte das Gefühl, dass der Pfarrer in ihr las wie in einem Buch – und deswegen war sie froh, jetzt allein zu sein.

Hafen von Le Havre

Jedes einzelne Besatzungsmitglied wurde befragt, aber niemand hatte etwas gesehen oder war in der Nähe des Tatortes gewesen. Die meisten Männer konnten sich gegenseitig Alibis geben, weil sie den Abend zusammen verbracht hatten. In einigen Fällen halfen die Damen des horizontalen Gewerbes bei der Frage, wo sich der ein oder andere Mann zur fraglichen Zeit aufgehalten hatte.

Als sich bei Emis Befragung herausstellte, dass er allein an Land gegangen war, wurde der Wirt des Gasthofes verhört, in dem Emi gegessen hatte. Dieser erinnerte sich an seinen Gast, aber nicht an die genaue Uhrzeit des Besuchs, also gab es nur Emis eigene Aussage, die nicht widerlegt werden konnte. Aber es gab keine Verdachtsmomente gegen ihn. Die Beamten wussten nicht weiter.

Am Dienstag, vier Tage nach dem Unfall, sofern es einer war, betrat der neue Kapitän, dem der Norddeutsche Lloyd das Kommando für die MS Bodenstein übertragen hatte, das Schiff. Die Reederei war verärgert über die Geschehnisse, in die der Frachter verwickelt war. Die zeitliche Verzögerung und die damit entstandenen Mehrkosten wirkten ebenfalls nicht stimmungsaufhellend, weshalb Kapitän Larsen nicht besonders entspannt seinen Dienst antrat. Unmissverständlich forderte er die Männer auf, sofort den Alltag und ihre Arbeit aufzunehmen.

Als die Behörden das Schiff weitere zwei Tage später zur Weiterfahrt freigaben, wurde es gegen Mittag von Schleppern aus dem Hafen gezogen, um endlich die nächste Etappe ihrer Reise anzutreten.

Die gesamte Besatzung war heilfroh, dass sich das Auslaufen nicht noch mehr verzögerte, denn es brachte Unglück, wenn ein Schiff an einem Freitag ablegte. Aberglaube war etwas, was alle Seeleute auch heutzutage noch gemeinsam hatten, weshalb sie sich stets gute Gründe zurechtlegten, eine Seereise nicht an einem Freitag beginnen zu müssen.

Emi erledigte wie immer seine Aufgaben an Bord und verbrachte, ebenfalls wie gewohnt, seine dienstfreie Zeit allein. Er hoffte darauf, mit jeder Seemeile, die sie zurücklegten, die Erinnerungen an die Unglücksnacht zu vergessen, an die Umstände von Deik Hansens Tod und vor allem die Rolle, die er selbst dabei gespielt hatte.

Frachter MS Bodenstein

Emi hockte auf dem Palaverdeck, auf dem die Männer sich in ihren Pausen und in der Freizeit oft aufhielten. Sie befanden sich auf der Fahrt durch den Panamakanal und kamen gut voran. Auf der MS Bodenstein wie auch auf den übrigen Lloyd-Frachtern gab es keine Klimaanlage, weshalb man bei hohen Außentemperaturen draußen an Deck am besten aufgehoben war.

Emi dachte über die jüngsten politischen Ereignisse nach, die so schnell passierten, dass man kaum folgen konnte. Vor zwei Wochen, am 4. April, war der Bürgerrechtler Martin Luther King in Memphis, Tennessee, erschossen worden. Falls John, das einzige farbige Besatzungsmitglied der MS Bodenstein, wegen dieser Meldung schockiert und traurig war, ließ er es sich jedenfalls nicht anmerken, und alle anderen interessierte die Nachricht ohnehin nicht.

Nur wenige Tage später hatte Emi aus den Nachrichten im Radio erfahren, dass auf Rudi Dutschke, den Wortführer der Berliner Studentenbewegung, ebenfalls geschossen worden war. Er hatte überlebt, aber die schweren Hirnverletzungen, die er erlitten hatte, würden ihn wohl für immer von der politischen Bildfläche verschwinden lassen. Was würde sich in seiner Heimat noch alles ereignen, bis er nach Hause kam, fragte Emi sich. Und während er den Blick in die Ferne schweifen ließ, wurde er langsam schläfrig.

Der Stapel Schiffstaue, an den er sich lehnte, verbarg ihn vor den Blicken der beiden Männer, die weniger als drei Meter von ihm entfernt standen und sich unterhielten. Es handelte sich um Nils, den Schiffszimmermann, und Mattes, einen der vier Leichtmatrosen. Sie sprachen leise, dennoch konnte Emi jedes Wort hören und verstehen, ob er wollte oder nicht. Und mit einem Schlag war er wieder hellwach.

»Der Funker hat's mir erzählt«, murmelte Nils verschwörerisch, »aber ich musste ihm hoch und heilig versprechen, dass ich's für mich behalte.«

»Aha«, antwortete Mattes, »und woher weiß er es?«

»Vom Zweiten Offizier höchstpersönlich. Weil der sich ihm anvertraut hat, mit dem isser befreundet.«

»Toller Freund, der gleich alles an dich weiterquatscht. Und du bist nicht besser.«

»Wenn du's nicht wissen willst, auch okay.«

»Doch«, gab Mattes, der Leichtmatrose, sich geschlagen, »also, raus damit.«

Das ließ Nils sich nicht zweimal sagen. »Sie haben den Leichnam vom Kapitän untersuchen lassen. Innere Blutungen hat er gehabt. Und daran isser dann gestorben.«

Mattes sah Nils verständnislos an und schwieg.

»Kapierste das nicht?«, staunte Nils. »Wenn sie ihn früher gefunden hätten, wäre er noch am Leben.«

»Hat ihn aber keiner gefunden, also spielt's doch keine Rolle mehr.«

»Das isses ja gerade.« Nils war noch nicht am Höhepunkt seiner Geschichte angelangt. »Der Zweite Offizier hatte Wache in der besagten Nacht. Er hat ein Hupen gehört, sich aber nichts dabei gedacht. Später hat er gesehen, wie jemand mitten auf dem Hafengelände hockte und sich über irgendwas beugte. Dummerweise trug er seine Brille nicht, deshalb konnte er nichts Genaues erkennen. Für ihn sah es aus, als hätte ein Mann seinen Koffer oder seinen Seesack neben sich abgestellt, um sich die Schuhe zuzubinden oder so. Jetzt überlegt er, ob das, was er gesehen hat, vielleicht der Kapitän und noch jemand anders gewesen ist. Denn derjenige wäre dann schuld am Tod vom Alten.«

»Wieso?«, fragte Mattes begriffsstutzig.

Nils verdrehte die Augen. »Na, weil er vielleicht gerettet worden wäre, wenn man sich sofort um ihn gekümmert hätte. Hat man aber nicht, und das ist unterlassene Hilfeleistung. Oder noch Schlimmeres.«

Mattes dachte einen Moment über Nils' Worte nach. »Was hat denn die Polizei dazu gesagt?«, wollte er dann wissen.

»Denen hat er das alles nicht erzählt, das ist doch klar. Der neue Kapitän erfährt sonst, dass er ohne Brille Wache geschoben hat, und das will er lieber nicht riskieren. Du weißt selber, dass auf schweres Wachversagen die Ablösung folgt. Und die fristlose Entlassung.«

»Dann wird wohl nie ans Licht kommen, was passiert ist und ob jemand den Kapitän hätte retten können«, fasste Mattes zusammen.

Nils nickte. »So sieht's aus. Aber der Zweite Offizier wird vorläufig bestimmt nicht besonders gut schlafen.«

Da ist er nicht der Einzige, dachte Emi, als die beiden sich vom Ort ihrer Unterhaltung entfernten und ihre Stimmen leiser wurden. Erst jetzt bemerkte er, dass er vor Anspannung die Luft angehalten hatte. Beim Ausatmen wurde ihm schwindelig. Er versuchte, seine Gedanken zu sortieren. Konnte er sich darauf verlassen, dass der Zweite Offizier bei seiner Entscheidung blieb, der Polizei nichts zu erzählen? Was wog für ihn schwerer? Die Angst vor den beruflichen Konsequenzen, wenn er auspackte, oder die Last auf dem Gewissen, wenn er schwieg?

Und was war mit Nils, dem Schiffszimmermann? Er war ein einfältiger Kerl, der selten etwas zu sagen hatte. Mattes hatte er schon eingeweiht, und wer wusste, wem er es sonst noch unter dem Siegel der Verschwiegenheit bereits anvertraut hatte oder noch anvertrauen würde. Und falls ihm der Tratsch mit den Kameraden nicht mehr reichte? Vielleicht gab er dann der Polizei einen Hinweis, nur um für einen kurzen Augenblick aufzutauchen aus seiner Bedeutungslosigkeit.

Emi wusste, dass es das einzig Richtige wäre, mit der Polizei zu sprechen und alles auszusagen, was sich in der besagten Nacht zugetragen hatte. Aber er wusste auch, dass er den Mut dazu niemals aufbrachte, und der Preis dafür war, dass er nie mehr frei und unbeschwert und mit reinem Gewissen durchs Leben gehen konnte. Und dass er von heute an den Moment fürchten musste, in dem einer der Männer reden würde.

8

Nieblum

Zum ersten Mal nach langer Zeit freute er sich auf seinen Urlaub. An den wenigen Tagen, die er in den vergangenen zwei Jahren in Nieblum verbracht hatte, war er damit beschäftigt gewesen, sich zu verkriechen und Rike so gut es ging aus dem Weg zu gehen. Aber heute war er aufgeregt wie ein Junge bei der Einschulung. In seinem Bauch wirbelten tausend Schmetterlinge durcheinander und in seinem Kopf drehte sich alles wie nach einer Fahrt mit dem Kettenkarussell.

Hier in Nieblum auf Föhr, wo er geboren und aufgewachsen war, kannte er jeden Weg und jede Gasse, jedes Haus und jeden Baum. Trotzdem erschien es ihm heute, als sähe er es zum ersten Mal. Voller Vorfreude marschierte er kreuz und quer durchs Dorf, um Zeit zu schinden, denn es war noch zu früh am Morgen für einen Besuch.

Endlich, gegen halb neun, klingelte er mit klopfendem Herzen an ihrer Haustür. Sie öffnete und erschrak, als sie ihn sah. Auf dem Arm hielt sie das kleine Mädchen, das ihre gemeinsame Tochter und ihr wie aus dem Gesicht geschnitten war. Sofort begann sein Herz vor Liebe zu glühen für die beiden Menschen, die da vor ihm standen.

Sie blickte verstohlen nach links und rechts, zog ihn am Ärmel ins Haus und schloss hastig die Tür.

»Was willst du hier?«, fragte sie ohne Umschweife.

»Ich ... ich wollte dich sehen«, stammelte er, verwirrt

über die Begrüßung, die er sich ganz anders vorgestellt hatte.

Sie schüttelte den Kopf, als hätte sie noch nie etwas Unsinnigeres gehört, drehte sich um und ging mit dem Kind vom Flur aus ins Schlafzimmer. Dort legte sie die Kleine in ihr Bettchen. Dann blieb sie mit dem Rücken zu ihm stehen, krallte die Finger in ihren Rock, als müsse sie Kraft sammeln, um ihm erneut entgegentreten zu können. Ihr Haar lag in einem geflochtenen Zopf auf ihrem Rücken. Emi erinnerte sich daran, wie wunderschön sie mit offenen Haaren und glänzenden Augen war.

Als sie sich ihm wieder zuwandte, war ihr Blick traurig, aber auch kalt und abweisend.

»Du musst gehen und darfst nie mehr herkommen«, presste sie hervor.

Er machte einen Schritt auf sie zu. Sie wich zurück.

»Bitte nicht«, flüsterte sie und begann zu weinen.

Hilflos stand er vor ihr. Er wusste nicht, ob er es wagen konnte, sie in den Arm zu nehmen. Sie nahm ihm die Entscheidung ab, indem sie in die Küche ging und sich auf einen Stuhl fallen ließ. Er folgte ihr langsam und setzte sich ebenfalls. Aus dem kleinen Radio auf der Fensterbank erklang die Stimme von Mick Jagger, der »Let's Spend the Night Together« sang. Dieses Lied hatten sie auch in ihrer einzigen, aber unvergesslichen gemeinsamen Nacht gehört. War das wirklich erst gut zwei Jahre her?

Er sah sie an und suchte in ihrem Gesicht nach Anzeichen derselben Erinnerung, doch ihre Miene blieb ausdruckslos.

»Du stehst unter Schock, das ist verständlich«, begann er, auf sie einzureden. »Es ist ja noch nicht lange her, und bestimmt macht es dir Angst, mit den Kindern alleine dazustehen. Aber jetzt bin ich doch da. Ich sorge für dich und unsere Tochter. Und für seine Söhne.« Endlich hob sie den Kopf und sah ihn an. Ihr Blick schien ihn zu durchbohren, als sie sagte: »Um gar nichts wirst du dich kümmern. Wir können nicht zusammen sein, niemals. Siehst du denn nicht, wie unmöglich das ist?«

Er wollte nach ihrer Hand greifen, aber sie zog sie mit einem Ruck weg und fuhr fort: »Ich sehe dir an, dass du es nicht verstehst. Dass du unzählige Fragen hast. Und glaub mir, ich kenne sie alle. Hat sie ihn jemals geliebt, ist wohl die wichtigste. Vielleicht am Anfang. Die anderen Mädchen haben mich um diese Hochzeit beneidet, und das war mir in dem Moment genug. Wie dumm ich war! Ich habe unter seiner Lieblosigkeit gelitten, und zwar an jedem einzelnen Tag, den er hier zu Hause verbrachte. Ich bin weiß Gott nicht traurig über seinen Tod. Dich liebe ich mehr, als ich ihn jemals geliebt habe. Und trotzdem können wir nicht zusammen sein. Du kannst kein Stiefvater für die Jungs sein und auch kein Vater für die Kleine. Und du kannst auf keinen Fall der Mann an meiner Seite sein. Ja, er war ein schlechter Mensch. Grob, rücksichtslos, egoistisch und vieles mehr. Aber er war dein Bruder und du bist mein Schwager. Ich darf und will nicht noch mehr Schuld auf mich laden. Ich werde eines Tages ohnehin in der Hölle schmoren.«

Als die Tür hinter ihm ins Schloss fiel, war sein Herz schwer wie Blei. Nach ihrem Monolog in der Küche hatte sie ihn erneut aufgefordert, zu gehen. Und er war gegangen. Es gab nichts mehr zu sagen. Sein Traum von einem Leben mit ihr war ausgeträumt.

Während eines Kurzurlaubs im Mai 1968 hatte er seine beträchtlichen Ersparnisse ausgegeben und ein altes, aber wunderschönes Haus gekauft und umfangreich sanieren und modernisieren lassen. Natürlich hatte das viel Zeit in Anspruch genommen, aber er hatte es nicht eilig gehabt. Eine angemessene Trauerphase mussten sie ja sowieso abwarten, bevor sie ihr gemeinsames Leben beginnen könnten. Er war sicher gewesen, dass sie überglücklich in seine Arme sinken und damit die Zukunft besiegeln würde. Wie konnte er sich nur so getäuscht haben?

Benommen und ohne einen klaren Gedanken fassen zu können, setzte er einen Fuß vor den anderen, verließ den Möhlenstieg und ging automatisch zu seinem Elternhaus in der Strandstraße.

Das Dorfleben war jetzt, um kurz nach neun Uhr, in vollem Gang, und er begegnete unterwegs Leuten, die ihn kannten und freundlich grüßten. Er aber trottete mit gesenktem Blick weiter, schaute kein einziges Mal auf und erwiderte keinen Gruß.

Schließlich erreichte er sein Ziel und blieb stehen, um sich zu sammeln. Seitdem die Eltern tot waren, wohnte hier nur noch seine ältere Schwester. Zu ihr hatte er schon in Kindertagen ein enges Verhältnis gehabt, seinem egozentrischen und herrschsüchtigen Bruder war er dagegen gerne aus dem Weg gegangen. Wenn er jetzt überhaupt irgendwo seine Gedanken ordnen und zur Ruhe kommen konnte, dann nur hier.

Noch bevor er klingelte, wurde die Haustür von innen aufgerissen und seine Schwester nahm ihn wortlos in den Arm. Nach einer Weile löste sie sich aus der Umarmung, sah ihn an und sagte: »Es tut mir weh, dich so zu sehen. Komm in die Küche und erzähl mir, was passiert ist. Und versuch erst gar nicht, mir weiszumachen, dass alles in Ordnung ist.«

So war es immer gewesen. Er konnte ihr schon als Kind nichts vormachen, also gab er sich diesmal ebenfalls geschlagen und erzählte ihr alles. Er begann bei der einen und einzigen Nacht, die er mit Rike, der Liebe seines Lebens, aber eben auch der Frau seines Bruders, verbracht hatte. Er berichtete vom Alltag an Bord der MS Bodenstein. Und zum Schluss sagte er ihr, dass ihre Nichte nicht Deiks, sondern sein eigenes Kind war. Den ganzen Tag saßen sie da, während er sprach und sie schweigend zuhörte. Falls sie das, was sie zu hören bekam, schockierte, ließ sie es sich zumindest nicht anmerken.

Als er schließlich von seinem heutigen Besuch bei Rike und ihrer Zurückweisung erzählte, geriet er ins Stocken. Zu sehr schmerzte die Erinnerung an ihre Worte. Seine Schwester saß regungslos bei ihm und unterbrach ihn kein einziges Mal, denn sie wusste, dass sie seinen Redefluss nicht stoppen durfte, bevor nicht alles gesagt war. Zwischendurch musste er sich ein paar Mal sammeln, dann wischte er sich mit der Hand über die Augen, damit sie nicht sah, dass er weinte.

Irgendwann nachmittags war er mit seinem Bericht zu Ende gekommen. Seine Schwester nahm ihn erneut in die Arme und sagte: »Du musst Rikes Entschluss akzeptieren, egal wie schwer es dir fällt. Wenn du zurück aufs Schiff willst, geh. Wenn du hier in Nieblum bleiben willst, bleib. Egal, wie du dich entscheidest, ich werde immer für dich da sein. Aber von heute an werden wir beide nie wieder über all das reden, weder miteinander noch mit irgendjemandem sonst.«

Mit Tränen in den Augen sah er sie an. »Und du verachtest mich nicht?«

Sie nahm behutsam seine Hand. »Nein«, antwortete sie, »denn ich weiß wohl selber am besten, dass die Welt ohne Deik ein besserer Ort ist.«

Er verkroch sich für eine Woche bei seiner Schwester. In diesen Tagen ging er nicht ein einziges Mal an die frische Luft, aß wenig und schlief kaum. Sie ließ ihn in Ruhe. Sie wussten ja beide, an welcher Krankheit er litt, und zumindest *sie* wusste auch, dass die Heilung Zeit brauchte, aber gelingen konnte. Allerdings glaubte er selbst daran momentan nicht.

An dem Tag, als er aufs Schiff zurückkehrte, sagte sie: »Ich weiß, dass ich dich jetzt für lange Zeit nicht sehen werde. Warum solltest du nach Hause kommen, wenn alles, was dich erwartet, nur deine Schwester ist?«

Als er widersprechen wollte, winkte sie ab. »Es ist gut, mein Lieber. Versprich nichts, was du nicht halten kannst. Aber pass immer gut auf dich auf und vergiss nicht, dass ich niemanden auf der Welt habe außer dir.«

Er nahm seinen Dienst an Bord der MS Bodenstein wieder auf. Die Routine auf dem Schiff hatte etwas seltsam Tröstliches für ihn. Sein gebrochenes Herz heilte zwar nicht, aber es vernarbte, und das musste fürs Erste genügen.

Die Zeit verging. Im Oktober 1974, vier Jahre nach der Fusion zwischen dem Norddeutschen Lloyd und Hapag, wurde die MS Bodenstein ausgeflaggt. Offizieller Eigentümer war jetzt Hapag Lloyd International in Panama. Im April 1979 wurde der Frachter nach Singapur verkauft und zwei Jahre in Malaysia abgewrackt.

Emi hatte auf einem anderen Schiff angeheuert, und alles ging weiter wie bisher. Mit seiner Schwester führte er einen unregelmäßigen Briefwechsel, aber er besuchte sie in den folgenden Jahrzehnten kaum. Er war ihr dankbar dafür, dass sie ihm nie Vorwürfe machte. Bei ihr war die Freude darüber, ihn zu sehen, jedes Mal viel größer als ihre Enttäuschung, dass dies so selten geschah.

Erst als er 1996 endgültig den Dienst quittierte und zum letzten Mal von Bord ging, kehrte er nach Nieblum zurück.

Teil II

Oktober bis Dezember 2016

9

Nieblum

Als Marina das Haus zum ersten Mal sah, fühlte sie sich mit ihm verbunden. Warum, hätte sie nicht sagen können. Sie kannte sich in dem Moment ja nicht einmal mit sich selbst aus, hätte nicht auf die Frage antworten können, wie es ihr ging. Nicht, dass sie jemand danach gefragt hätte. Schon lange fragte sie niemand mehr nach ihren Gefühlen. Und irgendwann hatte sie sogar selbst aufgehört, darüber nachzudenken.

Ausgerechnet jetzt, in diesem seltsamen Moment, in dem der Anblick eines alten Hauses sie fesselte, wurde sie sich dessen bewusst. Sie horchte angestrengt in sich hinein. Wie ging es ihr? Fühlte sie sich wohl in ihrer Haut, in ihrem Leben? War sie wenigstens zufrieden, wenn schon nicht glücklich? Sie stellte fest, dass in ihr ein ziemliches Durcheinander aus den verschiedensten Empfindungen tobte. Frust wegen ihrer buchstäblich in die Jahre gekommenen Ehe, in der sie sich von ihrem Mann kaum mehr wahr- und erst recht nicht ernst genommen fühlte. Erleichterung, hier auf der Insel zu sein und sich nur um sich kümmern zu müssen. Und Stolz, weil sie sich diese Freiheit, von der sie oft geträumt und geredet hatte, endlich genommen hatte.

Seit zwei Tagen war sie jetzt auf Föhr. Ihr erster Urlaub allein, obwohl sie bereits achtundvierzig war. Und es fühlte sich toll an. Marina hatte ihrem Mann lang und breit erklärt, dass sie beide eine Ehe-Pause dringend brauchten. Er war absolut nicht ihrer Meinung. Aber wann war er das schon? Sie erinnerte sich an den Streit, den sie mit Mick wegen ihrer Reise gehabt hatte.

»Was ist das bloß für eine Schnapsidee?«, hatte er gefragt und sie angesehen wie ein schwer erziehbares Kleinkind.

»Ich halte es für eine gute Idee. Ich möchte mal raus, und zwar alleine.«

»Es ist Ende Oktober, und du willst nach Föhr. Weißt du, wie kalt der Wind da jetzt ist? Hier frierst du doch sogar im Sommer.«

Da war er wieder, dieser überhebliche Blick, der zu sagen schien: Gib auf, ich habe wie immer die besseren Argumente.

Im selben Moment schaltete er den Fernseher ein, um ihr zu zeigen, dass die Schlacht für ihn geschlagen und der Sieg klar auf seiner Seite war.

Am liebsten hätte Marina geantwortet, dass die Kälte, die sie so oft frösteln ließ, von ihm ausging und nichts mit dem Wetter zu tun hatte. Tränen der Wut und Enttäuschung stiegen in ihr auf, aber die durfte sie ihm auf keinen Fall zeigen. Er würde ein Eingeständnis ihrer Niederlage darin sehen. Sie drehte sich um und verließ den Raum, was er, wenn er es überhaupt bemerkt hatte, bestimmt als Rückzug auf ganzer Linie deutete.

Zumindest bis zu dem Moment, als er sie im Schlafzimmer beim Packen ihres Koffers antraf.

»Und was bitte wird das jetzt? Setzt du tatsächlich diese unsinnige Urlaubsidee in die Tat um?«, fragte er kopfschüttelnd. »Oder hast du vor, mich zu verlassen?«

Als sie sah, mit was für einem überheblichen Grinsen er sie bei der letzten Frage ansah, verstummten in ihr jegliche Zweifel an ihrem Vorhaben. Zu offen zeigte er, dass er die Option, tatsächlich von ihr verlassen zu werden, für absolut undenkbar hielt. Glaubte er etwa, dass sie ihn dafür viel zu sehr liebte? Oder traute er es ihr einfach nicht zu?

Wie auch immer, mit der Tatsache, sich ab morgen seine Mahlzeiten selbst zubereiten zu müssen, musste er sich jetzt wohl oder übel abfinden.

In der folgenden Nacht hatte Marina kaum geschlafen. Lange vor ihrem Mann war sie aufgestanden, hatte ihren Koffer ins Auto gepackt und war zum Fähranleger nach Dagebüll gefahren. Sie hatte eine Notiz auf den Küchentisch gelegt, in der sie versprach, sich telefonisch zu melden. Abends hatte sie ihn dann nicht erreicht, was wohl seine Retourkutsche für ihre wortlose Abreise war.

Und jetzt stand sie hier vor dem verlassenen Haus, von dessen Anblick sie sich nicht losreißen konnte. Die Hände in den Manteltaschen vergraben, schüttelte sie energisch den Kopf, um die unschönen Gedanken an den Streit mit Mick abzuschütteln. Sie hatte sich vorgenommen, auf der Insel nur zu tun, was sie wollte und wozu sie Lust hatte. Ausschlafen, gut essen, lesen und ausgedehnte Spaziergänge unternehmen, um sich und das Leben endlich mal wieder zu spüren.

Dazu hatte sie sich bewusst für den kleinen Ort Nieblum entschieden und nicht für das Insel-Hauptstädtchen Wyk. Dort waren nämlich auch jetzt im Herbst noch einige Touristen, und Marina wollte unbedingt vermeiden, sich zwischen glücklichen Paaren oder Familien aufzuhalten und sich damit die eigene Einsamkeit umso schmerzlicher bewusst zu machen.

Bisher hatte sie bei ihren täglichen Spaziergängen durch Nieblum jeden Tag eine andere Richtung eingeschlagen, vielleicht um sich zu beweisen, dass sie zu Veränderungen fähig war. Wenigstens zu ganz kleinen. In dem beschaulichen Inselort waren die meisten Straßen aus Kopfsteinpflaster, und die liebevoll restaurierten und gepflegten Reetdachhäuser, die entweder aus rotem Backstein oder weiß verputzt waren, gaben einem das Gefühl, in einer anderen Zeit zu sein.

Marina war wie immer in Grübeleien versunken gewesen, als sie wie von einem inneren Drang gezwungen stehen blieb. Leicht irritiert hatte sie aufgesehen und es entdeckt.

Das Haus stand in einem verwilderten Garten und schien sie aus seinen blinden und schmutzigen Fenstern traurig anzusehen. Ein schmaler Kiesweg führte zu einer Treppe mit einem kunstvoll verschnörkelten, wenn auch sehr rostigen Geländer.

Wie ferngesteuert bewegte sie sich direkt auf diese Treppe zu. Über drei Stufen gelangte man zu einer breiten, aber niedrigen Haustür. Das dunkle Holz war matt und glanzlos, alles wirkte verlassen und leblos. Allerdings hatte der Eigentümer einen modernen Schließzylinder einbauen lassen, um ein unbefugtes Betreten zu verhindern. Über der Tür konnte man noch das Jahr lesen, in dem das Haus erbaut worden war. 1810 stand da in brüchigen Ziffern.

Wie prachtvoll es in seinen besten Tagen ausgesehen haben musste. Ein Hauch von vergangenem Stolz und verblasster Schönheit ließ sich noch erahnen. Jetzt aber interessierte sich niemand mehr für den einstigen Glanz, und alles war dem Verfall preisgegeben.

Marina setzte sich auf eine der Stufen und spürte, wie ihr eine Träne über die Wange rollte. Wenn Mick sie sehen könnte, würde er sie auslachen, weil sie hier saß und wegen eines fremden alten Gemäuers heulte. Er würde nicht verstehen, dass sie nicht um das Haus weinte, sondern um sich selbst.

War sie nicht auch irgendwann stolz und schön gewesen mit ihren schulterlangen blonden Haaren, den blauen Augen und der geraden und selbstbewussten Haltung einer Frau, die sich in ihrer Rolle als Ehefrau und Mutter pudelwohl fühlte und ihren Platz auf der Welt genau kannte? Hatte sie nicht ebenfalls gestrahlt und das Leben in seiner ganzen Pracht und Fülle genossen? Und war sie jetzt nicht genauso farblos und uninteressant geworden? Blätterte nicht auch an ihr die Farbe ab? Und zogen sich nicht durch ihre Seele ebenso viele Risse wie durch das Mauerwerk des Hauses? Es wurde Zeit, dass sie ihrem Dasein eine neue Richtung gab. Keinen Tag länger wollte sie so neben Mick her existieren und dabei zusehen, wie ihre besten Jahre an ihr vorbeizogen. Sie war noch nicht mal fünfzig, also viel zu jung, um sich und das Leben aufzugeben.

Sie suchte in den Taschen ihrer Jeans und ihres Mantels nach einem Taschentuch. Als sie endlich eins gefunden hatte, putzte sie sich geräuschvoll die Nase und wischte die Tränen ab. Sie trug keine Armbanduhr und hatte ihr Handy nicht dabei, aber gemessen an der einsetzenden Dunkelheit neigte sich der Nachmittag dem Ende zu. Sie musste sich auf den Rückweg zu ihrer Pension machen.

Nach ihrer Ankunft auf der Insel hatte sie vorgestern sofort die Adresse aufgesucht, die sie sich im Internet rausgesucht und notiert hatte. Die gepflegte kleine Pension lag in ruhiger Lage in der Strandstraße. Wie geschaffen, um ein paar Tage Ruhe und Entspannung zu finden. Und außerdem preisgünstig. Sie wollte Mick keine Chance geben, sich darüber auszulassen, dass sie mit ihrer »Schnapsidee« das gemeinsame Konto belastete. Kurz hatte sie sogar daran gedacht, Geld aus dem Erbe ihrer Mutter von ihrem eigenen Sparbuch abzuheben. Immerhin handelte es sich dabei um eine beachtliche Summe im fünfstelligen Bereich. Aber nach kurzer Überlegung hatte sie dann doch nicht eingesehen, warum Mick jederzeit ihr gemeinsames Geld für sein Auto oder teure Fußballkarten ausgeben durfte, während sie selbst sich selten etwas Persönliches kaufte. Außerdem war es wohl besser, das geerbte Geld zusammenzuhalten. Man konnte ja nie wissen, wozu man es noch brauchte.

Mit einem Seufzer stand sie auf und ging durch den Vorgarten zurück auf den Weg. Unterwegs zu ihrem Urlaubsquartier hoffte sie, dass ihr der Wind die sichtbaren Spuren ihrer Traurigkeit aus dem Gesicht wehte. Sie wollte auf keinen Fall, dass die nette Wirtin sich Sorgen um ihren derzeit einzigen Gast machte.

Die kleine Frühstückspension war wirklich ein Volltreffer, und die Besitzerin eine auffallend gut aussehende Frau, die Marina auf etwa vierzig schätzte. Sie war nicht gerade schlank, aber man sah ihr an, dass sie regelmäßig Sport trieb. Außerdem hatte sie kluge Augen, die einem scheinbar bis auf den Grund der Seele blickten.

Mit einer wohligen Wärme im Bauch erinnerte Marina sich an ihre Ankunft vor zwei Tagen. Sie war von der Pensionsbesitzerin, die Greta Mortensen hieß, auf eine Art und Weise empfangen worden, die ihr das Gefühl vermittelt hatte, als wäre sie schon sehnlichst erwartet worden.

»Natürlich bekommen Sie ein Zimmer, das schönste von allen sogar. Es ist ja keine Ferienzeit, deshalb ist momentan wenig los bei uns. Aber Sie werden sehen, die Insel hat auch jetzt allerhand zu bieten. Wie lange möchten Sie bleiben?«

»Eine Woche, wenn es Ihnen passt.«

»Und wie mir das passt! Nichts passt mir so gut wie nette Gäste. Wenn mir was nicht passt, sind es leere Zimmer.«

Sie lachte laut über ihren eigenen Witz, wobei ihr beachtlicher Busen so stark bebte, dass man sich fragte, wie eine handelsübliche Bluse das aushielt.

»Tragen Sie hier bitte Ihren Namen und Ihre Adresse ein, danach zeige ich Ihnen das Zimmer.«

Nach einem kurzen Blick auf das ausgefüllte Formular rief sie begeistert: »Marina Menkhoff? Sie heißen Marina? Genau wie meine Pension? Na, wo sollte Marina Menkhoff denn wohl sonst wohnen, wenn nicht im Haus Marina? Kommen Sie bitte mit.«

Marina spürte, wie sie sich auch jetzt wieder auf die Rückkehr in die heimelige Atmosphäre ihres Urlaubsquartiers freute, weil sie sich dort immer noch so willkommen fühlte wie am ersten Tag.

Die weiß verputzten Wände, die grünen Fensterrahmen und die wuchtige Haustür mit der kleinen Scheibe darin wirkten wie eine stumme, aber umso herzlichere Einladung. Durch die geöffneten Fensterläden sah man in die beleuchtete Küche. Auch im Aufenthaltsraum für die Gäste brannte Licht, obwohl sich dort niemand aufhielt. Die erleuchteten Fenster strahlten eine das Herz erwärmende Gemütlichkeit aus und das reetgedeckte Dach schien das Haus zu beschützen wie eine Henne ihre Küken.

10

Vom Fenster im oberen Flur aus sah Greta Mortensen ihrem derzeit einzigen Gast hinterher. Mit gesenktem Kopf ging die Frau durch den morgendlichen Nebel die Straße hinunter. Sie schien nicht sonderlich auf den Weg zu achten, denn sie starrte nur vor sich hin.

Greta empfand Mitleid mit ihr, weil sie so traurig wirkte, aber vielleicht war sie auch nur in Gedanken versunken. Was wusste sie schon über die Frau, die seit mittlerweile vier Tagen bei ihr wohnte? Sie hieß Marina Menkhoff, war achtundvierzig Jahre und kam aus Husum. Und sie war, das hatte sie bei ihrer Ankunft erzählt, zum ersten Mal hier auf der Insel.

Das hatte Greta mehr als irritiert. Mit dem Fähranleger fast vor der Haustür gehörte es doch beinahe zum Pflichtprogramm, Deutschlands zweitgrößter Nordseeinsel einen Besuch abzustatten. Greta verstand nicht, dass viele Menschen kreuz und quer durch die Welt jetteten und abendfüllende Vorträge halten konnten über andere Länder und Sitten, während sie nahezu unempfänglich waren für das, was es direkt vor ihrer Nase zu sehen und zu entdecken gab. Sie selbst hatte bisher noch nie das Bedürfnis gehabt, viel zu reisen. Sie war mit Leib und Seele ein Inselkind und konnte sich nicht vorstellen, dass es ihr irgendwo sonst besser gefallen würde als hier.

Sie konnte es deshalb kaum fassen, dass jemand, der weniger als fünfzig Kilometer vom Fähranleger entfernt wohnte, noch nie nach Föhr übergesetzt hatte. Auf Frau Menkhoff traf das aber tatsächlich zu.

Greta wandte sich vom Fenster ab, schnappte sich den Staubsauger und machte sich auf den Weg ins Erdgeschoss, um dort ihre Arbeit fortzusetzen.

Viel gab es im Moment nicht zu tun, und weil ihr längst alles routiniert und beinahe automatisch von der Hand ging, blieben ihre Gedanken bei Marina Menkhoff hängen.

Beim Frühstück, heute hatte sie allerdings ganz darauf verzichtet, sah die Frau jeden Morgen aus, als hätte sie kaum oder gar nicht geschlafen. Zuerst hatte Greta sich nichts dabei gedacht, die erste Nacht in einem fremden Bett machte ja vielen Menschen zu schaffen. Aber sollte sie sich nicht inzwischen ein bisschen eingewöhnt haben? Marina Menkhoffs Augen waren allerdings täglich aufs Neue so rot und verquollen, dass sich das nicht mehr nur auf Schlafmangel schieben ließ.

Greta hätte sich gerne nach dem Grund für die Traurigkeit erkundigt, hatte sich bisher aber nicht getraut. Sie wollte, dass ihre Gäste sich bei ihr wohlfühlten, und dazu gehörte nun mal, dass sie sich zurückhielt und niemanden bedrängte. Vielleicht ergab sich im Laufe der nächsten Tage die Gelegenheit für ein Gespräch, aber Greta musste vorsichtig und behutsam vorgehen, denn es war nur ein schmaler Grat zwischen Interesse und Neugier.

Am Nachmittag saß Greta in eine warme Fleecejacke gehüllt auf der verwitterten Gartenbank unter der Eiche direkt vor ihrem Haus. Neben sich hatte sie den Karton mit den Familienfotos gestellt, der normalerweise ganz hinten im untersten Fach ihres Kleiderschrankes stand und den sie sehr selten hervorholte. Nämlich nur, wenn Greta in einer besonders seltsamen Stimmung war. Und das war heute der Fall.

Früher hatte sie viel gegrübelt, um herauszufinden, woher diese merkwürdige Stimmung kam und was sie heraufbeschwor, aber inzwischen nahm sie sie hin wie einen plötzlichen Wetterumschwung.

Wie in Zeitlupe holte sie Foto für Foto aus dem Karton und betrachtete es so konzentriert, als hätte sie es nicht schon unzählige Male zuvor gesehen. Sie war so vertieft in ihre Beschäftigung, dass sie Marina Menkhoff erst bemerkte, als diese bereits dicht vor ihr stand und sie ansprach.

»Guten Abend, Frau Mortensen.«

Greta hob den Blick und sah sofort, dass die Augen ihres Pensionsgastes immer noch oder schon wieder gerötet und geschwollen waren. »Moin, Frau Menkhoff. Hatten sie einen schönen Tag?«

»Ja, danke«, antwortete Marina knapp. Dann fügte sie hinzu: »Bitte entschuldigen Sie, dass ich mich heute zum Frühstück nicht habe blicken lassen. Es ging mir nicht gut.«

»Ach, Sie müssen sich nicht entschuldigen. Das bisschen, das ich für einen einzelnen Gast mehr einkaufe, kriege ich spielend alleine aufgegessen.« Sie lächelte Marina an, aber sofort wurde ihre Miene wieder ernst und sie sagte: »Bitte nehmen Sie es mir nicht übel, wenn ich sage, dass ich bisher nicht den Eindruck habe, Sie könnten Ihren Urlaub genießen.«

Marina senkte den Blick und starrte auf ihre Schuhe, als sähe sie sie zum ersten Mal. Greta legte den Stapel Fotos, den sie in der Hand gehalten hatte, zurück in den Karton und stellte ihn unter die Bank. Dann rückte sie ein Stück zur Seite und klopfte mit der Hand einladend auf den Platz neben sich. Marina zögerte, setzte sich aber doch auf die vorderste Kante der Gartenbank.

Eine Weile saßen die beiden Frauen nur schweigend da und beobachteten eine Katze im Nachbargarten, die bewegungslos vor einem Mauseloch verharrte, in der Hoffnung auf ein schmackhaftes Abendessen.

Das Haus nebenan war ebenfalls reetgedeckt, aber winzig klein. Es wirkte düster und gruselig, beinahe wie ein Hexenhaus. Der Unterschied zur Pension »Marina« hätte nicht größer sein können.

Irgendwann hatte Marina das Gefühl, sich sehr unhöflich zu verhalten und irgendetwas sagen zu müssen.

»Diese Insel ist wirklich ein schönes Fleckchen Erde.«

»Das stimmt. Man nennt Föhr nicht umsonst die friesische Karibik«, antwortete Greta Mortensen mit Stolz in der Stimme.

»Haben Sie schon immer hier gelebt?«, fragte Marina, froh über die Unterhaltung.

»Ja, das hier ist mein Elternhaus«, sagte Greta mit einer ausladenden Handbewegung. »Ich bin hier geboren und hoffe, hier auch sterben zu dürfen. Allerdings darf es bis dahin ruhig noch etwas dauern. Wir beide sind übrigens gleich alt.«

Marina zog überrascht die Augenbrauen hoch. »Tatsächlich? Ich hatte sie viel jünger geschätzt.«

Greta deutete eine Verbeugung an, um sich für das Kompliment zu bedanken. Dann fragte Marina: »Woher wissen Sie denn überhaupt, wie alt … ach ja, vom Anmeldeformular.«

Anstatt zu antworten, zwinkerte Greta ihrem Gast zu.

Nach einer Weile sagte Marina: »Erzählen Sie mir doch etwas über die Insel.« Sie hatte zwar schon viel über Föhr gelesen und sich einiges Insiderwissen angeeignet, aber das behielt sie für sich.

Greta, die es liebte, über ihre Heimat zu sprechen, kam der Bitte gerne nach.

»Erstmalig erwähnt wurde Föhr im Jahr 1362. Damals war unser Land durch die Marschen noch mit dem Festland verbunden. In der Neujahrsnacht tobte hier eine der verheerendsten Fluten, die Marcellusflut. Auf Fering, das ist die alte Inselsprache, Mandränke genannt. Das bis dahin zusammenhängende Land, das nur von Wasserläufen und Prielen durchzogen war, wurde auseinandergerissen. Viele tausend Menschen und Tiere ertranken, unzählige Häuser und ganze Ortschaften wurden zerstört und verwüstet und konnten nicht wieder bewohnbar gemacht werden. Wo heute das Wattenmeer ist, lebten bis zu dieser schicksalhaften Nacht Menschen.«

»Das ist ja schrecklich«, sagte Marina leise. »Und so entstanden die Nordseeinseln?«

»Natürlich nicht in ihrer heutigen Form, aber ja, so entstanden die Inseln. Die späteren Fluten trugen ihren Teil dazu bei, um sie zu formen. Und auch heute noch wird die Küste durch das Wasser ständig neu geformt.«

»Gab es danach noch mehr solcher verheerenden Fluten?«

»Ja«, bestätigte Greta, »immer wieder verloren viele Bewohner der umliegenden Halligen ihr ganzes Hab und Gut und wurden gezwungen, sich in der Siedlung *by der Wieck* ein neues Leben aufzubauen.«

»Und aus der Siedlung by der Wieck wurde die heutige Inselhauptstadt Wyk auf Föhr?«

»Ja, gut aufgepasst«, lobte Greta. »Damals wurden diese Halligflüchtlinge von den eingesessenen Bewohnern der Insel als Eindringlinge betrachtet, man bezeichnete sie als Friesen.

Die Föhringer, die weit zurückreichende Familienstammbäume hatten, sahen sich als die einzigen echten Inselbewohner. Menschen, die sich für was Besseres hielten und sich über andere erheben wollten, gab es schon zu allen Zeiten.«

»Und es wird sie wohl auch immer geben«, ergänzte Marina, »diese Schwäche der Menschen ist so alt wie die Welt.«

»Unser Hauptstädtchen Wyk müssen Sie sich unbedingt ansehen«, kam Greta wieder auf das eigentliche Thema zu sprechen. »Oder haben Sie das bei Ihrer Ankunft schon getan?«

»Nein, da bin ich von der Fähre aus gleich hierher gefahren, aber ich hole das auf jeden Fall nach.«

Während die beiden Frauen sich unterhielten, war es dunkel und ziemlich kalt geworden. Die Katze nebenan hatte die Jagd nach ihrem Abendessen aufgegeben und war nicht mehr zu sehen.

Greta bemerkte, dass Marina Menkhoff fror. Kein Wunder, sie hatte kaum etwas auf den Rippen, und dazu kam der Schlafmangel, den man ihr deutlich ansehen konnte.

»Möchten Sie noch einen heißen Kakao, bevor Sie in Ihr Zimmer hinaufgehen?«, schlug sie ihrem Gast vor.

»Da würde ich nicht nein sagen, aber nur, wenn es keine Mühe macht.«

Wenige Minuten später saßen die beiden Frauen am Tisch in der großen und gemütlichen Küche des Hauses und wärmten ihre kalten Hände an den Tassen mit dem dampfenden Kakao.

Marina hoffte von Herzen, dass sie in der kommenden Nacht schlafen konnte. Sie befürchtete allerdings, dass diese

Hoffnung sich nicht erfüllte, denn ihr gingen zu viele Gedanken durch den Kopf. Außerdem genoss sie die angenehme Gesellschaft ihrer Pensionswirtin.

In dem Bestreben, den Abend noch nicht enden zu lassen, nahm sie den Gesprächsfaden wieder auf.

»Sind sich, abgesehen von Wyk, die übrigen Ortschaften auf der Insel ähnlich oder gibt es da große Unterschiede?«

Gretas Antwort kam postwendend. »Von allen Dörfern der Insel ist Nieblum das schönste. Und das sage ich nicht nur, weil ich hier lebe. Der Ort hat zahlreiche Auszeichnungen gewonnen. Man nennt ihn *Kapitänsdorf*, weil hier früher viele Familien wohnten, die durch den Walfang reich geworden waren. Nach dem Ende des Walfangs wurde Nieblum allerdings zum armen Arbeiterdorf. Erst der Tourismus brachte wieder wirtschaftlichen Aufschwung. Übrigens ist auch dieses Haus ein Kapitänshaus.«

»Sie sagten vorhin, es wäre Ihr Elternhaus«, warf Marina ein. »Heißt das, Ihre Vorfahren waren Walfänger?«

»Ja, vor zig Generationen«, antwortete Greta und unterdrückte ein Gähnen. »Aber das erzähle ich Ihnen irgendwann mal. Jetzt gehe ich schlafen. Falls Sie noch einen Kakao möchten, bedienen Sie sich und schalten Sie nachher nur das Licht aus.«

»Das mache ich. Vielen Dank für alles«, erwiderte Marina. Und spontan fügte sie hinzu: »Ich fühle mich sehr wohl hier.«

Greta lächelte, machte einen Schritt auf Marina zu, legte ihr kurz die Hand auf den Arm und sagte: »Ich weiß nicht, welche Sorgen Sie mit sich herumtragen, aber manchmal tut es gut, sich jemandem anzuvertrauen. Am besten jemandem, den man kaum kennt und den man nie wiedersehen muss, wenn man nicht will. Glauben Sie mir, es hilft, zu reden. Oder sich zu besaufen. Oder beides gleichzeitig. Egal, wie Sie sich entscheiden, ich bin da.«

Ohne eine Antwort abzuwarten, drehte sie sich um und verließ die Küche.

Marina blieb auf der bequemen Eckbank sitzen, stützte den Kopf in die Hände und seufzte. Sie war sicher, dass sie mit Frau Mortensen nicht über ihre Probleme reden würde. Noch nie war sie gut darin gewesen, sich anderen gegenüber zu öffnen und Einblicke in ihre Seele zuzulassen. Dennoch war es nett von Greta Mortensen, ihr dieses Angebot zu machen.

Marina beschloss, ab jetzt jeden Morgen pünktlich zum Frühstück zu erscheinen und der Pensionswirtin auf die Art zu zeigen, dass sie ihre freundliche Art zu schätzen wusste.

Oben im Haus stand Greta am Fenster ihres Schlafzimmers und blickte hinaus in die Dunkelheit.

Sie ahnte, dass Frau Menkhoff sich ihr nicht anvertrauen wollte. Aber sie ahnte auch, dass es früher oder später trotzdem dazu kommen würde. Wenn sie sich einer Sache sicher sein konnte, war es ihre Menschenkenntnis. Und die sagte ihr, dass es nur eine Frage der Zeit war, bis ihr Gast sich alles von der Seele redete.

11

Oldsum

Gottlieb spürte wie jeden Morgen die Hand seiner Frau liebevoll auf seiner Schulter, während sie mit der anderen Hand Kaffee einschenkte. Und wie jeden Morgen sah er sie an und versuchte, all die Liebe, die er für sie empfand, in diesen Blick zu legen, weil er kein Meister großer Worte war. Und wie jeden Morgen lächelte sie ihn an und zeigte ihm damit, dass sie verstanden hatte.

Er liebte es, mit ihr in der kleinen Küche zu frühstücken und gemeinsam in den Tag zu starten. Heute schien die Herbstsonne durch das Fenster direkt auf den Tisch und tauchte alles in einen goldenen Glanz. Und an dunkleren Tagen brauchte er nur seine Frau anzusehen, damit die Sonne für ihn aufging.

Sie hatte sich wieder viel Mühe gegeben mit dem liebevoll gedeckten Tisch. Neben den Tellern lagen Servietten, und die Brötchen, die sie vom Bäcker gegenüber geholt hatte, dufteten köstlich. Sein Lieblingskäse und ein bisschen Aufschnitt waren appetitlich auf einer Platte angerichtet und mit Gürkchen und Radieschen verziert.

Es war nicht nur ein Frühstück. Es war eine Willkommensfeier für den neuen Tag, und er ermahnte sich regelmäßig, diese Dinge nie als Selbstverständlichkeit anzusehen, sondern immer das Besondere darin zu erkennen. Deshalb las er auch nie beim Frühstück die Zeitung, wie andere Menschen nach vielen gemeinsam verbrachten Jahren. Lieber unterhielt er sich mit ihr. Über das Wetter, die Nachrichten oder die Nachbarn.

Inzwischen hatte sie sich neben ihn gesetzt und bestrich ihr Brötchen mit Butter und Marmelade. Sie war sehr still heute, aber das war kein Grund zur Sorge. Sie war nicht wie die meisten anderen Frauen, die sogar dann dauernd redeten, wenn es eigentlich nichts zu sagen gab. Mit ihr konnte man schweigen, und es lag nie etwas Unangenehmes oder Befremdliches darin.

Spontan griff er nach ihrer Hand und drückte sie kurz. Sie sah ihn an, und ihr Lächeln wärmte sein Herz auch nach all den Jahren. Gleich würden sie besprechen, wie sie den heutigen Tag verbringen wollten. Manchmal gingen sie einkaufen, manchmal machten sie einen Spaziergang ohne besonderes Ziel, und manchmal blieben sie zu Hause und lasen oder spielten Karten.

Für ihn war es sowieso unwichtig, wie sie den Tag verbrachten. Wichtig war für ihn nur, sie bei sich zu haben und jeden Schritt mit ihr zusammen gehen zu können.

Vom ersten Kennenlernen an war es so gewesen. Sie war seine Gefährtin, seine Verbündete, seine Geliebte, sein Ein und Alles. Ihr einziger Sohn hatte ihnen viel Freude gemacht, aber jetzt war er Anfang fünfzig und die Verantwortlichkeiten hatten sich verschoben. Wenn er zu Besuch kam, dann nicht mehr, um sich von seiner Mutter mit seinem Lieblingsessen verwöhnen zu lassen oder mit seinem Vater über Weltpolitik oder andere schwierige Themen zu diskutieren. Nein, jetzt kam er, um zu sehen, ob und wie seine Eltern zurechtkamen und ob sie nicht hier und da Hilfe benötigten. Das war nun mal der Lauf der Dinge. Es nützte nichts, sich darüber den

Kopf zu zerbrechen. Wenigstens besuchte der Junge sie regelmäßig, was man ja nicht von allen erwachsenen Kindern sagen konnte.

Er nahm eine Scheibe von seinem Lieblingskäse. Als er genüsslich in das Käsebrötchen beißen wollte, verschwand es vor seinen Augen und er saß mit leeren Händen da. Erschrocken ließ er den Blick über den Küchentisch schweifen, aber alles, was eben noch dort gestanden hatte, war weg. Er saß an einem ungedeckten Tisch, auf dem nicht einmal mehr die Tischdecke lag.

Gottlieb spürte, wie sich Schweißperlen auf seiner Stirn bildeten und ihm die Luft wegblieb. Von Panik ergriffen wandte er sich in Richtung seiner Frau und wollte erneut nach ihrer Hand greifen – aber auch sie war verschwunden. Der Stuhl neben ihm war leer.

Gottlieb wollte nach ihr rufen, wollte schreien, doch aus seiner vor Angst zugeschnürten Kehle kam kein einziger Ton. Er hatte das Gefühl, ersticken zu müssen.

Und dann wachte er auf und war allein. Genau wie in den vergangenen drei Jahren.

12

Nieblum

Am späten Nachmittag kehrte Greta nach Hause zurück. Sie stellte die schweren Einkaufstaschen auf den Küchentisch und wischte sich mit der Hand über die schweißnasse Stirn. Draußen war es heute zwar kalt und ungemütlich, aber Greta war trotzdem ins Schwitzen gekommen. Sie beschloss, die Lebensmittel wegzuräumen und dann unter die Dusche zu gehen. Anschließend wollte sie es sich mit einer Kanne Tee gemütlich machen und sich ausruhen. Morgen war schließlich auch noch ein Tag.

Sie stellte Butter, Milch und Eier in den Kühlschrank und packte Nudeln, Reis, Zucker und Mehl in den Schrank neben dem Herd. Dann betrat sie die Speisekammer, die an die Küche angrenzte, und verstaute Kartoffeln, Zwiebeln und Konserven. Zufrieden ließ sie den Blick an den Regalen entlangschweifen. Es ging doch nichts über einen gut gefüllten Vorratsraum. Greta aß von Herzen gern. Dass man ihr das auch ansah, hatte sie noch nie gestört.

Als sie die Speisekammer verließ, fuhr sie erschrocken zusammen und legte reflexartig die Hand an die Stelle, an der das Herz saß.

»Himmel noch mal, Astrid, willst du mich umbringen?«, brachte Greta japsend hervor.

In der Tür lehnte ihre alte Nachbarin. Alt einerseits, weil sie schon sechsundachtzig war. Und alt andererseits, weil sie ihr Leben lang im Nachbarhaus gewohnt hatte und weil sie sich Astrid dort einfach nicht wegdenken konnte.

Astrid war das, was man mit Fug und Recht eine Klatschbase nannte. Wiederholt war sie dabei übers Ziel hinausgeschossen und hatte ihre Berichte mit zu viel Fantasie und ausgedachten Details angereichert, aber bisher war ihr, soweit Greta es wusste, niemand ernsthaft böse gewesen.

»Dich umbringen? Nee, warum auch?«, antwortete Astrid jetzt ungerührt. »Die Haustür stand offen, da dachte ich, ich guck mal rein bei dir. Was gibt's Neues?«

Greta ließ sich auf den erstbesten Küchenstuhl fallen, gab Astrid ein Zeichen, sich ebenfalls zu setzen und meinte: »Als ob ich dir schon jemals was erzählen konnte, was du nicht sowieso schon wusstest.«

Astrid grinste breit, wie immer, wenn sie sich innerlich bereits darauf freute, den neuesten Nieblumer Klatsch und Tratsch loszuwerden. Greta beobachtete amüsiert, wie ihre Nachbarin auf eine Aufforderung wartete. Sie tat ihr den Gefallen. »Na, dann mal los! Ich will ja nicht, dass du an deinen Geschichten erstickst.«

Das ließ Astrid sich nicht zweimal sagen. Sofort schossen die neuesten Gerüchte über das Dorf und seine Bewohner aus ihr heraus wie Konfetti aus einer Konfettikanone.

Schon nach wenigen Minuten war Greta schwindelig vom Zuhören. Sie ertappte sich dabei, wie ihre Gedanken abschweiften. Ob Marina Menkhoff zu Hause war? Der Abend gestern hatte Spaß gemacht. Die Frau aus Husum war eine angenehme Person. Freundlich, bescheiden, liebenswert. Leider wusste der Ehemann das offenbar nicht zu schätzen. Greta hoffte, dass Frau Menkhoff möglichst lange auf Föhr blieb und sie vielleicht noch den ein oder anderen Abend zusammen verbringen konnten.

»Ich gehe jetzt wieder«, verkündete Astrid in diesem Moment mit beleidigtem Gesichtsausdruck. »Du hörst mir ja gar nicht richtig zu.«

»Entschuldige«, antwortete Greta und fühlte sich ertappt, »ich bin ein bisschen müde. Es war schön, dass du vorbeigekommen bist.«

Die alte Astrid machte eine wegwerfende Handbewegung und schlurfte in Richtung Küchentür. »Ach, papperlapapp. Aber sach nachher nicht, ich hätte dir nichts erzählt.«

Greta wusste aus Erfahrung, dass Astrid nicht beleidigt war und höchstwahrscheinlich schon morgen wieder auf der Matte stand.

Draußen traf Astrid auf Gretas derzeit einzigen Hausgast. Warm eingepackt kehrte Marina mit roter Nase und diesmal vom Wind tränenden Augen zurück zur Pension.

»Guten Tag«, grüßte sie freundlich.

Die alte Frau sah sie wortlos mit zusammengekniffenen Augen an und machte dabei zuerst einen Schritt rückwärts und dann zwei nach vorne. Sie sah aus, als ob sie einen besonders interessanten archäologischen Fund begutachtete. Die mausgrauen Haare waren zu einem altmodischen Dutt zusammengebunden und mit der Hand strich sie sich nachdenklich über das runzlige Kinn. Gerade als Marina gehen wollte, um sich dieser seltsamen Situation zu entziehen, wurde ihr Gruß doch noch erwidert. »Moin. Sie sind also die Frau, die Urlaub macht, wenn sonst keiner mehr hier ist?«

Marina wusste nicht, was sie dazu sagen sollte. Die Alte schien aber auch keine Antwort zu erwarten, denn sie hob nur die Hand zum Abschied und ging langsam und gebeugt fort.

Greta wollte gerade nach oben gehen, als sie hörte, wie jemand die Haustür öffnete. Kurz darauf stand Marina in der Küche.

»Hallo, da sind Sie ja«, begrüßte Greta ihren Gast.

»Hatten Sie Besuch?«, fragte Marina. »Ich habe draußen eine ältere Dame getroffen.«

»Eine ältere Dame, haha, das hätte sie hören sollen, haha«, lachte Greta. »Das war die alte Astrid. Sie ist meine Nachbarin, seit ich denken kann.« Sie machte eine flüchtige Handbewegung in die Richtung des Hexenhauses nebenan.

Wie passend, dachte Marina im Stillen.

»Sie ist etwas kauzig«, fuhr Greta fort, »und manchmal ein bisschen übergriffig, aber im Grunde ganz harmlos. Sie werden sie wahrscheinlich öfter hier antreffen, da Sie ja noch ein paar Tage bleiben. Oder haben Sie es sich anders überlegt?«

Marinas Augen verdunkelten sich. »Nein, ich bleibe. Warum auch nicht? Zu Hause werde ich sicher nicht vermisst. Und wenn ich Sie nicht ...«

»Mich stören? Ich freue mich über Ihre Gesellschaft.«

Greta hätte Marina gerne in den Arm genommen, weil sie immer traurig wurde, wenn sie von ihrem Zuhause sprach, aber das erschien ihr dann doch zu vertraut.

13

Am nächsten Morgen erwachte Marina frisch und ausgeruht. Scheinbar kamen ihre Nerven langsam zur Ruhe. Nach dem Frühstück zog es sie sofort hinaus ins Freie. Es war ein kalter, aber sonniger Herbsttag, der scharfe Wind von gestern hatte sich gelegt. Marina schlug den Kragen ihrer Jacke hoch und marschierte los, die Strandstraße hinunter. Nach ein paar Hundert Metern stellte sie fest, dass sie, ohne es geplant oder darüber nachgedacht zu haben, zu dem alten Haus unterwegs war, das sie auf unerklärliche Weise anzog wie ein Magnet.

Wie schon bei ihrem ersten Besuch bekam sie auch heute bei seinem Anblick Gänsehaut. Langsam ging sie erneut auf die Haustür zu. Ob sie heute, bei diesem strahlenden Sonnenschein ins Innere sehen und etwas erkennen konnte? Marina beugte sich über das rostige Geländer, um durch das Fenster neben der Tür zu blicken, aber die Scheibe war viel zu schmutzig und ließ keinen Blick hindurch. Mit dem Ellbogen wischte sie ein winziges Guckloch in die Scheibe. Sie sah durch eine offen stehende Tür im Innern, dass gegenüber, auf der Rückseite, ein Fenster zerbrochen war. Da würde sie bestimmt mehr erkennen können. Marina ging um das Haus herum und stellte fest, dass es dort noch einen kleinen, allerdings auch vollkommen überwucherten Garten gab.

Leider war sie zu klein, um durch das kaputte Fenster sehen zu können. Sie sah sich um und entdeckte ein Stück weiter weg eine Holzleiter, die in einem Gebüsch verborgen lag.

Zwar hatte sie nur vier Sprossen, aber das genügte bestimmt, um einen Blick ins Haus zu werfen. Marina zog die Leiter hervor und stellte sie unter das Fenster. Hoffentlich waren die Sprossen nicht zu morsch, um ihr Gewicht auszuhalten. Mick würde sich vor Lachen nicht mehr einkriegen, wenn sie mit Gipsverband oder an Krücken zurückkäme. Im Geiste hörte sie schon sein überhebliches »Dich kann man aber auch wirklich nicht alleine lassen.« Ein wenig unvernünftig war ihr Vorhaben ja schon.

Ach was, sie war lange genug vernünftig gewesen, und was hatte es ihr gebracht? Außerdem war sie bereits viel zu neugierig auf das Innere des Hauses. Entschlossen stellte sie die Leiter auf und setzte einen Fuß auf die unterste Sprosse. Versuchsweise wippte sie ein bisschen auf und ab, aber die Leiter zeigte keinerlei Anzeichen von Altersschwäche.

Langsam stieg Marina höher, bis sie das Fenster erreicht hatte. Durch die zerbrochene Scheibe sah sie in einen Raum, der früher eine Art Salon gewesen sein könnte. Der Fußboden war mit einer dicken Staubschicht bedeckt und von den Wänden hingen die Tapeten in Fetzen herunter. In einer Ecke standen mehrere von Laken und Decken verhüllte Gegenstände. Ob das Möbel waren aus der Zeit, als das Haus bewohnt war?

Einem plötzlichen Impuls folgend sah Marina sich kurz nach allen Seiten um, zog sich den Jackenärmel schützend über ihre Hand und schlug den Rest der Fensterscheibe ein. Jetzt konnte sie problemlos hindurchgreifen und das Fenster von innen öffnen. Als sie sich gerade aufs Fensterbrett setzen wollte, um ins Haus einzusteigen, fiel innen laut krachend eine Tür zu und Marina glaubte, eine Frau ganz leise weinen zu hören.

Um Himmels willen! Spukte es hier etwa? Vor Schreck wäre sie beinahe vom Fensterbrett gefallen.

Sofort gab sie ihr Vorhaben auf, sich das Haus von innen anzusehen. Mit zitternden Knien und klopfendem Herzen stieg sie so schnell wie möglich die Leiter wieder hinab und lief zurück auf den Weg, der sie in die sichere Obhut der Pension führte.

Marinas Verwunderung über sich selbst wuchs mit jedem Schritt, den sie sich von dem alten Haus entfernte. Die strahlende Herbstsonne, die frische und klare Luft und die freundlichen Gesichter der Menschen, denen sie begegnete, sorgten dafür, dass sie sich albern vorkam wegen ihrer Angst vor Gespenstern. Was war denn da plötzlich mir ihr los gewesen? An Geister und Spukgeschichten hatte sie noch nie geglaubt. Wahrscheinlich hatte der Luftzug wegen des geöffneten Fensters die Tür im Haus zuschlagen lassen. Und das vermeintliche Weinen hatte bestimmt ebenfalls der Wind erzeugt, der durch das zugige Gemäuer pfiff.

Was sollte es denn auch sonst gewesen sein?

Dass die Situation sie erschreckt hatte, lag einzig und allein an ihrem schlechten Gewissen. Immerhin war sie im Begriff gewesen, sich unerlaubt und unbefugt Zutritt zu einem ihr fremden Haus zu verschaffen, und das nur, um ihre übergroße Neugier zu befriedigen. Da geschah es ihr nur recht, dass ein harmloser Luftzug sie in Angst und Schrecken versetzte. Darüber, dass es heute schon den ganzen Tag lang absolut windstill war, wollte sie jetzt nicht weiter nachdenken.

Nur wenige Meter entfernt trat eine Frau hinter einem Baum hervor. Sie sah Marina hinterher und setzte dann ihren eigenen Weg fort. In der Gewissheit, dass bald der Tag kommen würde, an dem sie die Geschichte erzählen konnte.

14

Borgsum

Johanna wachte wie jeden Morgen um sechs Uhr auf. Das war schon immer so gewesen, dieser innere Wecker ließ sich durch nichts abstellen. Dabei hatte sie seit langer Zeit keine Verpflichtungen mehr, die sie zwangen, den Tag um diese Uhrzeit zu beginnen. Wie gerne würde sie einmal bis acht oder neun schlafen. Manchmal blieb sie extra bis spät in der Nacht auf, um die innere Uhr zu überlisten, aber es klappte nie. Die wenigen Aufgaben, die sie in ihrem kleinen Haushalt erledigen musste, hatte sie deswegen meistens schon vor neun erledigt.

Und dann setzte die Langeweile ein. Die Minuten wurden zu Stunden und die Stunden scheinbar zu Tagen, so dass sie oft nicht auf Anhieb sagen konnte, welcher Wochentag gerade war. Der Fernseher lief die ganze Zeit, obwohl sie fast nie auf das Programm achtete, aber die Stimmen gaben ihr das Gefühl, nicht so allein zu sein.

Ihr Mann war vor einigen Jahren gestorben, und die Söhne lebten ihr eigenes Leben. Heiko, ihr Ältester, wohnte mit seiner Frau und seinen beiden Kindern in Mannheim. Ihr jüngerer Sohn Thomas hatte das Abitur auf dem Gymnasium in Wyk nicht geschafft, was damals keinen wirklich überrascht hatte, und war gleich danach nach Hamburg gezogen. Dort malte er Bilder, und wenn es gut lief, verkaufte er auch mal eins. Da das seinen Lebensunterhalt nicht sicherte, hatte er sich immer wieder Geld von ihr geliehen, von dem er nie einen Cent zurückzahlte. Am Anfang machte er sich die Mühe, sie zu besuchen, wenn er sie anpumpen wollte. Irgendwann rief er dann nur noch an und ließ sich die Beträge überweisen.

Und eines Tages reichte es ihr. Sie fand klare Worte, die längst überfällig waren, und schickte ihm seitdem kein Geld mehr. Daraufhin brach er den Kontakt ab, was die heftigsten Gefühle in ihr auslöste. Zuerst war sie schrecklich wütend wegen seines schlechten Benehmens und als Nächstes war sie verzweifelt und traurig darüber, dass sie ihn verloren hatte.

Bei ihren Versuchen, sich mit ihm zu versöhnen, hatte sie erfahren, dass er in einer Künstlerkneipe arbeitete und mit einem Mann zusammenlebte. Auf ihre Friedensangebote reagierte er abweisend und unversöhnlich, indem er ihr unterstellte, sie käme nur mit seiner Homosexualität nicht zurecht. Es half nichts, ihn darauf hinzuweisen, dass sie davon bis vor Kurzem gar nichts gewusst hatte. Natürlich war sie nicht vor Freude in die Luft gesprungen. Hatte sie doch gehofft, eines Tages für seine Kinder die Oma sein zu können, die sie für Heikos Kinder wegen der großen Entfernung leider nicht sein konnte. Außerdem gehörte sie einer Generation an, in der es schwule Männer nur im Fernsehen oder zumindest weit entfernt gab, und nicht in der eigenen Familie. War es da nicht verständlich, dass sie die Nachricht erst verdauen musste und ein bisschen Zeit gebraucht hatte? Sie hätte ihn doch deswegen nie fallen lassen, er war ihr Kind, und sie liebte ihn, egal wie er war.

Inzwischen war sie so weit, dass sie Thomas' Lebenspartner gerne kennengelernt hätte, aber dazu würde es nun wohl nicht mehr kommen. Thomas war verbittert und unnahbar geworden, und sie hatte in seinem Leben keinen Platz.

Das Schlimmste war, dass sie darüber mit niemandem reden konnte. Der einzige Mensch, mit dem sie diesen Kummer hätte teilen können, war ihr Mann Hans, und ihn vermisste sie jeden Tag schmerzlich.

Es war inzwischen halb sieben geworden. Immerhin. Johanna seufzte und erhob sich, um einen weiteren einsamen Tag zu beginnen.

Heute war ja schon Freitag, fiel ihr auf, und ihr wurde vor Freude schwindelig. Morgen würde Heiko mit seiner Familie aus Mannheim anreisen, und sie wollten das ganze lange Wochenende bleiben. Am Dienstag war Allerheiligen. In Baden Württemberg war das ein gesetzlicher Feiertag, und Heiko hatte sich kurzerhand den Montag freigenommen, damit sich der Besuch lohnte. Auch die Kinder hatten schulfrei. Beweglicher Ferientag oder so hatte Heiko das am Telefon genannt. Johanna sah sie alle endlich einmal wieder. Und heute würde sie alles für den Besuch vorbereiten.

Gut gelaunt schwang sie die Beine aus dem Bett und fröstelte, als sie die Füße auf den Holzfußboden stellte. Es war kälter geworden in den letzten Tagen. Ein Teppich direkt vor dem Bett wäre angenehm, dachte sie zum wiederholten Male, aber sie hatte zu große Angst vor solchen Stolperfallen, denn wenn sie sich ihre 72-jährigen Knochen brach, war es vorbei mit der Selbständigkeit. Sie war zwar sehr fit, aber immer schon eher ängstlich und seit sie allein lebte, hatte sich das noch verstärkt.

Jetzt, im Herbst, machte sie sich außerdem um die Heizung Sorgen, hoffentlich hielt sie diesen Winter durch. Es hatte wiederholt Probleme mit der veralteten Anlage gegeben. Im Haus wohnte außer ihr noch ein junger Mann in der Wohnung oben, aber auf seine Unterstützung beim Vermieter, der Bescheid wusste, aber nichts unternahm, konnte sie nicht hoffen. Er war still und eher schüchtern, sie hatten bisher kaum mehr als drei Sätze miteinander gesprochen. Heute würde ihr auf jeden Fall schnell warm werden, selbst wenn die Heizung ausfiele, denn sie hatte viel zu tun.

Übernachten würde Heiko mit seiner Familie in einer Pension, denn Schlafplätze für vier weitere Personen konnte Johanna in ihrer kleinen Wohnung nicht hervorzaubern. Trotzdem wollte sie, dass sie in einem einwandfreien Zustand war. Heiko sollte sehen, wie gut seine Mutter ihren Haushalt bewältigte, damit er sich keine Sorgen um sie machte. Er hatte schon genug um die Ohren. Und es stimmte ja auch, sie hatte alles im Griff, außer der Einsamkeit. Aber darüber sprach sie mit niemandem.

Seit Heiko seinen Besuch vor etwa zwei Wochen angekündigt hatte, war Johanna jeden zweiten Tag zu dem kleinen Laden im Ort gegangen und hatte immer so viel eingekauft, wie sie tragen konnte. Wie Trophäen hatte sie die Taschen nach Hause getragen, vorbei an Bauernhöfen, Viehweiden und den wenigen Bushaltestellen, die es hier in Borgsum gab. Und mit den Vorräten war ihre Vorfreude auf die Kinder gewachsen.

Inzwischen hatte sie alles im Haus, was sie brauchten. Morgen bekam erst mal jeder seinen Lieblingskuchen, und am Abend würde sie Schnitzel servieren, und dazu Kartoffelsalat. Heiko liebte es, wie seine Mutter ihn zubereitete, und auch der Rest der Familie gab gerne zu, dass er nirgendwo sonst so gut schmeckte.

Gegen sechs Uhr morgens wollten sie aufbrechen, hatte Heiko gesagt. Immerhin lagen fast sechshundert Kilometer zwischen ihnen. Am frühen Nachmittag würden sie, wenn alles nach Plan lief, am Fähranleger in Dagebüll eintreffen, von wo aus es nur noch eine knappe Stunde dauerte, bis Johanna ihre Lieben in die Arme schließen könnte.

Heute musste sie erst mal gründlich putzen, Kuchen backen und die Geschenke verpacken, die sie für die Kinder besorgt hatte. Mit dem liebevollen Lächeln, das sie allmorgendlich dem Foto ihres Mannes neben ihrem Bett schenkte, zog Johanna ihre Hausschuhe an und ging ins Badezimmer.

Abends um acht war Johanna fertig, und zwar in jeglicher Hinsicht. Abgesehen von einem kurzen Mittagsschläfchen, das seit Jahren zu ihrem Tagesablauf gehörte und auf das sowohl ihr Geist als auch ihr Körper nicht mehr verzichten konnten, hatte sie den ganzen Tag geschäftig ihre Wohnung auf Vordermann gebracht. Natürlich ging alles nicht so schnell wie früher einmal, aber was machte das schon?

Gleich nach dem Aufstehen hatte sie ihr Bett frisch bezogen und die Bettwäsche zusammen mit den Handtüchern in die Waschmaschine gestopft. Dank der wunderbaren Erfindung des Wäschetrockners lag die gesamte Wäsche bereits wieder frisch im Schrank. Die gute Bluse, die sie morgen zur Feier des Tages anziehen wollte, hing akkurat gebügelt davor. Johanna hatte alle Fenster geputzt und sogar die Wohnzimmergardinen abgenommen und gewaschen. Jetzt verströmten sie einen angenehmen Duft von Frische und Sauberkeit im ganzen Raum. In der Küche thronte ein Frankfurter Kranz, der Lieblingskuchen von Heiko. Daneben stand ein fertiges Blech Donauwelle, ihre Spezialität, und ein Marmorkuchen, denn den mochten wohl fast alle Kinder auf der Welt am liebsten.

79

Johanna ließ den Blick müde, aber zufrieden durch die jetzt wieder pieksaubere Küche wandern. Ihr Rücken schmerzte und sie war hundemüde. Trotzdem, oder vielleicht gerade deswegen, war es ein schöner Tag gewesen.

Sie stellte das Radio aus, das den Tag über ihre Arbeit mit flotten Schlagern aus alten Zeiten begleitet hatte. Hin und wieder hatte sie sich sogar dabei ertappt, wie sie das ein oder andere Lied fröhlich mitgesummt hatte.

Sie massierte sich das schmerzende Kreuz und reckte sich. Den Rest wollte sie morgen erledigen. Dann dachte sie hoffentlich nicht zu viel darüber nach, was auf der langen Autofahrt alles passieren konnte. Ach, es würde schon gutgehen. Heiko war ein routinierter und leidenschaftlicher Fahrer. Auf das Auto wollte er auch hier auf der Insel nicht verzichten, deshalb kam eine Anreise mit der Bahn für ihn nicht in Frage. Heiko hatte versprochen, vom Fähranleger in Dagebüll aus anzurufen, und Johannas Vorfreude kannte bereits jetzt keine Grenzen.

Erschöpft, aber mit sich und der Welt so zufrieden wie schon lange nicht mehr, machte sich Johanna fertig fürs Bett und legte sich hin. Noch bevor sie den Gedichtband von Rilke, in dem sie vor dem Einschlafen gerne las, vom Nachttisch genommen hatte, waren ihre Augen zugefallen.

15

Nieblum

Am späten Freitagabend saß Greta im Aufenthaltsraum für die Gäste. Sie nannte ihn Kaminzimmer, weil sich in der Ecke beim Fenster ein uralter Kachelofen befand und Greta nicht glaubte, dass ein echter Kamin mehr Wärme und Behaglichkeit ausstrahlen konnte. Davor standen zwei sehr bequeme Ohrensessel, und in einem von ihnen hatte sie es sich gemütlich gemacht. Auf ihren Knien stand der Karton mit den alten Familienfotos.

Dass sie wieder mal nicht schlafen konnte, war nicht ungewöhnlich. Schon als junge Frau hatte sie Schlafprobleme gehabt, und es war mit den Jahren nicht besser geworden. Inzwischen hatte Greta sich mit ihren kurzen Nächten arrangiert und abgefunden. Dass sie allerdings zum zweiten Mal innerhalb weniger Tage in dieser seltsamen Stimmung war, in Erinnerungen an längst vergangene Zeiten abtauchen zu wollen, war dagegen ungewöhnlich. Getreu ihrem Motto »Such nicht nach Erklärungen für Unerklärliches« hatte sie der Stimmung auch heute nachgegeben und den Karton aus dem Schrank geholt.

Es war kurz nach Mitternacht und draußen stürmte und regnete es. Dicke Tropfen trommelten an die Fensterscheiben und der Wind peitschte den Regen durch die Nacht wie ein ungeduldiger Kutscher seine Pferde. Es war, als wollte der November, der in wenigen Tagen den Oktober ablösen würde, jetzt schon allen zeigen, wer das Sagen hatte.

In diesem Raum, in dem ihre Gäste manchmal lasen oder Karten spielten, wenn das Wetter zu schlecht war, um im Freien zu sein, hielt Greta sich selten auf. Die Leute, die sich bei ihr einmieteten, sollten nicht das Gefühl haben, auf Schritt und Tritt von der Pensionswirtin belauert zu werden wie womöglich zu Hause von lästigen Nachbarn. Sie sollten sich frei bewegen und entspannen. Und falls es Fragen oder Probleme gab, wussten sie, wo sie die Chefin des Hauses fanden.

Nur wenn keine Gäste da waren, gestattete sich Greta manchmal einen Abend in diesem Raum. Sie liebte es, vor dem Kachelofen zu sitzen und ein Buch zu lesen oder nur ihren Gedanken nachzuhängen. Heute hatte sie zum ersten Mal ihre eigene Regel gebrochen und es sich hier gemütlich gemacht, obwohl ein Gast im Haus logierte.

Frau Menkhoff hatte sich während ihres bisherigen Aufenthaltes ohnehin meistens in ihrem Zimmer aufgehalten, wenn sie zu Hause war. Von ihren kurzen täglichen Stippvisiten beim Frühstück abgesehen. Außer ihrer Unterhaltung über die Inselgeschichte neulich war es zu keinem weiteren Gespräch zwischen den beiden Frauen gekommen. Gretas Vermutung, dass ihr Gast sich den Kummer früher oder später von der Seele reden würde, hatte sich nicht erfüllt. Morgen wollte Frau Menkhoff abreisen, und Greta würde sich doch sehr wundern, wenn sie ihr ausgerechnet heute Nacht noch ihr Herz ausschütten würde.

Wenige Minuten später wunderte sich Greta dann tatsächlich, denn die Tür zum Kaminzimmer öffnete sich ganz langsam. Zuerst fiel nur ein schmaler Lichtstreifen von der Deckenbeleuchtung im Flur in den Raum, anschließend schob sich ein grüner Gummistiefel hinterher und schließlich trat Marina Menkhoff ein. Schüchtern lächelte sie Greta an.

»Oh, Entschuldigung, ich wollte nicht stören, ich konnte nur nicht schlafen.«

»Herein mit Ihnen«, antwortete Greta, »machen Sie es sich bequem.«

Marina zögerte kurz, nahm dann aber Kurs auf den freien Ohrensessel. Mit einem Seitenblick auf die Pensionswirtin stellte sie fest, dass deren Mundwinkel verräterisch zuckten und sie nur mit Mühe das Lachen unterdrückte.

»Was ist denn?«, fragte Marina irritiert, doch da war es auch schon vorbei mit Greta Mortensens Beherrschung.

»Eine interessante Kombination.« Greta konnte sich kaum halten vor Lachen und ließ den Blick an Marina hinauf- und wieder hinunterwandern. »Gewagt und mutig, aber stylish.«

Marina sah an sich hinunter und stimmte sofort in das Gelächter ein. Ihr pinkfarbenes Nachthemd wurde zur Hälfte verdeckt von der roten Strickjacke. Um den Hals hatte sie sich einen hellblauen Schal geworfen, und ihre Füße steckten in den grünen Gummistiefeln, die zwar nicht mehr neu, aber zum Glück blitzsauber waren. Sie bot zweifellos den Anblick einer Frau, die man besser sofort in die Obhut ihrer Betreuer zurückbringen sollte.

Die beiden Frauen brauchten eine Weile, um sich zu beruhigen, aber danach war das Eis zwischen ihnen gebrochen.

»Sind das Bilder von Ihrer Familie?«, fragte Marina mit einem Blick auf den Karton auf Gretas Knien.

»Ja, das hier ist meine Mutter mit meinen Brüdern. Ich war zu dem Zeitpunkt noch nicht geboren.« Sie reichte Marina das Foto.

»Leben Ihre Brüder auch hier in Nieblum?«

»Nein, sie haben die Insel schon verlassen, als sie sehr jung waren. Haben ihr Glück auf dem Festland gesucht und gefunden. Wir telefonieren manchmal. Na ja, genau genommen telefoniere ich mehr mit den Ehefrauen. Und zu besonderen Anlässen sehen wir uns auch mal, aber das ist selten.«

»Wie schade«, meinte Marina.

»Ach, eigentlich nicht. Meine Brüder und ich haben nicht viel gemeinsam. Schon als Kinder konnten wir nicht viel miteinander anfangen. Die Jungs hätten auf ihre kleine Schwester vermutlich gut verzichten können.«

Marina schmunzelte, während sie sich die Fotos ansah, die Greta ihr gab. »Gibt es kein Foto, auf dem Ihr Vater zu sehen ist?«

Greta durchwühlte den Karton und fischte ein Bild heraus, das ganz unten gelegen hatte. Sie reichte es Marina wortlos.

Marina betrachtete es. Sie sah einen großen und stattlichen Mann in Kapitänsuniform. Neben ihm stand Gretas Mutter, die unverkennbar ein Kind erwartete. Links und rechts wurden die beiden flankiert von ihren Söhnen.

Bevor Marina das Foto kommentieren konnte, sagte Greta: »Meine Mutter ist auf dem Bild mit mir schwanger. Meinen Vater habe ich allerdings nie kennengelernt, denn er starb nur wenige Wochen, nachdem das Foto aufgenommen wurde.«

Marina fiel auf, dass Greta dieses traurige Detail ohne jede Gefühlsregung erzählte. »Was ist mit ihm geschehen?«, fragte sie neugierig.

»Er war Kapitän auf einem Frachtschiff und ist bei einem Landgang tödlich verunglückt.«

»Wie schrecklich! Besonders für Ihre Mutter und Ihre Brüder«, rief Marina aus.

»Nein, nicht wirklich. Sie waren ohne ihn besser dran. Er war ja die meiste Zeit sowieso nicht da. Und wenn, dann war er herrisch und unzufrieden. Meine Mutter konnte ihm nichts recht machen und führte an seiner Seite ein schweres und unterdrücktes Leben. Stolz war er nur auf seine Söhne, weil er davon ausging, dass sie die Familientradition fortsetzen und zur See fahren würden. Was sie dann allerdings beide nicht getan haben. Bestimmt lässt ihn das bis heute nicht zur Ruhe kommen.«

Marina erschreckte, wie kühl und emotionslos Greta über ihren Vater sprach, aber natürlich stand es ihr nicht zu, darüber zu urteilen. Stattdessen sagte sie: »Bei unserer Unterhaltung neulich im Garten erwähnten Sie, dass Ihre Familie irgendwann einmal mit dem Walfang zu tun hatte.«

»Ja, das ist allerdings wirklich schon sehr lange her. Der letzte Walfangkapitän meiner Familie starb 1792 auf einer seiner Fangfahrten. Ich weiß darüber nur, was von Generation zu Generation weitererzählt wurde. Bestimmt sind diese Geschichten beim Nacherzählen viel romantischer, als die Realität es damals war.«

Während der Sturm draußen tobte, unterhielten Greta und Marina sich weiter. Und irgendwann erzählte Marina tatsächlich von ihrer kaputten Ehe und ihrem Sohn Marvin, auf den sie zwar stolz war, der aber schon lange sein eigenes Leben führte. Und darin gab es nur wenig Platz für seine Eltern. Sie vertraute Greta an, dass sie nur deswegen noch mit Mick zusammen war, weil sie sich nicht traute, sich von ihm zu trennen und allein zu sein. Sie verachtete sich für ihre Feigheit, aber sie konnte nicht aus ihrer Haut. Mick kannte sie gut genug, um genau das zu wissen, weshalb es für ihn keinen Grund gab, seine Überheblichkeit abzulegen und zur Rettung der Ehe seinen Teil beizutragen.

Greta unterbrach Marinas Redefluss kein einziges Mal, denn sie wollte nicht, dass die sich wieder in ihr Schneckenhaus zurückzog. Erst als Marina eine Träne über die Wange rollte, legte Greta ihr sachte die Hand auf den Arm und sagte: »Zieht man von einem Mann den Stolz ab, bleibt manchmal was ganz Brauchbares übrig. Und manchmal auch nicht.«

Über diese Bemerkung musste Marina trotz allem lachen. Greta hatte eine Idee: »Viele Dinge im Leben begreift man erst, wenn man sie mit ein bisschen Abstand betrachtet. Irgendwann wird sich zeigen, wohin Ihr Weg in Zukunft führt, ob zurück oder in eine neue Richtung. Bleiben Sie doch noch hier, so lange Sie wollen. Ich gebe Ihnen das Zimmer ab sofort zum halben Preis, denn ich finde es sehr schön, in der dunkler werdenden Jahreszeit mal nicht alleine im Haus zu sein.«

Marina warf ihrer Wirtin einen dankbaren Blick zu. Dann putzte sie sich die Nase, stand auf und ging zum Fenster. Greta blätterte weiter in ihren Fotos und ließ Marina Zeit, sich zu beruhigen.

Ein paar Minuten betrachtete Marina nicht den Sturm draußen, sondern ihr eigenes Spiegelbild in der Fensterscheibe. Was war sie für ein Jammerlappen geworden? Sie erkannte sich selbst nicht mehr. Früher hatte sie zu den Frauen gehört, denen alles gelang. Dass sie damals direkt nach ihrer Ausbildung zur Speditionskauffrau schwanger geworden war und sich ihr Leben dann ausschließlich um ihre kleine Familie drehte, hatte ihr nie etwas ausgemacht. Die Rolle der treusorgenden Ehefrau und Mutter schien ihr auf den Leib geschneidert zu sein und sie hatte nichts, rein gar nichts vermisst. Seit einigen Jahren allerdings fühlte sie sich wie in einem nie enden wollenden Winterschlaf. Alle bisherigen Versuche, sich selbst wieder auf die Sprünge zu helfen und ihrem Leben eine neue Richtung zu geben, waren gescheitert. Sie kam sich vor, als würde sie ihr Dasein betrachten wie ein Theaterstück, bei dem man am liebsten nicht bis zum Schluss bleiben wollte, weil man nicht daran glaubte, dass noch etwas Sehenswertes passiert. Vielleicht sollte sie tatsächlich länger hier auf der Insel verweilen, denn die Ruhe tat wirklich gut.

Schnell, bevor sie es sich anders überlegte, drehte sie sich mit einer ruckartigen Bewegung um, ging zurück zu dem Sessel, in dem sie gesessen hatte, und sagte zu Greta Mortensen: »Vielen Dank für das nette Angebot. Ich nehme es gerne an und bleibe.«

Die beiden Frauen nahmen ihre Unterhaltung wieder auf und merkten gar nicht, wie die Zeit verging. Gegen drei Uhr nachts, der Sturm hatte sich inzwischen gelegt, konnte Greta ihre Müdigkeit nicht mehr unterdrücken. Sie beschlossen, schlafen zu gehen.

Als Marina am Samstagmorgen zum Frühstück in die Küche kam, war sie enttäuscht, Greta dort nicht vorzufinden. Sie hätte gerne die Unterhaltung der vergangenen Nacht fortgesetzt, aber auf dem Tisch lag ein Zettel, auf dem Greta ihr mitteilte, dass sie ausreiten und erst am Nachmittag zurück sein wollte. In ihrer Jugend war Marina auch eine Pferdenärrin und Reiterin gewesen, doch dann hatten Ehe, Kind und Haushalt ihre ganze Zeit beansprucht und ihr Hobby aus ihrem Leben gedrängt.

Marina überlegte, was sie mit dem heutigen Samstag anfangen könnte. Es verwunderte sie, wie enttäuscht sie darüber war, den Tag nicht in Greta Mortensens Gesellschaft verbringen zu können. Sie war sehr gerne mit der gleichaltrigen Frau zusammen, die so viel Klugheit, Freundlichkeit und Verständnis ausstrahlte.

Nach einem einsamen, aber leckeren Frühstück holte Marina Jacke und Handtasche und stieg in ihr Auto. Sie war froh darüber, dass Föhr nicht zu den autofreien Nordseeinseln gehörte. Schon immer hatte sie sich frei und unabhängig gefühlt, sobald sie auf dem Fahrersitz Platz nahm und das Radio aufdrehte. Mick war die Lust am Autofahren in den letzten Jahren mehr und mehr vergangen, aber sie selbst fühlte sich wohl und ganz bei sich, wenn sie am Steuer saß.

Sie hatte sich zu einer Inselrundfahrt entschlossen, um auch die anderen Ortschaften von Föhr zu sehen und etwas darüber zu erfahren. Marina fuhr in Richtung Borgsum. Nach wenigen Kilometern hatte sie den kleinen Ort erreicht. Wirklich lange Wege gab es nicht hier auf Föhr, was bestimmt auch ein Grund dafür war, dass die Insel so ein beliebtes Urlaubsziel für Fahrradfans war.

Von Borgsum aus reihte sich ein Dorf an das andere. Als Marina durch Witsum fuhr, fiel ihr ein, dass sie gelesen hatte, der Ort sei mit nur ungefähr 50 Einwohnern das kleinste Dorf der Insel. Hier wusste bestimmt jeder über jeden bestens Bescheid. Marina fragte sich, ob ihre Nachbarschaft in Husum sich wohl auch schon das Maul über sie zerriss. Dass sie seit ein paar Tagen nicht nach Hause gekommen war, war sicherlich schon allen aufgefallen.

In Oevenum wiederum staunte Marina über die vielen

Leute, die sich dort tummelten. Dann sah sie ein Schild am Straßenrand, dass auf den Kreativmarkt hinwies, der an jedem Samstag stattfand. Sofort hielt sie nach einem Parkplatz Ausschau, stellte den Wagen ab und mischte sich zwischen die anderen Besucher. Langsam und darauf bedacht, nichts zu übersehen, schlenderte Marina an den einzelnen Ständen vorbei. Zu Beginn ihrer Ehe hatte sie mit Mick jeden Trödel- oder Kunsthandwerkermarkt in der näheren Umgebung besucht. Die Suche nach Besonderheiten oder Kuriositäten, die in ihr Zuhause passten, hatte beiden riesigen Spaß gemacht. Als sie dann den Bungalow gebaut hatten, verlor Mick jedes Interesse an diesen Ausflügen. Alles, was sie fortan kauften, musste nagelneu und hochmodern sein. Es ging nicht mehr vorrangig darum, was ihnen beiden gefiel, sondern was die Freunde und Nachbarn nachhaltig beeindruckte.

Marina seufzte und steuerte ein kleines Café am Rande des Marktes an. Bei einem Milchkaffee und einem Stück Zitronenkuchen beobachtete sie die Leute um sie herum. Bei dem Paar am Nebentisch blieb ihr Blick hängen. Die beiden mussten ungefähr in Marinas Alter sein und saßen schweigend und mit griesgrämiger Miene da. Sie schauten in verschiedene Richtungen und die Gegenwart des jeweils anderen schien ihnen völlig gleichgültig zu sein. Die beiden taten Marina leid, weil sie sich offensichtlich nichts mehr zu sagen hatten. Aber dann wurde ihr schlagartig klar, dass sie selbst mit Mick inzwischen dasselbe Bild abgab. Traurig und aufgewühlt klemmte sie einen Geldschein unter ihre Kaffeetasse und verließ hastig das Café. Noch einmal schlenderte sie an den Marktständen entlang, aber sie hatte das Interesse für die angebotenen Schätze verloren.

Als sie wieder im Auto saß, weinte sie ein paar Minuten vor sich hin, dann startete sie den Motor und setzte ihre Inselrundfahrt fort. Die Idylle, durch die sie fuhr, ließ sie innerlich wieder zur Ruhe kommen. Die südliche Hälfte der Insel war besiedelte Geest, während die nördliche Inselhälfte aus Marschland bestand. Hier weideten Pferde, Kühe und Schafe und boten ein malerisches und friedliches Bild. Häuser sah man nur ganz vereinzelt. Die Landschaft ließ einen stellenweise total vergessen, dass man sich auf einer Insel befand. In Wyk und Nieblum bestimmte der Tourismus überwiegend das Ortsbild, man sah überall Hinweise auf Zimmervermietungen, Veranstaltungstipps und Läden, die bis unters Dach mit allem vollgestopft waren, was im direkten oder auch manchmal nur sehr entfernten Sinn als Urlaubssouvenir dienen konnte. In den anderen Ortschaften war jedoch kaum etwas davon zu spüren, dass Föhr zu den beliebtesten Reisezielen der Deutschen im eigenen Land gehörte. Die Insulaner lebten von der Landwirtschaft, genau wie in den vergangenen Jahrhunderten. Sie betrieben Pferde- oder Rinderzucht, hielten Schafe oder bauten Getreide oder Raps an.

Beim Anblick der satten grünen Wiesen mit den zufrieden grasenden Tieren spürte Marina, wie sich eine große Ruhe und Entspannung in ihr ausbreitete. Vermutlich war es genau das, was die zahlreichen Urlauber immer wieder hierherzog.

Am Nachmittag widerstand Marina dem Drang, erneut zu dem Haus zu gehen, das sie so faszinierte. Stattdessen holte sie einen Roman aus ihrem Zimmer und setzte sich damit auf die Bank vor der Pension. Auf ihre Lektüre konnte sie sich dann allerdings nicht konzentrieren, weil ihre Gedanken hin und her wanderten zwischen den neuen Inseleindrücken, die sie heute gesammelt hatte, den Überlegungen, was Mick wohl zu Hause in Husum gerade machte, und dem angenehmen Gefühl, dass das Haus hinter ihr und dessen Besitzerin in ihr weckten.

Als es langsam dämmerte und Marina ins Haus gehen wollte, kam Greta Mortensen zurück. Sie sah toll aus in ihrem Reit-Outfit, und ihre Wangen glühten vor Zufriedenheit. Das Glück der Erde lag zumindest für Greta tatsächlich auf dem Rücken der Pferde.

»Moin moin«, rief Marina ihr entgegen.

Greta lachte. »Sie klingen schon fast wie eine von uns. Wie war Ihr Tag? Was haben Sie heute unternommen?«

»Ich bin über die Insel gefahren und habe mir in Ruhe alle Ortschaften angesehen«, antwortete Marina.

»Und wie hat es Ihnen gefallen?«

»Es war«, Marina suchte nach dem richtigen Wort »es war irgendwie … friedlich.«

»Ich weiß, was Sie meinen. Und genau dieses Gefühl ist der Grund dafür, warum ich nie von hier wegwollte. Wenn Sie noch Lust haben, einen Spaziergang zu machen, zeige ich Ihnen ein besonders schönes Fleckchen von Nieblum.«

Marina, die sich den ganzen Tag darauf gefreut hatte, wieder Zeit mit Greta Mortensen verbringen zu können, stimmte begeistert zu.

Die beiden Frauen gingen auf Gretas Anweisung hin die Strandstraße hinunter und bogen zweimal nach links ab. Marina war gespannt, wohin Greta sie führte. Sie wurden von mehreren Leuten begrüßt und in den ein oder anderen kurzen Plausch verwickelt. Marina hatte überall das Gefühl, als gehörte sie dazu. Darüber, dass Greta aussah, als hätte man ihr unterwegs das Pferd geklaut, schien sich auch niemand zu wundern. Nach etwa einem Kilometer gingen sie erneut nach links und dann zweimal nach rechts. Marina war jetzt schon sicher, dass sie den Heimweg nicht allein finden würde.

Als Greta sie um die letzte Linkskurve geführt hatte, sagte sie: »Da wären wir. Das hier ist das Goting-Kliff, die einzige Steilküste der ganzen Insel.«

Marina war ehrlich beeindruckt. Das Kliff war nicht besonders hoch, höchstens acht oder neun Meter, dennoch bot es einen atemberaubenden Ausblick auf das Meer und sogar hinüber bis zur Insel Amrum.

»Wie herrlich! Danke, dass Sie mich hierhergebracht haben. Ich erinnere mich jetzt, über dieses Kliff gelesen zu haben, aber ich wäre vielleicht nie hergekommen.«

»Und dann hätten Sie was verpasst, oder etwa nicht?«, fragte Greta grinsend.

»Absolut«, stimmte Marina zu und ließ ihre Augen immer wieder über das Meer und den Strand wandern. Greta, die Marinas Blick gefolgt war, erklärte: »Die Findlinge da unter am Strand stammen aus der Saaleeiszeit und sind mehr als 200.000 Jahre alt.«

»Das ist wirklich beeindruckend«, staunte Marina.

»Aber jetzt sollten wir nach Hause gehen«, schlug Greta vor. »Was wäre ich denn für eine Gastgeberin, wenn ich mich nicht bald um Ihr Abendessen kümmern würde?«

In der Pension angekommen sagte Greta: »Heute gibt es Salat mit Schafskäse. Den mögen Sie doch, oder? Der Föhrer Schafskäse ist weit über die Inselgrenzen hinaus berühmt und mit keinem anderen zu vergleichen, weil wir hier die glücklichsten und zufriedensten Schafe auf der ganzen Welt haben. Ich bekomme den Käse immer direkt aus Wrixum.«

»Das klingt toll«, antwortete Marina, die sich tatsächlich auf dieses kulinarische Highlight, aber fast noch mehr auf den Abend mit Greta freute.

Etwa eine Stunde später saßen Marina und Greta am Küchentisch und ließen es sich schmecken. Marina hatte tatsächlich nie besseren Schafskäse gegessen und aß auch noch weiter, als sie längst schon satt war.

Irgendwann lehnte sie sich seufzend zurück, legte beide Hände auf ihren Bauch und zitierte: »Ich bin so satt, ich mag kein Blatt.«

Greta lachte. Dann stand sie auf, nahm zwei Gläser aus dem Schrank und verschwand damit für mehrere Minuten in der Speisekammer. Als sie zurückkehrte, brachte sie zwei lecker aussehende Cocktails mit und stellte sie auf den Tisch. »Wir trinken hier zwar gerne und viel Tee«, erklärte sie, »aber unser Nationalgetränk ist der Föhrer Manhattan.«

Marina schmunzelte. »Das soll wohl ein Witz sein.«

»Keineswegs. Zurückkehrende Amerika-Auswanderer haben ihn mit auf die Insel gebracht, und inzwischen ist er mindestens so typisch wie die Friesentorte. Eigentlich wird er als Aperitif getrunken, aber zum Aufräumen nach einem guten Essen eignet er sich auch.«

Marina nippte zuerst vorsichtig an ihrem Glas und nahm anschließend sofort einen größeren Schluck. »Lecker! Was ist denn da drin?«

»Ein Drittel Whisky und je ein Drittel roter und weißer Wermut«, erklärte Greta.

»Klingt, als könnte man danach gut schlafen«, vermutete Marina und versuchte vergeblich, ein Gähnen zu unterdrücken.

»Das stimmt. Und genau das sollten wir jetzt auch tun. Sie sind schließlich hier, um sich auszuruhen. Und ich möchte morgen zum Sonntagsgottesdienst gehen.«

Gemeinsam räumten sie die Küche auf und gingen dann hinauf zu ihren Zimmern.

Als sie sich am oberen Ende der Treppe eine gute Nacht wünschten, sagte Greta: »Warum kommen Sie morgen nicht mit in die Kirche?«

Marina druckste herum und wusste nicht, was sie antworten sollte. Greta deutete ihr Schweigen richtig. »Aha, Sie haben's nicht so mit Gott und Glaube und so, stimmt's?«

»Na ja, es ist so, dass ich mich das nie gefragt habe, als mein Leben noch perfekt war. Und jetzt, wo alles den Bach runtergeht und ich IHN brauche«, Marina wies mit dem Finger zur Decke, um zu unterstreichen, von wem sie sprach, »zeigt ER sich nicht besonders zuverlässig.«

Greta schüttelte den Kopf und seufzte. »Weil es jetzt mal schwierig wird? Es hat uns doch nie jemand versprochen, dass das Leben immer nur leicht und spaßig ist.«

»Okay, aber von mir mal ganz abgesehen«, wandte Marina ein, »wenn es Gott gibt, wie kann er zulassen, dass Kriege herrschen, dass Menschen sich über andere erheben und über Leben und Tod entscheiden? Auch und besonders oft im Namen ihrer Religion?«

Greta lächelte auf eine weise und beinahe nachsichtige Art. »Das dürfen wir IHM nicht in die Schuhe schieben. Menschen tun manchmal schreckliche Dinge, aber nicht wegen ihrer religiösen Ausrichtung, sondern weil sie nun mal Menschen sind.« Sie warf einen Blick auf ihre Armbanduhr. »Über das Thema müssen wir uns unbedingt noch mal ausführlicher unterhalten, dafür bin ich jetzt allerdings zu müde. Überlegen Sie es sich, und falls Sie sich doch dazu entschließen, mich zu begleiten, treffen wir uns um neun Uhr zum Frühstück.«

Ohne eine Antwort abzuwarten, verschwand Greta in ihrem Schlafzimmer, und auch Marina machte sich auf den Weg ins Bett.

16

Marina fühlte sich fit und ausgeschlafen, als sie am nächsten Morgen gegen acht Uhr aufwachte. Gretas Angebot, sie zur Kirche zu begleiten, fiel ihr wieder ein. Warum nicht, dachte sie und schwang die Beine aus dem Bett. Sie freute sich darauf, mehr Zeit mit ihrer netten Vermieterin zu verbringen. Und so ein Gottesdienst dauerte schließlich nicht ewig. Marina nahm sich vor, Greta danach zu einem leckeren Mittagessen einzuladen, um sich für die Gastfreundschaft und den Preisnachlass für ihr Zimmer zu bedanken.

Als sie eine halbe Stunde später in die Küche kam, saß Greta vor einer Tasse dampfenden Kaffees. Ihr gegenüber stand eine weitere Tasse für Marina.

»Moin. Kaffee gefällig?« Greta zeigte auf die Kanne mitten auf dem Tisch.

»Guten Morgen. Ja, gerne«, antwortete Marina und schenkte sich ein. »Woher wussten Sie, dass ich mitkomme?«

»Ich wusste es nicht, aber ich habe es mir gewünscht.«

Um halb zehn machten sich die beiden Frauen zu Fuß auf den Weg die Strandstraße hinunter bis zur Kreuzung, vorbei am Fisch- und Feinkostladen und durch »De gröne Eck« bis zur Kirche. Nach wenigen Schritten sagte Greta: »Den Kirchturm kann man fast immer sehen, egal, wo man sich im Dorf befindet. Und gleich erleben Sie unseren Friesendom dann von innen.«

»Friesendom?«

»Ja, so wird Sankt Johannis auch genannt«, erklärte Greta. »Die Kirche ist 600 Jahre alt und wird Ihnen gefallen.«

Vor dem Eingang begrüßte Greta ein paar Bekannte. Marina gab ihr per Handzeichen zu verstehen, dass sie sich ein bisschen umsehen wollte und entfernte sich von der Gruppe. Sie schlenderte um den kreuzförmigen roten Backsteinbau herum, für dessen Gesamtgröße der Turm zu kurz geraten schien. Das Gotteshaus umgab ein großflächiger Friedhof mit unzähligen Grabsteinen. An der Rückseite der Kirche befand sich der neuere Teil mit Gräbern aus den vergangenen Jahren und Jahrzehnten. Vorne jedoch konnte sie uralte Grabstätten mit windschiefen Steinen erkennen. Zwischen den Gräbern gab es hier und da schmale Wege, ansonsten aber nur Rasenflächen. Marina wollte sich die Grabsteine gerade genauer ansehen, als sie bemerkte, dass Greta ihr ein Zeichen gab, jetzt hineinzugehen.

Gemeinsam betraten sie die Kirche und nahmen auf einer der vorderen Holzbänke Platz. Sofort schlug Marina der typische Geruch entgegen, und sie fragte sich unweigerlich, wann sie zuletzt ein Gotteshaus betreten hatte. Mick und sie hatten nur standesamtlich geheiratet und Marvin nicht taufen lassen. Für Mick war alles, was mit Kirche, Gott und Glaube zu tun hatte, absoluter Blödsinn, und sie hatte nicht nur bei diesem Thema seine Auffassung angenommen, ohne darüber nachzudenken. Ihre Mutter hatte sich den wechselnden Männern an ihrer Seite in allem angepasst. Sie hatte deren Ansichten übernommen und allen Vorschlägen bereitwillig zugestimmt, die sie gemacht hatten. Wahrscheinlich war Marina durch dieses Verhalten geprägt worden, denn auch sie hatte sich Mick immer untergeordnet. Es wurde höchste Zeit, sich selbst ein Bild zu machen.

Interessiert sah sie sich in der Kirche um. Vor den Sitzbänken standen ein paar einzelne Stühle. Zwischen den vorderen

Plätzen und dem Altarraum war viel freier Raum und zu beiden Seiten gab es weitere Sitzplätze und auch noch einen Eingang. Auf der rückwärtigen Empore thronte die Orgel, deren Klang in dieser Sekunde einsetzte und die ganze Kirche ausfüllte.

An der Kanzel, die sich unmittelbar über der ersten rechten Sitzreihe befand, waren Bibelszenen abgebildet, die gleich darunter in niederdeutscher Sprache erklärt wurden. Marina las flüsternd einen der Texte: »Dit is min leve Sohn, an dem ick ein Wohlgefalle hebbe. Den schole gi horen.«

Greta, die sich über Marinas Interesse freute, deutete nach vorne und flüsterte: »Unser Taufstein ist das älteste und wertvollste Kunstwerk der Kirche. Er ist aus Granit und stammt aus dem 12. Jahrhundert. Die Bilder erzählen von Bedrohung und Bewahrung der Menschheit. Und der wunderschöne Flügelaltar ist aus dem fünfzehnten Jahrhundert, es ist ein Marienkrönungsaltar. Das Motiv hätte nach der Reformation bestimmt anders ausgesehen.«

Gerade als Marina etwas erwidern wollte, verstummte die Orgel und der Gottesdienst begann. Unauffällig blickte Marina über ihre Schulter und stellte fest, dass fast alle Kirchenbänke besetzt waren. Sie nahm sich vor, den Worten des Pfarrers so interessiert wie möglich zu folgen, und sei es nur, damit die Zeit schnell verging.

Was dann aber passierte, hätte sie nie gedacht. Schon nach ein paar Minuten sog sie die Predigt des Pfarrers auf und sie sang die ihr unbekannten Lieder aus dem Gesangbuch mit. Sie fühlte sich auf eine seltsame Art und Weise beschützt und geborgen. Als der Pfarrer die Gemeinde segnete, konnte sie kaum glauben, dass mehr als eine Stunde vergangen war, seit sie neben Greta auf der Kirchenbank Platz genommen hatte.

Nachdem die letzten Töne der Orgel verklungen waren und der Pfarrer sich am Hauptportal aufgestellt hatte, um den anwesenden Schäfchen seiner Herde zum Abschied die Hand zu schütteln, gingen auch Marina und Greta zum Ausgang der Kirche. Der Geistliche verabschiedete sich von Greta mit den Worten: »Liebe Frau Mortensen, wie schön, dass sie heute zusammen mit Ihrem späten Urlaubsgast den Weg in unseren Friesendom gefunden haben. Ich wünsche Ihnen einen gesegneten Feiertag.«

Greta bedankte sich, während der Pfarrer sich Marina zuwandte und raunte: »Sie fragen sich bestimmt, woher ich weiß, dass Sie Hausgast bei Frau Mortensen sind?«

»Ehrlich gesagt schon«, gab Marina zu.

»Nun ja«, sagte der Pfarrer, »wenn es die alte Astrid weiß, dann weiß es eigentlich jeder.« Er zwinkerte kurz und widmete sich mit einem verschmitzten Lächeln dem nächsten Gemeindemitglied.

Draußen verabschiedete Greta sich von ein paar Bekannten, bevor sie Marina fragte: »Wie hat Ihnen der Gottesdienst gefallen?«

»Unerwartet gut«, gab Marina zu.

»Vielleicht machen wir Sie ja bald vom Saulus zum Paulus.«

»Bis dahin ist es noch ein weiter Weg.«

»Jeder Weg beginnt mit dem ersten Schritt, und den haben wir heute gemacht, oder nicht?«

Marina fragte lachend: »Müssen wir sofort gehen? Ich würde mir gerne einige der Grabsteine da hinten ansehen.«

»Wir haben alle Zeit der Welt. Kommen Sie«, antwortete Greta.

Andächtig schweigend schlenderten die beiden Frauen über den Friedhof mit den teilweise jahrhundertealten Gräbern. Greta zeigte auf eine Sandsteinplatte und sagte: »Dies ist einer der ältesten Grabsteine hier.«

Marina ging in die Hocke und las die Inschrift laut vor. »Ingge Rouwertsen, gestorben im Jahr 1620. Aber was steht da noch?«

»Da steht in unserer alten Inselsprache, dass sie eine ehrbare und tugendhafte Frau war«, erklärte Greta.

Marina lachte. »Und wenn sie genau das Gegenteil gewesen wäre, hätte man das dann auch hier verewigt?«

Greta stimmte in das Lachen ein. »Vermutlich nicht. Aber Sie werden sehen, dass auf vielen der Grabsteine ganze Lebensgeschichten zu finden sind. Wer sich näher damit befasst, erfährt eine Menge über die Menschen, die hier ihre letzte Ruhe fanden. Auf den größeren Steinen sind auch Reliefs dargestellt, die Auskunft geben über den Beruf, das Ansehen und die Familie des Toten. Und manchmal erkennt man am Grabstein sogar, wie derjenige gestorben ist.«

Marina war fasziniert. »Dann bedeutet ein Schiff auf dem Grabstein also, dass der Verstorbene ein Seefahrer war?«

»Genau«, bestätigte Greta. »Ein aufgetakeltes Schiff zeigt an, dass der hier Begrabene schon als junger Mensch starb. Ein abgetakeltes Schiff steht dagegen für einen Todesfall in hohem Alter. Und weil die Grabsteine so viel von den Verstorbenen erzählen, nennt man sie die sprechenden Grabsteine.«

Marina hatte Gretas Erklärungen gebannt zugehört. Sie ließ den Blick erneut über den gesamten Friedhof schweifen und fragte: »War es eine Frage von Reichtum und Ansehen, ob jemand einen großen Stein bekam oder nur so eine Platte wie diese hier?« Sie zeigte auf die Sandsteinplatte von Ingge Rouvertsen, vor deren Grab sie immer noch standen.

»Nein, das hat mehr mit dem Alter der Gräber zu tun«, erwiderte Greta. »Früher hat man diese Platten aus Sandstein verwendet. Die haben eine Bohrung, so dass man sie mit Holzstäben oder auch mit Walknochen leicht schräg aufstellen konnte. Erst nach 1700, als mit dem Walfang ein gewisser Wohlstand auf die Insel kam, ging man zu den aufrecht stehenden Grabsteinen über.«

Während sie sprach, hatte Greta einen prüfenden Blick zum dunkler werdenden Himmel geworfen. »Da braut sich was zusammen«, sagte sie zu Marina, »wir sollten sehen, dass wir nach Hause kommen.«

17

Fast hätten sie es geschafft, trockenen Fußes in die Pension zurückzukehren, aber eben nur fast. Kurz vor dem Ziel öffnete der Himmel seine Schleusen, und bis die beiden Frauen die rettende Haustür erreichten, waren sie bereits bis auf die Haut durchnässt.

»Jetzt schnell raus aus den nassen Sachen, und dann gibt's heißen Tee in der Küche und eine Hühnersuppe. Die kommt zwar aus der Dose, aber das macht Ihnen hoffentlich nichts aus.« Mit diesen Worten schob Greta ihren Hausgast die Treppe hinauf.

Wenig später saßen sie am Tisch, vor sich jeweils einen Teller Suppe und eine Tasse mit dampfendem Kamillentee.

»Sie tragen eine sehr hübsche Kette«, stellte Greta fest.

Marina griff reflexartig nach dem runden silbernen Anhänger, auf dem in verschnörkelter Schrift der Buchstabe H zu erkennen war. Der Querstrich bestand aus drei kleinen Brillanten. »Meine Mutter trug diese Kette immer zu besonderen Anlässen. Das H steht für Hella, so hieß sie. Als ich nach ihrem Tod alle Sachen sortierte, habe ich fast nichts behalten, nur diese Kette.«

»Sie sieht sehr alt aus und ist bestimmt wertvoll«, vermutete Greta.

»Keine Ahnung. Ich kenne mich mit Schmuck nicht gut aus, und ich trage sie auch nicht besonders oft.«

»Dabei steht sie Ihnen ausgesprochen gut«, meinte Greta. Dann wechselte sie das Thema. »Es freut mich, dass der Gottesdienst Ihnen gefallen hat«, sagte Greta und nahm damit das Gespräch wieder auf, das sie auf dem Friedhof vor der Kirche unterbrechen mussten.

»Ich habe wirklich gerne zugehört und die Worte des Pfarrers haben mich auch irgendwie berührt«, antwortete Marina verwundert über ihre Empfindungen.

»Und das, obwohl Sie nicht an Gott glauben?«, hakte Greta nach.

»Ja. Seltsam, oder?«

»Was soll daran seltsam sein? Unser Unterbewusstsein ist nun mal viel klüger als wir.«

»Mein Unterbewusstsein glaubt also an Gott und ich nicht?« Marina konnte sich ein spöttisches Grinsen nicht verkneifen.

Greta erwiderte nur: »Andersrum wird ein Schuh draus. Sie glauben an Gott und Ihr Unterbewusstsein weiß das.«

»Aha«, gab Marina skeptisch zurück.

Greta lächelte und sah sie wieder auf diese Art an, bei der Marina das Gefühl hatte, sie könnte in ihr Innerstes sehen. »Wissen Sie, ich war immer schon gläubige Christin und bin darüber sehr glücklich. Nicht, weil der Glaube Halt und Trost bieten kann, obwohl das zweifellos so ist. Sondern, weil er Kraft und Mut gibt, Vertrauen in die eigenen Fähigkeiten, Vertrauen in das Leben selbst.« Sie machte eine kurze Pause und fügte dann augenzwinkernd hinzu: »Und das bedeutet nicht, dass man gleich ins Kloster gehen muss und nie Schimpfwörter benutzen darf. Ich laufe auch nicht jeden Sonntag in die Kirche, manchmal schlafe ich lieber lange oder habe was Besseres vor. Und Sex vor der Ehe ist eine absolut gute Idee. Wer kauft schon gerne die Katze im Sack?«

Marina lachte. Greta war einfach unschlagbar darin, ernste Themen mit viel Humor zu vermischen. »Wenn ich ehrlich bin«, antwortete sie, »habe ich über all das noch nie so richtig nachgedacht.«

»Und das müssen Sie jetzt auch nicht tun«, gab Greta zurück. »Ich hatte nie das Verlangen, zu missionieren und andere von meiner Meinung zu überzeugen. Und ich weiß, dass man heutzutage als Sonderling angesehen wird, wenn man sich zum Glauben bekennt. Es ist leider fast schon verpönt, zuzugeben, dass man ein gläubiger Mensch ist. Es wird als Schwäche eingestuft nach dem Motto: Wer sein Leben nicht gut meistert, muss sich an irgendwas oder irgendwen klammern. Was für ein Quatsch. Vielleicht sind gerade die zufriedensten und glücklichsten Menschen nur deshalb so zufrieden und glücklich, *weil* sie glauben und auf Gott vertrauen. Aber das sollte jeder für sich herausfinden. Das Gefühl, das eigene Leben durch den Glauben bereichern zu wollen und zu können, kommt von ganz alleine. Oder überhaupt nicht.«

Marina sah nachdenklich aus dem Fenster. Eben in der Kirche hatte sie genau dieses Gefühl gehabt. Oder nicht?

In dem Moment klopfte es an die hintere Küchentür, die hinaus in den Garten führte. Greta stand auf und öffnete. Tropfnass betrat die alte Astrid die Küche. Sie schüttelte sich wie ein Hund und fluchte wenig damenhaft vor sich hin. »Moin. Ein Schietwetter ist das da draußen«, brummte sie in Marinas Richtung.

»Ja, uns hat der Regen auf dem Rückweg von der Kirche überrascht«, gab diese zurück.

»So, in der Kirche seid ihr also gewesen?«

»Ja«, bestätigte Marina, »waren Sie auch dort?«

Die alte Astrid schüttelte den Kopf und murmelte vor sich hin: »In der Kirche sind sie gewesen.«

Mit einem lauten Scheppern stellte Greta die leeren Teller und den Topf in die Spüle und drehte sich ruckartig um. »Ja, Astrid. In der Kirche«, sagte sie eine Spur zu heftig, »und es war ein sehr schöner Gottesdienst.«

»Pah, schöner Gottesdienst!« Astrid spuckte die Worte beinahe aus. »Der Pastor erzählt Geschichten, und niemand weiß, wie es wirklich war. So war es schon zu allen Zeiten, und so wird es bleiben. Auch hier bei uns war es immer so. Nur Lügen und hohle Worte. Nichts ist, wie es scheint, nicht in der Kirche und erst recht nicht im echten Leben.«

Greta seufzte. Diese Diskussion hatte sie mit Astrid bereits tausend Mal geführt. »Woher weißt du eigentlich so genau, dass Gottesdienste nichts taugen? Du gehst doch nie in die Kirche.«

»Nee, und wozu auch? Ich will nichts von dem hören, was sie einem da erzählen. Ich gehe ja auch nicht in die Kneipe, um zu sagen, dass ich keinen Durst habe.«

Astrid war wirklich ein hoffnungsloser Fall. Greta gab auf und fragte stattdessen: »Gibt es einen besonderen Grund für deinen Besuch? Oder wusstest du nur nicht, wen du sonst mit deiner schlechten Laune anstecken sollst?«

Marina konnte sich ein Grinsen nicht verkneifen, aber dann bemerkte sie den grimmigen Blick von Astrid. »Ich und schlechte Laune? Nur weil ich die Dinge beim Namen nenne? Weil ich hinter die Fassade blicke, hinter den schönen Schein? Jeder glaubt doch nur, was er glauben will. Nur ich kenne die Wahrheit und zwar die ganze Wahrheit. Auch über dich, mein Kind.« Ein schrumpeliger Zeigefinger richtete sich auf Greta.

Die zeigte sich gänzlich unbeeindruckt. »Ist ja schon gut, Astrid, reg dich ab. Du weißt alles und wir wissen nichts. Willst du nun einen Tee oder nicht?«

»Behalte deinen Tee. Und behalte auch deine Naivität. Vielleicht beschützt sie dich sogar.« Die Alte ging wieder auf die hintere Küchentür zu.

»Ihre Nachbarin ist wirklich eine schwierige Person«, flüsterte Marina.

Greta winkte ab. »Ich kann mit ihr umgehen.«

Leider hatte Astrid ein für ihr Alter sehr gut funktionierendes Gehör. »Ach ja? Dann musst du es vor sehr kurzer Zeit gelernt haben.« Sie öffnete die Tür, drehte sich noch einmal um und sagte: »Die Wahrheit wirst du so jedenfalls nie erfahren. Dabei steckt sie in den Bildern deiner Vergangenheit.« Mit einem lauten Knall fiel die Tür hinter Astrid ins Schloss.

Marina sah Greta an und fragte: »Die Bilder der Vergangenheit? Was meint sie damit? Etwa die Fotos, die Sie mir neulich gezeigt haben?«

»Nein, sicher nicht. Es war bestimmt nur so dahingesagt«, antwortete Greta, aber ihr Gesichtsausdruck bewies, dass sie ihre eigenen Worte nicht glaubte.

»Sie hat jedenfalls Talent für den großen Auftritt, das muss man ihr lassen«, meinte Marina.

»Die alte Klatschbase hat immer schon behauptet, dass meine Familie ein dunkles Geheimnis umgibt, über das nur sie alleine Bescheid weiß. Ich gebe nichts auf ihr Gerede.«

»Aber geheimnisvoll hat es sich tatsächlich angehört«, räumte Marina ein.

»Ach was, geheimnisvoll. Astrid ist eine einsame Frau, die

sich nur interessant machen will. Lassen Sie uns das Thema wechseln.«

Marina sah, dass Greta von Astrids Besuch viel aufgewühlter war, als sie zugab, denn die Hände ihrer Wirtin zitterten, als sie ihnen erneut Tee einschenkte. Nichts lag Marina ferner, als Greta zu kränken oder zu verärgern, deshalb stieg sie bereitwillig auf den Vorschlag ein. »Gerne, erzählen Sie mir etwas über Ihre Vorfahren, die Walfänger. Wie weit geht die Reise in die Vergangenheit?«

»Mehrere Jahrhunderte«, begann Greta und lehnte sich zurück, um sich wieder ein bisschen zu entspannen. »Die Zeit des Walfangs dauerte ungefähr von 1600 bis 1800. Als ich klein war, erzählte mein Großvater väterlicherseits oft von unseren Vorfahren, den wagemutigen Helden der Meere. Wirklich erinnern kann ich mich heute nur noch an die Geschichten über Jens Hinnerk Hansen. Er war Kommandeur, also Kapitän, auf einem Walfangschiff, und er war ebenso verbissen wie erfolgreich. Er wollte unbedingt der beste Walfangkapitän der Insel sein und riskierte auf den Fangfahrten alles. Leider auch das Leben seiner Männer. Viele Familien, die wegen Jens Hinnerks Besessenheit den Ernährer verloren, gerieten durch ihn in die Armut, aber das kümmerte ihn nicht.«

»Was für ein netter Kerl, Ihr Urahn«, meinte Marina ironisch. »Wie funktionierte das mit dem Walfang eigentlich genau?«

»Die Walfangsaison begann mit dem Petritag, dem 21. Februar, und dauerte bis Michaelis im Oktober. Die Männer fuhren mit sogenannten Schmackschiffen zuerst nach Holland, wo die Schiffe für den Walfang hergerichtet wurden. Anschließend ging es nach Grönland. In kleinen Booten ruderte man den Walen hinterher und stieß Harpunen, an denen Seile hingen, in deren Körper. Auf diese Weise schleppten die Tiere die Fangmannschaften hinter sich her, bis sie erschöpft waren. Die Walfänger mussten sich jetzt nur noch über die Leinenverbindung heranziehen und die Wale mit ihren Lanzen erstechen.«

»Und dann?«

»Dann kamen die Flenser ins Spiel. Flensen bedeutet so viel wie ausnehmen. Der Wal musste zerlegt und die Speckschicht abgetrennt werden, damit man alles verkochen und Tran gewinnen konnte, denn darum ging es hauptsächlich. Tran wurde für Seifen, Suppen, Farben, Speisefette und mehr benötigt.«

»Und dann kehrten die Männer mit prall gefüllten Taschen zurück«, vermutete Marina.

»Nicht immer«, widersprach Greta. »Es hing vom Fangergebnis ab, ob die Familien für den Winter versorgt waren oder nicht. Am schlimmsten wurde es beim Verlust eines Schiffes. Das kam gar nicht so selten vor, denn welche Kräfte ein Wal in Todesangst entwickelt, ist kaum vorstellbar. Die Besatzung wurde in einem solchen Fall von anderen Walfangschiffen aufgenommen, bekam aber natürlich keinen Lohn. Den Familien stand daraufhin ein so genannter Hungerwinter bevor, und sie waren auf die Solidarität der Dorfgemeinschaft angewiesen.«

»Und so ging es von Generation zu Generation?«, fragte Marina.

»Ja, bis sich gegen Ende des 18. Jahrhunderts der Walfang nicht mehr lohnte. Die Tiere zogen sich immer weiter ins Packeis zurück, wo es für die Walfänger zu gefährlich wurde, sie zu jagen. Die Seeleute von Föhr widmeten sich ab sofort der Handelsschifffahrt. Auch die Söhne von Jens Hinnerk.«

»Und viele Jahre später bekam die Familie Hansen eine kleine Tochter namens Greta«, grinste Marina.

Gretas Reaktion war überraschend, denn sie sagte mit gesenktem Blick: »Ja. Was für ein Jammer.«

Marina wusste nicht, was sie darauf antworten sollte. Sie wechselte erneut das Thema und erzählte Greta von dem alten und verfallenen Haus am Alkersumer Stieg, das sie auf unerklärliche Weise in seinen Bann gezogen hatte.

»Ach, Sie meinen das Flensenhaus«, sagte Greta und schmunzelte. »Das wurde nämlich ursprünglich von einem Flenser erbaut, der sein Handwerk wirklich verstand und es zu einigem Reichtum gebracht hatte. Na ja, eine willkommene Erbschaft hat der Legende nach ebenfalls ihren Teil dazu beigetragen. Jedenfalls konnte er sich ein Haus bauen lassen, das größer, moderner und prachtvoller war als jedes Kapitänshaus, das es zu der Zeit in Nieblum gab. Ich finde übrigens auch, dass es immer noch etwas von seiner ursprünglichen Eleganz ausstrahlt. Zu schade, dass sich jetzt niemand mehr dafür interessiert.«

Eine Weile saßen die beiden Frauen da und hingen ihren eigenen Gedanken nach. Irgendwann stand Greta auf und meinte: »Entschuldigung, aber ich habe starke Kopfschmerzen und würde mich gerne hinlegen. Wir sehen uns beim Abendessen, ist Ihnen sechs Uhr recht?«

»Natürlich«, antwortete Marina, »und sagen Sie mir bitte Bescheid, wenn ich irgendetwas für Sie tun kann.«

Aber Greta hatte die Küche bereits verlassen.

18

Nachdem Marina die Teetassen abgespült hatte, warf sie einen Blick aus dem Fenster. Es regnete nicht mehr, daher beschloss sie, einen Spaziergang zu machen. So leise wie möglich, um Greta nicht zu stören, zog sie die Haustür hinter sich zu und schlenderte durch den Vorgarten, wobei sie überlegte, welche Richtung sie einschlagen sollte. An der Gartenpforte blieb Marina kurz stehen, um ihre Jacke zuzuknöpfen.

»Psst!«

Erschrocken fuhr Marina zusammen und sah sich um. In diesem Moment trat die alte Astrid hinter der Eiche hervor, an der Marina gerade vorbeigegangen war. Was wollte die Frau bloß schon wieder hier? Und warum versteckte sie sich? Vielleicht war es das Beste, keine Notiz von ihr zu nehmen. Marina versuchte, ohne ein Wort weiterzugehen, aber Astrid stellte sich ihr mit einer für ihr Alter erstaunlich flinken Bewegung in den Weg.

»Was wollen Sie?«, fragte Marina, wobei sie sich keine Mühe gab, ihren Ärger über den Auftritt der Alten zu verbergen.

»Sie denken wohl auch, ich wäre verrückt«, gab diese zurück. Die Worte klangen nicht nach einer Frage, sondern nach einer Feststellung, daher antwortete Marina nicht. »Alle denken das. Weil ich Dinge weiß, die sonst keiner weiß«, fuhr Astrid fort, kicherte wie die Hexe aus Grimms Märchen und zeigte dabei wenige, dafür aber sehr schiefe Zähne. »Ich kenne viele Geheimnisse, deshalb will keiner was mit mir zu tun haben.«

»Ich würde jetzt gerne einen Spaziergang machen«, sagte Marina nur und machte einen Schritt zur Seite. Inzwischen war sie der Meinung, dass die Alte tatsächlich nicht ganz richtig tickte. Nach ein paar Metern warf Marina einen Blick zurück, um zu überprüfen, ob Astrid ihr folgte. Gewundert hätte es sie nicht, aber weit und breit war niemand mehr zu sehen.

Die Lust an dem Spaziergang war ihr vergangen. Sie dachte an die alte Frau, die ihr unsympathisch und ein bisschen unheimlich war. Andererseits tat sie ihr auch leid, weil sie ein so einsames Leben führte. Marinas Gedanken wanderten weiter zu Greta, dann nach Husum und damit zu Mick. Sie hatte nach wie vor die Chance, mit Mick alt zu werden, anstatt so allein zu sein wie Greta oder Astrid. Aber wollte sie das überhaupt? War das, was sie für ihn empfand, noch Liebe oder nur Gewohnheit? Und liebte er sie noch? Falls ja, konnte er es ziemlich gut verbergen.

Marina kehrte um. Sie beschloss, selbst das Abendessen für Greta und sich vorzubereiten, schließlich kannte sie sich inzwischen in der Küche aus. Und sie war ja auch längst kein normaler Gast mehr, der sich nur bedienen lassen wollte. Hoffentlich hatten Gretas Kopfschmerzen nachgelassen. Vielleicht hatte sie ein bisschen geschlafen und das aufwühlende Gespräch mit ihrer Nachbarin hinter sich gelassen.

Durch die Pforte trat Marina wieder in den Vorgarten, während sie überlegte, ob sich Greta über Rührei mit Speck freuen würde. In diesem Moment entdeckte sie die alte Astrid, die auf der regennassen Gartenbank saß, als hätte sie dort gewartet. Genervt wollte Marina einfach vorbeigehen, aber die Worte der Alten ließen sie zögern.

»Die Leute denken, dass ich mich nur interessant machen will mit meinen Geschichten, weil ich immer so alleine bin. Und meistens stimmt das auch. Über Greta weiß ich allerdings wirklich Bescheid. Wenn sie mir nur zuhören würde, könnte ich ihr helfen.«

Jetzt kam ihr Astrid nicht mehr vor wie eine Verrückte, ihre Stimme hatte sich verändert, sie klang ruhig und überlegt. Marina trat einen Schritt näher. »Ihr helfen? Wobei?«

»Antworten zu finden auf ihre vielen Fragen.«

»Und was für Antworten sollen das sein?«, fragte Marina herausfordernd.

»Zum Beispiel die, dass ihr Vater sie vom ersten Tag an geliebt hat. Sie weiß es nur nicht.«

»Sie hat ihn ja auch nie kennengelernt«, gab Marina irritiert zurück.

»Das ist wahr. Aber das könnte sie noch«, sagte Astrid, und sofort war Marina wieder davon überzeugt, dass die Alte verrückt war.

»So ein Quatsch. Er ist doch seit Jahrzehnten tot.«

Astrid schüttelte den Kopf wie jemand, der nicht fassen kann, wie begriffsstutzig sein Gegenüber ist. »Was ihr nicht alles wisst«, murmelte sie. Dann drehte sie sich um und ging.

»Und Sie?«, rief Marina ihr nach, »Wissen Sie etwa mehr?«

An der Gartenpforte blieb Astrid stehen und sagte: »Ja. Viel mehr.«

19

Beim Abendessen war Greta wieder wie immer, und auch Marina hatte die seltsame Unterhaltung mit Astrid, von der sie Greta nichts erzählte, verdrängt. Die beiden Frauen saßen an diesem Abend lange zusammen am Tisch, der von drei Kerzen und einer Handvoll Teelichtern in ein behagliches Licht getaucht wurde. Die Flasche Rotwein, die Greta von ihrem Vorrat spendiert hatte, war inzwischen leer, und seit dem zweiten Glas duzten sie sich.

Marina fühlte, wie sich Ruhe und Zufriedenheit in ihr ausbreiteten. Es gehörte so wenig dazu, sich wohlzufühlen. Warum schafften Mick und sie das schon so lange nicht mehr? Ach, sie wollte jetzt nicht an ihn denken. Sie wollte den Moment genießen. Mit Greta, die sie ins Herz geschlossen hatte und die sich von der Pensionswirtin zu einer Vertrauten und Freundin entwickelte.

Greta, die ahnte, woran Marina dachte, fragte: »Hast du deinem Mann schon gesagt, dass du noch länger hierbleibst?«

»Ich habe ein paar Mal versucht, ihn anzurufen, ihn aber bisher nicht erreicht. Außerdem ist es ihm doch sowieso egal.«

»Das glaube ich nicht. Männer sind nun mal stolz. Nur die wenigsten können zugeben, dass ihnen was fehlt ohne ihre Frauen.«

»Wenn du das sagst«, Marina klang nicht überzeugt. »Vielleicht hat Mick ja noch gar nicht bemerkt, dass ich weg bin.«

»Jetzt bist du ungerecht. Morgen rufst du ihn an. Abgemacht?«

»Okay. Aber nur dir zuliebe.«

Beide schwiegen eine Weile. Dann fragte Marina: »Gibt es eigentlich keinen Herrn Mortensen?« Als Greta nicht sofort antwortete, fügte sie schnell hinzu: »Entschuldige bitte, wenn ich zu neugierig bin.«

»Nein, nein, schon gut«, versicherte Greta. »Es gab einen Herrn Mortensen, aber er gehörte nur für kurze Zeit zu meinem Leben.«

»Warum?« Mareikes Frage war nur ein Flüstern.

»Er lebte nach unserer Hochzeit nur noch ein knappes Jahr. Wir lernten uns mit Anfang zwanzig kennen und waren vier Jahre lang das glücklichste Paar der ganzen Insel, ach was, der ganzen Welt. Und dann passierte alles auf einmal. Ich wurde schwanger, wir heirateten, er wurde krank und starb, und ich verlor unser Kind.«

Marina schwieg betroffen. Nach dieser Aufzählung trauriger Schicksalsschläge erschien ihr jede Erwiderung banal.

Greta schien auch keine Antwort zu erwarten. Sie saß reglos da, starrte wie gebannt auf die geblümte Wachstuch-Tischdecke vor sich und war in Gedanken meilenweit entfernt von ihrer Küche und ihrem jetzigen Leben.

Nach ein paar Minuten, in denen Marina sich am liebsten unsichtbar gemacht hätte, erwachte Greta wie aus einer Hypnose, rieb sich mit der Hand über die Augen und sah Marina an. »Es ist mehr als zwanzig Jahre her, aber manchmal fühlt es sich an, als wäre es gestern gewesen. Wenn ich darüber rede, ist alles wieder da.«

»Hast du außer deinen Brüdern auf dem Festland sonst keine Verwandten mehr?«, fragte Marina.

»Doch. Die alte Astrid.« Greta schmunzelte über Marinas

verdutztes Gesicht und fügte hinzu: »Sie ist nicht nur meine Nachbarin, sie ist auch meine Tante. Die Schwester meines Vaters, den ich ja nie kennengelernt habe.«

»Tja, da haben wir was gemeinsam«, seufzte Marina. »Ich kenne meinen Vater ebenfalls nicht. Und im Gegensatz zu dir weiß ich noch nicht einmal, wer mein Erzeuger ist.«

»Das tut mir leid«, sagte Greta mitfühlend. »Jeder Mensch sollte über seine Herkunft Bescheid wissen. Und was ist mit deiner Mutter? Habt ihr euch gut verstanden?«

»Nein. Unser Verhältnis war sehr angespannt und distanziert.«

»Aus welchem Grund?«

»Na ja«, druckste Marina herum. »Sie hat mir meinen Vater verschwiegen, und das fand ich nicht fair. Jede meiner Fragen wurde eiskalt abgeblockt. Ich weiß nur, dass er sie sitzen ließ, als sie mit mir schwanger war. Das hat sie sehr verletzt, und danach hat sie allen Männern heimgezahlt, was er ihr angetan hatte.«

»Was genau meinst du damit?«

»Sie hat mit den Männern, die sich für sie interessierten, nur gespielt. Hat sich teure Geschenke machen lassen und die Typen dann schnell wieder in die Wüste geschickt. Nach jeder Trennung hat sie die Präsente verkauft, weil sie ihr gar nichts bedeuteten. Das Geld hat sie mir vererbt, wohl als späte Wiedergutmachung dafür, dass ich nie einen Vater, aber viele wechselnde Ersatzpapis hatte.«

Greta hatte aufmerksam zugehört. Marina wunderte sich erneut darüber, wie viel sie Greta anvertraute und wie leicht es ihr fiel. Trotzdem bemühte sie sich jetzt um einen Themenwechsel. »Jedenfalls ist mir diese Astrid, Tante hin oder her, irgendwie unheimlich.«

»Ach was«, widersprach Greta, »sie ist ein bisschen seltsam, aber sie tut keiner Fliege was zuleide. Ich fühle mich ihr gegenüber verpflichtet, denn sie hat sonst niemanden. Genau wie ich.«

»Es tut mir so leid, dass ich dich nach deinem Mann gefragt und damit an alles erinnert habe«, entschuldigte sich Marina.

»Mach dir keine Gedanken, ich sorge schon dafür, dass ich trotzdem gut schlafen werde«, antwortete Greta lächelnd und öffnete eine weitere Flasche Wein.

Um kurz vor zehn versuchte Marina erneut, Mick anzurufen, und diesmal klappte es.

»Menkhoff.«

»Hallo, Mick, ich bin's, Marina.«

Am anderen Ende der Leitung blieb es still. Nach vielen vergeblichen Versuchen hatte Marina es endlich geschafft, ihren Mann telefonisch zu erreichen, aber es hatte nicht den Anschein, als würde er sich über ihren Anruf freuen.

»Mick? Kannst du mich hören?«

»Wann kommst du nach Hause?«

Marina seufzte. Sie hatte geahnt, dass das Telefonat nicht leicht würde, aber so schlimm hatte sie es doch nicht erwartet. Er hatte sie nicht einmal begrüßt.

»Ich weiß es noch nicht«, antwortete sie wahrheitsgemäß.

Mick sagte wieder nichts.

»Wie geht es dir? Ist alles okay?« Sie ärgerte sich über ihren verunsicherten Tonfall.

»Nichts ist okay. Wie denn auch? Der Kühlschrank ist leer, die Wäsche türmt sich und die Wohnung hat echt schon besser ausgesehen.«

Aha, sie fehlte ihm also im Haushalt. Wahrscheinlich aber tatsächlich nur dort.

»Interessiert es dich zufällig, wie es mir geht?«, fragte sie eine Spur zu schnippisch.

»Es wird dir wohl gutgehen, sonst würdest du ja nach Hause kommen und dich hier wie immer um alles kümmern.«

Sie versuchte, ruhig zu bleiben. »Es geht mir sogar sehr gut. Ich genieße die Zeit hier.«

»Wie schön für dich. Mehr muss dich ja nicht interessieren.«

Jetzt hatte er sie mit seinem vor Sarkasmus triefenden Tonfall endgültig auf die Palme gebracht. War sie denn nur auf der Welt, um sein Leben so angenehm wie möglich zu gestalten? Aufgebracht antwortete sie: »Wie gesagt, ich verlängere meinen Aufenthalt hier. Und was deine häuslichen Probleme angeht: Du kennst den Weg zum Supermarkt. Dort gibt es alles, was du brauchst, um den Kühlschrank zu füllen. Die Bedienungsanleitung für die Waschmaschine liegt im Regal oben drüber, und die Funktionsweise unseres Staubsaugers ist auch sehr simpel.«

»Dann ist wohl für den Moment nichts weiter zu bereden«, blaffte er zurück und legte auf.

20

Am nächsten Morgen wurde Marina von den Sonnenstrahlen geweckt, die durch den Spalt zwischen den Vorhängen in ihr Zimmer schienen. Sie fühlte sich frisch und ausgeruht. Den gestrigen Abend mit Greta hatte sie sehr genossen. Trotz der zwei Flaschen Rotwein, die sie zusammen geleert hatten, fehlte von einem Kater jede Spur. Es kam eben darauf an, mit wem und in welcher Stimmung man sich betrank. Greta war offensichtlich eine gute Wahl. Albern wie zwei Schulmädchen hatten sie sich zuerst über alles Mögliche schlapp gelacht und sich später ernsten Themen zugewandt. Dabei hatte Marina sich nicht eine Sekunde von Greta ausgehorcht gefühlt.

Genüsslich reckte und streckte sie sich noch einen Moment, dann schwang sie die Beine aus dem Bett, ging zum Fenster und schob die Vorhänge zur Seite. Tatsächlich schien die Sonne von einem strahlend blauen Himmel, über den nur einzelne Schäfchenwolken zogen.

Marina duschte, zog sich an und lief hinunter.

Greta schälte in der Küche Kartoffeln und lächelte in sich hinein, als sie das Rauschen der Dusche im Zimmer über sich hörte. Ihr einziger Gast war also endlich aufgewacht, was um halb zehn auch mal Zeit wurde.

Für Marinas Frühstück stand schon alles bereit. Am ersten Tag ihres Aufenthaltes hier hatte sie diese Mahlzeit komplett ausfallen lassen. Am zweiten Tag hatte sie so traurig und verlassen vor ihrem Müsli gesessen, dass Greta ihr spontan angeboten hatte, sich morgens zu ihr in die Küche zu setzen.

»Das kann man ja nicht mit ansehen, wie Sie hier so alleine sitzen«, hatte die Chefin des Hauses gesagt. »Leisten Sie mir doch Gesellschaft, während Sie frühstücken, dann haben wir beide was davon.« Seitdem führte Marinas erster Weg sie morgens direkt in die große und gemütliche Küche.

Als Greta jetzt hörte, wie leichtfüßig und fröhlich Marinas Schritte auf der Treppe klangen, legte sich ein Lächeln auf ihr Gesicht. Was für ein Unterschied war das, verglichen mit den Tagen nach ihrer Ankunft hier.

In diesem Augenblick betrat Marina die Küche mit einem strahlenden »Guten Morgen, Greta« auf den Lippen. Greta erwiderte den Gruß und fragte: »Gut geschlafen?«

»Ja, wie ein Stein. Und wie hast du unser kleines Gelage überstanden?«

Greta machte eine wegwerfende Handbewegung. »Ach, mich wirft so schnell nichts aus der Kurve. Was hast du heute vor?«

Marina goss Kaffee aus der bereitstehenden Kanne in ihre Tasse, nahm genüsslich einen Schluck und antwortete: »Ich möchte wieder zum Flensenhaus gehen. Irgendwie lässt es mich nicht los. Vielleicht hast du ja Lust, mich zu begleiten?«

»Heute geht es leider nicht. Ich fahre nach Oldsum zu einem alten Freund meiner Mutter. Das kann ich unmöglich absagen. Gottlieb freut sich immer sehr auf meine Besuche.«

»Natürlich«, beeilte sich Marina zu sagen, »ich wollte auch nicht ... ich meinte ja nur ...«

Greta lächelte. »Hey, schon gut. Ich habe nur gesagt, dass es heute nicht klappt. Ich habe nicht gesagt, dass ich nie mitkommen werde. Wollen wir es gleich für morgen einplanen?«

»Ja, sehr gerne«, antwortete Marina. »Dann fahre ich heute nach Wyk und sehe mir euer Hauptstädtchen an.«

Nachdem sie ihr Frühstück beendet und das Geschirr in die Spülmaschine geräumt hatte, stieg Marina in ihr Auto und fuhr die knapp vier Kilometer bis nach Wyk. Sie stellte den Wagen auf dem großen Parkplatz am Heymannsweg ab, ging auf das Strandhotel zu und dann auf die Promenade. Ein paar Minuten beobachtete sie einige Kitesurfer, die ihr Können auf den Wellen zeigten. Ihr fröstelte bei dem Anblick, selbst mit einem Neopren-Anzug würde sie bei diesem Wetter nicht ins oder aufs Meer gehen. Außer ihr waren kaum Spaziergänger unterwegs, denn es waren nur wenige Touristen auf der Insel, für die Allerheiligen ein gesetzlicher Feiertag war und die sich so mit dem heutigen Brückentag ein langes Wochenende ermöglicht hatten.

Marina nahm sich vor, demnächst komplett am Strand entlang von Nieblum aus nach Wyk und wieder zurück zu wandern, denn Greta hatte ihr erzählt, dass dies problemlos möglich war. Man konnte von Wyk aus sogar 15 Kilometer weit am Strand spazieren gehen bis nach Utersum, aber sie musste es ja nicht gleich übertreiben.

Beim Café-Restaurant »Valentino« gönnte sie sich ein Kännchen Kaffee und genoss mit einer Wolldecke auf den Knien von der Terrasse aus den Blick aufs Meer. Die Fähren zwischen Dagebüll, Föhr und Amrum fuhren jetzt im Herbst zwar seltener, aber immer noch unermüdlich wie von einem unsichtbaren Band gezogen hin und her.

Nachdem sie sich gestärkt hatte, ging Marina von der Promenade aus zurück und bummelte den Sandwall entlang und an den vielen Läden vorbei, deren Warenangebot von Kleidung und Schuhen über Spielzeug und Bücher bis hin zu unzähligen Souvenir-Artikeln alles bereithielt, was die Urlaubskasse strapazieren konnte. Jetzt, im November, waren allerdings einige Läden geschlossen, andere hatten ihre Öffnungszeiten eingeschränkt. Es fühlte sich an, als erholte der Ort sich vom bunten Treiben des Sommers. Von Greta hatte Marina erfahren, dass die Verschnaufpause allerdings nur bis Mitte Dezember andauern würde, denn dann fand alljährlich am Sandwall die Wyker Festmeile statt.

Gegen halb zwei machte sich Marinas Magen durch lautes Knurren bemerkbar. Sie beschloss, sich ein leckeres Mittagessen zu gönnen und entschied sich für ein kleines Fischrestaurant, das sie entdeckt hatte und das passenderweise »Zum Walfisch« hieß. Sie ging hinein und setzte sich ans Fenster.

»Sie speisen allein?«, fragte der Kellner mit einem freundlichen Lächeln, als er an ihren Tisch trat.

»Ja, so ist es«, antwortete Marina. Sie spürte, wie sie errötete. Ohne Begleitung essen zu gehen, fühlte sich seltsam und ungewohnt an. Schnell senkte sie den Blick und widmete sich der Speisekarte.

Während ihr das Wasser im Mund zusammenlief und sie Schwierigkeiten hatte, sich für eines der verlockend klingenden Gerichte zu entscheiden, hörte sie vom Nachbartisch jemanden sagen: »Der Steinbeißer ist ein Gedicht. Den dürfen Sie sich nicht entgehen lassen.«

Marina drehte sich in die Richtung, aus der die Stimme kam, und blickte direkt in die Augen von – Sean Connery.

Natürlich war es nicht der echte Sean Connery, dieser hier war mindestens zwanzig Jahre jünger. Aber wenn es stimmte, dass jeder Mensch auf der Welt sieben Doppelgänger hatte, dann saß eines von Mr. Connerys Ebenbildern gerade in einem Fischrestaurant in Wyk auf Föhr.

»Vielen Dank für die Entscheidungshilfe«, antwortete sie lächelnd.

Wie auf Stichwort erschien wieder der Kellner und erkundigte sich nach ihren Wünschen. »Und was möchten Sie trinken?«, fragte er, nachdem er den Steinbeißer notiert hatte.

»Bitte bringen Sie der Dame einen Chardonnay auf meine Rechnung«, mischte sich Sean Connery erneut in das Gespräch ein. An Marina gewandt fügte er hinzu: »Ich darf Sie doch einladen?«

»White wine with the fish«, antwortete sie gut gelaunt, »ja, gerne. Vielen Dank.«

Minuten später prosteten Marina und Sean Connery sich zu und machten abwechselnd ein paar ebenso höfliche wie nichtssagende Bemerkungen über das herrliche und für die Jahreszeit untypisch milde Wetter. Als Marinas Essen serviert wurde, widmete sie ihre ungeteilte Aufmerksamkeit dem Steinbeißer.

»Ich hatte wohl nicht zu viel versprochen?«, fragte Mr. Connery einige Zeit später mit einem Blick auf Marinas Teller, auf dem nur noch ein Salatblatt sein einsames Dasein fristete. Marina lachte. »Nein, haben Sie nicht. Es hat fantastisch geschmeckt.«

»Genau deswegen verbringe ich meine Mittagspausen hier am liebsten. Der Kellner ist zwar überaus reizend, aber glauben Sie mir, er ist nicht der Grund.«

Marina lachte. »Darf ich fragen, wo Sie arbeiten?«, erkundigte sie sich, um die nette Unterhaltung fortzusetzen.

»Gleich da vorne«, antwortete Seans Doppelgänger und zeigte auf das Haus direkt gegenüber.

»Ich bin Steuerberater und habe da drüben meine Kanzlei. Mein Name ist übrigens Bond. Steffen Bond.« Er verbeugte sich mit einem breiten Grinsen und hielt ihr seine Hand hin.

»Und mit wem habe ich das Vergnügen?«

Marina hätte sich ausschütten können vor Lachen. Der Typ sah aus wie Sean Connery und hieß auch noch Bond. Das war ja wohl zum Piepen. Sie riss sich mühsam zusammen, ergriff seine ausgestreckte Hand und antwortete: »Mit Marina Menkhoff. Und jetzt ist mir klar, warum Sie Ihre Mittagspause so großzügig ausdehnen können.«

»Ja, das ist einer der Vorteile, wenn man der Chef ist. Machen Sie Urlaub hier auf Föhr?«

Marina nickte. »Ich habe ein Zimmer in Nieblum, aber heute stand Wyk auf meinem Programm.«

»Und Ihr Mann hatte keine Lust, Sie zu begleiten?«, fragte er, wobei er einen kurzen Blick auf ihren Ehering warf.

»Er hatte auf den ganzen Urlaub keine Lust«, gab Marina zu, »weshalb er zu Hause geblieben ist.«

»Woher kommen Sie?«

»Aus Husum. Und bevor Sie fragen: Ja, ich bin zum allerersten Mal auf Föhr, auch wenn das unglaublich klingt.«

»Besser spät als nie«, antwortete 007, »wie gefällt es Ihnen denn?«

»Nieblum finde ich ganz zauberhaft, aber von Wyk habe ich bis jetzt zu wenig gesehen, um es beurteilen zu können. Wissen Sie, ich kenne bisher nur die Promenade, ein hervorragendes Fischrestaurant und eine Steuerkanzlei. Die allerdings nur von außen.«

»Das ist eindeutig nicht genug«, gab er zu. »Hätten Sie Lust, noch mit mir in das Café vorne an der Ecke zu gehen? Ich könnte Ihnen allerhand Wissenswertes über Wyk erzählen.«

Auch wenn Marinas Pläne für den heutigen Tag anders ausgesehen hatten, konnte sie nicht widerstehen, sein Angebot anzunehmen und damit ihr Zusammensein auszudehnen. »Ja, warum nicht?«

Knapp zwei Stunden und vier Tassen Kaffee später hatte Marina zwar immer noch wenig über Wyk, dafür aber umso mehr über Steffen Bond erfahren. Er war geschieden und hatte keine Kinder. Seine Mutter war vor einigen Jahren gestorben und sein Vater lebte ebenfalls auf Föhr. Steffen besuchte ihn so oft wie möglich.

Marina erzählte ihrerseits ausführlich von ihrem Sohn Marvin, seiner Kindheit und seinem jetzigen Leben in Wolfsburg. Mick und ihre Ehe erwähnte sie mit keinem Wort. Falls Steffen davon irritiert war, ließ er es sich zumindest nicht anmerken.

Mitten in ihre angeregte Unterhaltung hinein klingelte sein Handy. Er warf einen Blick auf das Display. »Meine Assistentin, bitte entschuldigen Sie mich kurz«, sagte er zu Marina, dann nahm er das Gespräch an. Einen Moment lauschte er, bevor er antwortete: »Ich weiß noch nicht, wann ich zurück bin, denn ich muss mich zuerst um eine überaus wichtige und unaufschiebbare Angelegenheit kümmern.« Bei diesen Worten zwinkerte er Marina zu und sie hätte fast losgekichert wie ein junges Mädchen. Im nächsten Moment hörte sie, wie er sagte: »Ach ja, stimmt. Nein, sagen Sie den Termin nicht ab, ich werde pünktlich da sein.«

Marina gefiel, mit welcher selbstverständlichen Autorität er sprach, ohne hervorzuheben, dass er der Chef und die Anruferin seine Angestellte war.

Nachdem er das Telefonat beendet hatte, meinte er schmunzelnd: »Jetzt haben wir einander einigermaßen gut kennengelernt, aber über Wyk wissen Sie leider immer noch nicht besonders viel.«

»Stimmt«, antwortete Marina lachend, »dann schießen Sie mal los.«

Und so erfuhr sie in der folgenden Stunde allerhand Wissenswertes über die Nordfriesen und ihre Geschichte. Den Besuch im Friesenmuseum, den sie sich für den Nachmittag vorgenommen hatte, konnte sie sich dank Steffens Vortrag jedenfalls sparen.

Irgendwann meinte er bedauernd: »Jetzt muss ich leider zurück ins Büro zu einem Termin mit einem wichtigen Klienten.«

»Kein Problem«, sagte Marina und griff nach ihrer Tasche.

»Sehen wir uns wieder?«, fragte er, als er ihr in die Jacke half.

Marina konnte sich nicht daran erinnern, wann Mick das zuletzt getan hatte. Wie sehr sie diesen Nachmittag genossen hatte! Trotzdem war sie eine verheiratete Frau. Unglücklich verheiratet, aber dennoch verheiratet. Ein paar unterhaltsame Stunden mit einer Zufallsbekanntschaft waren vielleicht noch okay, doch ein vereinbartes Wiedersehen, also eine echte Verabredung, war etwas ganz anderes. Besonders, wenn allein der Gedanke daran sich in ihrem Inneren anfühlte wie ein Looping in der Achterbahn. Wo fing fremdgehen an?

Steffen reichte ihr seine Karte. »Rufen Sie mich an, wenn Sie Lust auf ein Wiedersehen haben. Ich würde mich jedenfalls sehr freuen.«

Erleichtert darüber, sich jetzt nicht festlegen zu müssen, lächelte Marina und verabschiedete sich.

Als sie gegen sechs die Pension betrat, war Greta noch nicht zu Hause. Auf dem Küchentisch lag ein Zettel mit der Nachricht, dass Marina sich ihr Abendessen bitte selbst zubereiten solle, da Greta nicht wisse, wann sie zurück sei. Marina kam das sehr gelegen. Erstens hatte sie keinen Hunger, und zweitens wollte sie sich in ihr Zimmer zurückziehen und in den Erinnerungen an den interessanten Nachmittag schwelgen.

Um kurz nach neun hörte Marina ein zaghaftes Klopfen.

»Marina? Bist du da?«, ertönte Gretas Stimme dumpf durch die geschlossene Tür.

Marina antwortete nicht, auch wenn sie dabei ein schlechtes Gewissen hatte. Sie mochte Greta von Herzen gerne, aber heute wollte sie lieber alleine sein.

Scheinbar nahm Greta an, dass ihr Gast bereits schlief, denn sie klopfte kein zweites Mal. Stattdessen hörte Marina, wie kurz darauf auch die Tür zu Gretas Schlafzimmer geschlossen wurde. Sie kuschelte sich tiefer unter die Decke und dachte beim Einschlafen abwechselnd an Sean Bond und Steffen Connery.

21

Der nächste Tag versprach wieder, ein wunderschöner Herbsttag zu werden. Die Sonne strahlte vom wolkenlosen Himmel, als wollte sie sich einfach nicht eingestehen, dass bereits November und der Sommer längst zu Ende war.

Marina war zeitig zum Frühstück unten in der Küche erschienen. Greta stand an die Spüle gelehnt und stöhnte. Marina ging sofort auf sie zu und legte ihr die Hand auf die Schulter.

»Greta, was ist los? Hast du Schmerzen?«

»Ach, mein Rücken. Halb so wild, hoffe ich. Wahrscheinlich hat kurz die Hexe geschossen.« Und mit einem Augenzwinkern fügte sie hinzu: »Vielleicht war es auch Astrid. Immerhin sehen sich die beiden durchaus ähnlich.«

Im nächsten Moment verzog Greta vor Schmerz das Gesicht, und Marina sagte: »Da sieht man es wieder. Die kleinen Sünden straft der liebe Gott sofort.«

Greta grinste. »Und trotzdem zweifelst du noch.«

Eine knappe Stunde später machten sich die beiden Frauen wie geplant auf den Weg zum Flensenhaus. Marina hatte Greta angeboten, den Ausflug wegen ihrer Rückenschmerzen lieber zu verschieben, aber Greta wollte davon nichts wissen.

»Bewegung ist die beste Therapie. Los geht's!«

Nachdem sie ein paar Minuten gegangen waren, fragte Greta: »Wie war es eigentlich gestern in Wyk? Hat es dir gefallen?«

Marina antwortete: »Ja, aber ich habe noch längst nicht alles gesehen, was es dort Interessantes gibt. Ich möchte unbedingt in den nächsten Tagen noch mal hin.«

»Am schönsten finde ich die Carl-Häberlin-Straße. Die hast du dir doch bestimmt angesehen.«

Diese Straße war Marina tatsächlich zweimal entlanggegangen, daher antwortete sie: »Ja, diese Straße ist mit ihren niedlichen Kapitänshäusern wirklich etwas Besonderes. Ich weiß allerdings nicht, ob die Bewohner dieser Häuser es immer so lustig finden, dass manche Leute stehen bleiben, um durchs Fenster in die gute Stube zu sehen.«

»Ach, das nehmen die mit angeborener Gleichgültigkeit hin«, behauptete Greta. »Übrigens ist die Straße denkmalgeschützt, denn sie ist als einzige erhalten geblieben nach den Stadtbränden in den Jahren 1857 und 1869. Es gibt ansonsten in Wyk kaum noch Gebäude, die älter sind als hundert Jahre.«

Marina nickte. »Dann sind die Kapitänshäuschen in der Carl-Häberlin-Straße ja erst recht etwas ganz Besonderes.«

»Das sind sie«, bestätigte Greta und fügte hinzu: »Ich gehe auch immer wieder gerne in Wyk spazieren, obwohl ich den Ort natürlich kenne wie meine Westentasche. Weißt du schon, wann du noch mal hin willst? Vielleicht begleite ich dich.«

»Ich sage dir rechtzeitig Bescheid«, versprach Marina und fühlte sich ganz mies, weil sie Greta nichts von Steffen Bond erzählte, aber diese neue Bekanntschaft wollte sie vorerst lieber für sich behalten.

Schweigend setzten sie ihren Weg fort. Einzelne Sonnenstrahlen suchten sich ihren Weg durch die letzten Blätter, die noch an den Bäumen hingen. Sie gingen am Friesendom vorbei und hatten kurze Zeit später ihr Ziel erreicht. Gemeinsam durchquerten sie den Vorgarten und blieben am Fuß der Treppe stehen, die zur Haustür führte.

»Ist es nicht wunderschön, trotz dieses Verfalls?«, flüsterte Marina, als hätte sie Angst, dass das Haus sie hörte.

»Es war mal wunderschön«, gab Greta zurück, »und das könnte es auch wieder sein. Aber dazu wäre viel Geld, Zeit und Zuwendung nötig. Komm, setzen wir uns einen Moment.«

Sie nahmen nebeneinander auf den Stufen Platz.

»Erzähl mir mehr über dein Leben«, forderte Greta Marina auf.

Sie erzählte, dass sie früher wie eine dieser Frauen aus der Kaffeewerbung im Fernsehen war. Die perfekte Hausfrau, die Super-Mama, die ideenreiche Gastgeberin und natürlich die feurige und nie müde werdende Geliebte.

Greta unterbrach sie lachend. »Bist du sicher, dass du nicht ein bisschen übertreibst oder im Rückblick alles schillernder darstellst, als es war?«

»Absolut nicht«, widersprach Marina. »Es war perfekt. Mein liebevoller und aufmerksamer Mann, mein zuckersüßer Sohn, der schicke und moderne Bungalow.«

»Klingt fast zu schön, um wahr zu sein. Wie bei einem dieser Traumpaare aus Hollywood.«

Marina lächelte wehmütig. »Anfangs waren wir genau das, aber inzwischen sind nur noch unsere Streitereien hollywoodreif. Kennst du den Film *Der Rosenkrieg* mit Kathleen Turner und Michael Douglas? Ungefähr so musst du dir das vorstellen. Wir hängen dabei wahrscheinlich nur deswegen nicht im Kronleuchter, weil wir keinen haben.«

Greta, die angesichts des ernsten Themas und des traurigen Statements von Marina versucht hatte, nicht zu lachen, konnte sich nun nicht mehr länger zusammenreißen. »Tut mir leid«, japste sie zwischen zwei Lachsalven, »aber bei den Bildern, die ich jetzt im Kopf habe, würdest du dich auch nicht mehr einkriegen.«

Zum Glück war Marina nicht beleidigt, sondern fiel in das Lachen mit ein.

Als Greta sich wieder beruhigt hatte, fragte sie: »Du warst noch sehr jung bei eurer Hochzeit, stimmt's?«

»Stimmt«, bestätigte Marina. »Ich wurde mit neunzehn schwanger, und als ich zwanzig wurde, war ich schon verheiratet und Mutter. Mick ist zehn Jahre älter als ich und wollte auf keinen Fall ein alter Vater sein. Deshalb haben wir es mehr oder weniger vom ersten Tag an drauf ankommen lassen.«

»Und es hat offenbar sofort geklappt«, lachte Greta.

»Ja, und das war auch gut so. Ich hatte nie großartige berufliche Ambitionen. Meine Lehre zur Speditionskauffrau hatte ich gemacht, weil eine Ausbildung nun mal dazugehörte, aber eigentlich wollte ich nie was anderes sein als Ehefrau und Mutter.«

»Klingt, als wäre dein Plan aufgegangen.«

»Ja, das stimmt. Doch als Marvin anfing zu studieren und von zu Hause auszog, begann die Talfahrt.«

»Was meinst du damit?«, hakte Greta nach.

»Auf einmal erschien mir der Tag so lang und das Haus, in dem ich jetzt den ganzen Tag alleine war, so groß. Ich wusste mit der Zeit, die jetzt übrig war, nichts anzufangen. Ein paar Monate redete ich mir ein, dass es mir gefiel, so viel Freizeit zu haben, aber es gefiel mir absolut nicht. Ich langweilte mich, also besuchte ich bei der Volkshochschule einen Kurs nach dem anderen, um wenigstens ein neues Hobby für mich zu entdecken. Glaub mir, von Italienisch für Anfänger über veganes Kochen bis hin zu weihnachtlichem Origami war alles dabei. Kurz vor der verzweifelten Anmeldung zum Kurs Ausdruckstanz habe ich eingesehen, dass ich so nicht weiterkomme.«

»Und dann?«

»Dann habe ich mich zur Wiederbelebung meiner eingeschlafenen Ehe entschlossen und haufenweise Unternehmungen für Mick und mich geplant, wozu er natürlich überhaupt keine Lust hatte. Er wollte in seiner arbeitsfreien Zeit nur entspannen und seine Ruhe haben.«

»Wäre das nicht eure Chance gewesen, die Zweisamkeit ganz neu zu entdecken?«

Marina schnaubte verächtlich. »Daran war gar nicht zu denken. Mick wurde immer träger und lustloser und langweiliger. Ein Bier und dazu ein Fußballspiel im Fernsehen war alles, was er noch brauchte. Sogar die Fernbedienung fasste er liebevoller an als mich.«

Gretas Mundwinkel zuckten schon wieder verräterisch.

Marina traute sich, Greta die Frage zu stellen, die ihr seit gestern unter den Nägeln brannte. »Hat es nie einen anderen Mann für dich gegeben?«

»Na ja, ich habe nicht gelebt wie eine Nonne, falls du das meinst. Aber einen Arne Mortensen habe ich nie wieder getroffen. Weißt du, er war mein Zuhausemensch, und den trifft man, wenn überhaupt, nur einmal im Leben.«

»Dein Zuhausemensch?«, hakte Marina nach. »Das Wort habe ich noch nie gehört.«

»Kannst du auch nicht, weil ich es erfunden habe. Dein Zuhausemensch ist der Mensch, der dir ein heimatliches Gefühl gibt, egal wo du bist. Zuhause, das muss keine Stadt und kein Haus oder so was sein. Dein Zuhause ist der Mensch, der zu dir gehört. Ohne den du nicht komplett bist. Der bei dir bleibt, wenn alle gehen. Der mit dir wach ist, wenn du nicht schlafen kannst. Der mit dir lacht und mit dir weint, ohne genau zu wissen, warum. Das alles war Arne für mich. Und nachdem er gestorben war, ist sein Platz für immer leer geblieben. In meinem Herzen und in meinem Leben.«

Marina hatte Gretas Worten aufmerksam gelauscht und war sehr nachdenklich geworden.

Als könnte sie ihre Gedanken lesen, sagte Greta leise: »Mick ist nicht mehr dein Zuhausemensch, stimmt's?«

Marina schüttelte den Kopf und antwortete mit Tränen in den Augen: »Und inzwischen weiß ich nicht mal, ob er es jemals war.«

Sie blieben noch eine Weile auf der Treppe des Flensenhauses sitzen und hingen ihren Gedanken nach.

Dann meinte Greta: »Komm, gehen wir nach Hause. Ich mache uns einen leichten Mittagsimbiss und danach will ich noch zum Reiten. Und du unternimmst irgendetwas, das dich von diesen Grübeleien abbringt, okay?«

»Okay«, antwortete Marina.

Unterwegs versuchte sie, Greta und sich selbst von ihrer Traurigkeit abzulenken, indem sie sie fragte, wie der Besuch gestern bei dem Bekannten in Oldsum verlaufen war.

»Es war wie immer«, erzählte Greta. »Gottlieb hat sich sehr gefreut, mich zu sehen. Er hat mich mit Kuchen vollgestopft und mir all die Geschichten erzählt, die ich schon in- und auswendig kenne. Er hat sonst niemanden, mit dem er sich unterhalten kann, und ich mache ihm diese Freude gerne.«

»Hat er denn keine Familie?«, fragte Marina.

»Es ist wie bei den meisten alten Menschen. Die Kinder sind erwachsen und führen ihr eigenes Leben, sind immer beschäftigt und furchtbar wichtig und halten sich für unsterblich. Sie sehen in ihren Eltern nur eine Belastung, der man sich stellen muss, obwohl man es eigentlich nicht möchte. Dabei verdrängen sie, dass sie selber ebenfalls alt werden. Sie übersehen in ihrer Überheblichkeit jegliche Gemeinsamkeiten und vergessen völlig, dass ihre Mütter und Väter auch irgendwann jung und voller Träume und Pläne waren.«

»Und dass nicht alles falsch ist, was Eltern so von sich geben«, stimmte Marina zu. »Marvin hat vom Tag seines WG-Einzugs jeden noch so gut gemeinten Rat konsequent in den Wind geschrieben. Dabei hätten wir ihn vor mancher Panne bewahren können.«

»Vielleicht sollten sich alte und einsame Menschen auch in einer WG zusammenfinden«, schlug Greta lachend vor. »Jeder macht, was er am besten kann und lässt sich bei allem helfen, worin er nicht gut ist. Zusammen ist man ja bekanntlich weniger alleine.«

Inzwischen hatten sie die Pension erreicht, und Greta verschwand sofort in der Küche und kümmerte sich um das versprochene Mittagessen.

Am Nachmittag fuhr Marina erneut mit dem Auto nach Wyk und bummelte über die Promenade. Verstohlen hielt sie dabei Ausschau nach Steffen Bond. Sie hatte sich nicht getraut, ihn anzurufen, weil ihr das noch zu früh erschien, aber sie hoffte, dass sich ihre Wege noch mal zufällig kreuzten. Dass dies nicht geschah, enttäuschte sie viel mehr, als sie sich selbst eingestand.

Gegen fünf Uhr am Nachmittag parkte sie ihr Auto wieder vor der Pension, und genau in dem Moment kam auch Greta nach Hause.

»Wie war dein Ausritt am Strand?«

»Himmlisch«, antwortete Greta, »aber weißt du, was noch viel schöner ist als ein Ausritt am Meeresufer? Ein Ritt durch das Wattenmeer. Nirgends sonst fühlt man sich so frei, und alle deine Sorgen lösen sich in Luft auf.«

In diesem Moment bemerkte sie die Sehnsucht in Marinas Augen. »Reitest du auch?«

»Ganz früher mal. Als ich dann mit Marvin schwanger war, habe ich natürlich aufgehört. Seit damals habe ich nie wieder auf einem Pferd gesessen.«

»Hast du schon Pläne für morgen? Ein bisschen Mozart hat noch keinem geschadet.«

Marina war verwirrt über den plötzlichen Themenwechsel, antwortete aber: »Nein, für morgen habe ich mir bisher nichts vorgenommen. Wo findet das Mozartkonzert statt? In Wyk?«

Greta lachte. »Wer hat denn was von einem Konzert gesagt? Mozart ist mein Pferd.«

»Du hast sogar ein eigenes Pferd?«

»Ja, es wohnt auf dem Wekinghof hier in Nieblum. Dort kann man Reitunterricht nehmen oder Pferde ausleihen und eben auch an geführten Ritten durchs Wattenmeer teilnehmen. Morgen findet ein solcher Ritt statt. Ich melde uns sofort an.«

»Aber ich bin doch so lange nicht geritten. Bestimmt kann ich es gar nicht mehr«, meine Marina skeptisch.

»Ach was, sei unbesorgt. Reiten ist wie Rad fahren, das verlernt man nicht.«

Am nächsten Morgen war Marina schon vor Greta in der Küche und deckte den Frühstückstisch. Sie hatte vor Aufregung kaum geschlafen und freute sich wie verrückt auf den Tag und den Ausritt. Die Sorge um ihre Reitkünste war wie weggeblasen, sie konnte es nicht erwarten, bis es endlich losging.

Nach dem Frühstück machten sich die beiden Frauen auf den Weg zum Wekinghof in der Nähe des Strands. Greta begrüßte einen sympathisch aussehenden Mann in Reitkleidung und stellte ihn als Jan Thomsen, den Betreiber des Reiterhofes vor. Marina schätzte ihn auf Anfang fünfzig.

»Freut mich, dass ihr heute dabei seid«, sagte er. »Greta, mach doch schon mal Mozart startklar. Ich kümmere mich um das Pferd für deine Freundin.« An Marina gewandt fügte er hinzu: »Sie bekommen Sally, eines unserer Paint Horses. Eine gutmütige, etwas ältere Lady. In ein paar Minuten kann es losgehen.«

Marina begleitete Greta zu ihrem Pferd. Mozart war ein wunderschöner tiefschwarzer Hengst, der sich auf den Ausritt mindestens so zu freuen schien wie Greta und Marina. Als sie mit dem fertig gesattelten Mozart wieder aus dem Stall traten, stand Jan Thomsen mit einem wesentlich älteren Mann zusammen. Sie unterhielten sich, aber Marina verstand kein Wort.

»Ist das Fering, was die beiden da sprechen?«, fragte sie und nickte zu den Männern hinüber.

Greta sah sie erstaunt an. »Ja, das ist die alte Inselsprache. Woher weißt du das?«

»Ich habe darüber gelesen, dass etwa dreitausend Menschen hier auf Föhr die Sprache noch beherrschen. Gehörst du auch dazu? Oder sind es eher die alten Leute, die das können?«

»Absolut nicht. Die Sprache wird bewusst lebendig gehalten und ist deshalb sogar Unterrichtsfach an den Schulen. Ich selber weiß leider nur, dass Haus Hüsing und Schiff Skap heißt, aber dann bin ich mit meinem Latein, pardon, Fering schon am Ende.«

In diesem Moment übergab Jan Marina die Zügel für Sally, die Paint Horse Lady, und gab das Zeichen zum Aufbruch. Mit etwas zittrigen Knien schwang Marina sich in den Sattel, und Sally heftete sich ganz von selbst an Mozarts Fersen. Nach wenigen Minuten waren sie am Strand angekommen und ritten ins Watt. Gemächlich trotteten alle drei nebeneinander her. Marina sog den typischen Wattgeruch tief ein und spürte mit jeder Sekunde, wie sehr sie es genoss, endlich mal wieder auf einem Pferd zu sitzen. Sie beschloss, dieses Hobby erneut aufzunehmen, egal, was Mick dazu sagen würde.

»Komisch, dass wir heute die einzigen Teilnehmer sind«, sagte sie zu Greta und bekam gerade noch mit, dass die Jan verschwörerisch zuzwinkerte. »Moment mal, soll das heißen, dass dieser Ausritt extra für uns stattfindet?«, rief Marina erstaunt.

»Ja«, antwortete Greta mit ihrem breitesten Grinsen, »weil ich dir eine Freude machen wollte und Jan mir sowieso jeden Gefallen tut.«

Sie ritten in gemächlichem Tempo Richtung Wyk und genossen das Gefühl der Freiheit, während sie sich zwischendurch über alles Mögliche unterhielten. Am Himmel lieferten sich vereinzelte Wolken ein Rennen um den besten Platz in der Nähe der Sonne. Sie sahen aus wie riesige Portionen Zuckerwatte.

Jan erzählte Marina, dass er aus Dänemark stamme und vor knapp zwanzig Jahren nach Nieblum gekommen sei. »Ein Reiterhof war immer schon mein Traum. Und Föhr ist die schönste Insel, die ich kenne. Warum also nicht beides verbinden?«

»Es gibt auffallend viele Pferde hier, oder? Das habe ich bei meiner Inselrundfahrt auch bemerkt.«

»Es gibt überhaupt viele glückliche und gesunde Tiere bei uns. Man nennt Föhr ja nicht umsonst die grüne Insel«, erklärte Jan.

Greta fügte hinzu: »Das ist ja gerade das Besondere. Natürlich haben wir Dünen und Sandstrand wie auf jeder Insel. Aber Föhr ist eben nicht nur eine Sandwüste. Die Insel ist im Südosten durch die Halligen Langeneß und Oland geschützt und im Westen durch Sylt und Amrum. Das ist ein Riesenvorteil für die Vegetation.«

»Und für die Urlauber«, ergänzte Jan, »denn dadurch sind der Wind und die Wellen abgeschwächt, wodurch die Eltern ihre Kinder hier viel sorgloser spielen lassen können.«

Marina lachte. »Man hört, wie verliebt ihr in eure Insel seid. Langsam wirkt das ansteckend.«

Als Antwort bekam sie ein zufriedenes Lächeln von Greta und Jan.

Auf dem Weg zurück nach Nieblum schlug Jan einen Galopp vor. Greta stimmte begeistert zu, und auch Marina, die sich im Sattel längst wieder wie zu Hause fühlte, hatte nichts dagegen. Sie preschten entlang der Prile und zum Teil hindurch und genossen den Ausritt und das Leben in vollen Zügen.

Bei ihrer Rückkehr auf den Wekinghof waren sie erschöpft und von oben bis unten schlammbespritzt, aber was machte das schon?

Am Abend wählte Marina die Telefonnummer, die Steffen Bond ihr gegeben hatte. Es war eine Festnetznummer, und Marina ging davon aus, dass es sich um den Büroanschluss handelte. Da es schon fast acht Uhr abends war, war sie überrascht, als Steffen sich tatsächlich meldete.

»Hallo?«

»Hallo, hier ist Marina, also Marina Menkhoff. Erinnern Sie sich? Wir haben uns neulich im Restaurant getroffen und ich ...«

»Natürlich erinnere ich mich«, fiel er ihr ins Wort. »Wie schön, dass Sie anrufen. Geht es Ihnen gut?«

Und wie gut es mir im Moment gerade geht, dachte Marina. Laut sagte sie: »Ja, sehr gut, danke. Ihnen hoffentlich auch?«

»Mir würde es noch viel besser gehen, wenn Sie sich mit mir verabreden würden. Am besten gleich für morgen.«

Steffens Direktheit verblüffte und faszinierte Marina. »Morgen ist Mittwoch. Müssen Sie nicht arbeiten?«

»Ich gebe mir einen Tag Urlaub«, lachte er. »Das Wetter soll herrlich werden morgen und das sollten wir ausnutzen. Haben Sie Lust auf eine Wattwanderung?«

Nach dem tollen Ausritt heute hatte Marina tatsächlich große Lust, noch mehr Zeit im Watt zu verbringen, also sagte sie spontan zu. Sie nannte ihm ihre derzeitige Adresse in Nieblum, und er versprach, sie morgen früh um halb neun abzuholen.

Als Marina am nächsten Abend gegen acht Uhr nach Hause kam, meinte Greta: »Du siehst nach einem Watt-Ausflug aus. Aber du warst hoffentlich nicht auf eigene Faust unterwegs? Das kann gefährlich werden.«

»Ich weiß«, antwortete Marina, »deshalb habe ich an einer geführten Tour teilgenommen.« Das war nicht einmal gelogen. Wer außerdem dabei war, musste Greta zumindest jetzt noch nicht erfahren. »Und jetzt bin ich echt erledigt und würde am liebsten duschen und sofort ins Bett fallen.«

»Dann wünsche ich dir eine gute Nacht. Wir sehen uns beim Frühstück.«

Nachdem Marina lange und ausgiebig geduscht hatte, legte sie sich ins Bett und schwelgte in den Erinnerungen an den wunderschönen Tag, der hinter ihr lag.

Steffen war mit ihr nach Süderende gefahren, von wo aus die Tour mit dem Wattführer Ole Jansen und acht weiteren Teilnehmern startete. Gut gelaunt machten sich elf Paar bunte Gummistiefel auf den Weg. Alle hatten die Hosenbeine bis zu den Knien hochgekrempelt, und die meisten, auch Marina und Steffen, trugen Regenjacken, denn man konnte ja nie wissen, ob und wann das Wetter umschlug. Steffen hatte außerdem einen Rucksack dabei, in dem er einen Vorrat an heißem Tee und ein paar Keksen verstaut hatte.

Acht Kilometer bis zur Nordspitze von Amrum lagen vor ihnen. Marina war zwar gestern erst durch das Watt geritten, aber zu Fuß war sie bisher immer nur wenige Schritte gegangen und dann wieder umgekehrt. Sie freute sich sehr auf die Wanderung auf dem Meeresgrund. Und natürlich auf Steffens Gesellschaft und die Möglichkeit, ihn noch besser kennenzulernen.

Es wurde ein wunderbarer Tag und ein spannendes Erlebnis. Ole Jansen machte seine Gefolgschaft unterwegs auf allerlei Wattbewohner aufmerksam, die dem ungeschulten Auge sicher verborgen geblieben wären. Marina sah Unmengen von Wattwürmern und Einsiedlerkrebsen und sammelte einige besonders schöne Muscheln. Hier, wo nichts zu hören war außer den schmatzenden Schritten der Wandergruppe und den Schreien der Seevögel wurde Marina bewusst, wie unbedeutend der Mensch inmitten der gewaltigen Natur war. Alles, worüber sie sich seit Jahr und Tag den Kopf zerbrach, schien auf einmal gar nicht mehr so wichtig zu sein.

Die schönsten Momente unterwegs waren jedoch die, in denen sie Prile durchqueren mussten. Wenn ihnen das Wasser fast bis zu den Knien reichte und Steffen ihr Halt gab, indem er ihre Hand hielt, wurde Marina ganz schwindelig. Und das lag nicht nur an der endlosen Weite, die sie umgab.

Marina unterhielt sich während der Wanderung mit Ole Jansen und den anderen Teilnehmern, am meisten jedoch mit Steffen. Der Gesprächsstoff schien ihnen einfach nie auszugehen. Als sie nach knapp drei Stunden ihr Ziel, die Nordspitze von Amrum, erreichten, war sie zwar erschöpft, aber auch beinahe enttäuscht über das Ende der Wanderung.

In einem Fischrestaurant legte die Gruppe eine gemeinsame Mittagspause ein, dann trennten sich ihre Wege. Jeder konnte den Nachmittag auf Amrum verbringen, wie er wollte, bevor alle zusammen gegen Abend mit der Fähre zurück nach Föhr fuhren.

Inzwischen war es halb zehn, und Marina fielen die Augen zu. Sie schlief ein und träumte von Wattwürmern, Prilen und Steffen.

22

Borgsum

Wieder war Freitag, wieder sechs Uhr. Johanna blinzelte in den frühen Morgen und spürte auch heute die Traurigkeit, die sie seit Tagen umgab wie dichter Nebel. Vor genau einer Woche hatte sie sich auf den Besuch von Heiko und seiner Familie gefreut und vorbereitet.

Am Samstag hatte sie vormittags die letzten Handgriffe im Haushalt erledigt, und dann war sie in ihrer blitzblank geputzten Wohnung auf- und abgelaufen. Sie sah den Zeigern der Uhr zu, wie diese viel zu langsam ihre Runden drehten, gänzlich unbeeindruckt von Johannas Ungeduld und Vorfreude. Bereits am Mittag deckte sie den Tisch für die Kuchenschlacht, die unmittelbar nach Ankunft der Gäste losgehen sollte. Als sie gerade die lindgrünen Servietten faltete, klingelte das Telefon. Sie wunderte sich darüber, denn außer Heiko rief eigentlich nie jemand bei ihr an, und der war jetzt schon seit Stunden mit Frau und Kindern unterwegs. Sofort begannen ihre Knie zu zittern vor Angst, dass ihr Sohn anrief, weil auf der langen Fahrt etwas passiert war.

Sie ging zu dem kleinen Tisch, auf dem das grüne Tastentelefon stand. Die Familie machte sich immer lustig über das alte Ding, aber so ein schnurloses Gerät wollte sie nicht haben. Sie telefonierte kaum, wozu sollte sie sich etwas anschaffen, was sie nicht brauchte? Langsam und vorsichtig nahm sie den Hörer von der Gabel, als würde sie den Verschluss von Aladins

Wunderlampe öffnen, ohne zu wissen, ob sie dadurch einen guten oder bösen Geist befreite. Gleichzeitig schickte sie ein Stoßgebet zum Himmel: Bitte, lieber Gott, lass den Kindern nichts zugestoßen sein.

»Klenke?«, meldete sie sich leise und zögerlich.

»Hallo, Mutter, hier ist Heiko.«

Johanna ließ sich einer Ohnmacht nahe in den Sessel neben dem Telefon fallen. »Mein Junge, was ist passiert? Geht es euch gut? Wo seid ihr denn?«

»Klar geht es uns gut, alles bestens. Wir sind zu Hause in Mannheim. Mutter, es tut mir leid, wir kommen doch nicht.«

Johanna wurde schwindelig. Sie war erleichtert, dass alle wohlauf und unverletzt waren, aber gleichzeitig war sie enttäuscht wegen seiner Absage. Nun hoffte sie, sich verhört zu haben, schließlich wollten sie eigentlich in wenigen Stunden schon hier sein. »Was soll das heißen, ihr kommt nicht?«

»Sei bitte nicht sauer, okay? Die Kinder haben rumgenörgelt, weil sie das lange Wochenende lieber mit ihren Freunden rumhängen wollen. Da haben wir die Taschen gestern wieder ausgepackt und beschlossen, zu Hause zu bleiben. Auf schlecht gelaunte Enkelkinder kannst du doch sicher auch verzichten, stimmt's?« Er lachte, als hätte er einen wirklich guten Witz erzählt.

»Und warum hast du es mir nicht schon gestern gesagt?«, fragte Johanna.

»Hab's irgendwie vergessen. Sorry. Mach's dir gemütlich und genieß deine Ruhe, okay? Ich melde mich bald mal wieder.«

Dann hatte Heiko aufgelegt und Johanna war lange weinend in ihrem Sessel sitzen geblieben.

Jetzt, eine Woche später, war sie immer noch traurig und verletzt über die Absage und den leichten und unbekümmerten Tonfall, den Heiko dabei angeschlagen hatte. Ihre Ruhe sollte sie genießen, hatte er gesagt. Konnte er sich denn nicht denken, dass sie ein bisschen Ablenkung und Leben in der Wohnung viel mehr genossen hätte? Die Ruhe verlor ihre Kostbarkeit, sobald sie das Einzige war, was einem noch geblieben war. Aber das würde er wohl wie die meisten Menschen erst begreifen, wenn er selbst alt und vielleicht allein war.

Johanna sah auf ihren Wecker neben dem Bett. Kurz vor sieben. Eine Stunde hatte sie mit den Grübeleien an Heiko und die Ereignisse der vergangenen Woche herumgebracht. Wenigstens etwas. Jetzt blieb ihr nichts anderes übrig, als sich auch diesem Tag zu stellen. Sie setzte sich auf, stellte die Füße auf den Boden, dachte zum wiederholten Mal über die Anschaffung eines Bettvorlegers nach und entschied sich ebenfalls zum wiederholten Mal dagegen. Wie jeden Morgen griff sie nach dem Foto ihres verstorbenen Mannes und strich mit dem Finger darüber.

»Manchmal macht alles keinen Spaß mehr«, flüsterte sie dem Bild zu. »Ich bin nicht böse auf Heiko, ich bin nur enttäuscht und traurig. Aber jetzt reiße ich mich wieder zusammen. Wie immer.« Johanna stand auf und ging ins Bad.

23

Nieblum

Am Abend des zweiten Advents saßen Marina und Greta wieder zusammen im Kaminzimmer und spielten eine Partie Kniffel. Marina fragte grinsend: »Ist Glücksspiel für so fromme Leute wie dich überhaupt erlaubt?«

Greta sparte sich die Antwort und schaffte mit dem ersten Wurf gleich einen Kniffel.

Marina staunte nicht schlecht. »Ich fasse es nicht. Wir haben noch nicht mal richtig angefangen, und du hast schon fast gewonnen.«

»Tja«, sagte Greta, »da siehst du's. Den Seinen gibt's der Herr im Schlaf.« Beide lachten laut los. Als sie sich wieder einigermaßen im Griff hatten, fragte Greta: »Bist du ganz sicher, dass du zu Weihnachten nicht nach Hause fahren willst?«

»Ich habe mich noch nicht endgültig entschieden«, wich Marina aus.

»Du weißt, wie sehr ich mich gerade an den Feiertagen über deine Gesellschaft freuen würde. Deiner ohnehin am seidenen Faden hängenden Ehe tust du damit allerdings keinen Gefallen.«

»Das ist mir klar«, gab Marina zu. »Ich weiß nur nicht, womit ich meiner Ehe überhaupt noch auf die Sprünge helfen kann. Ich habe das Gefühl, auf einem toten Pferd zu reiten.«

»Klingt für mich, als hättest du dich längst zur Trennung

entschieden. Jetzt musst du wenigstens fair sein und es ihm mitteilen.«

»Mach ich. Morgen rufe ich ihn an. Aber erst mal nur wegen Weihnachten. Im neuen Jahr versuche ich noch mal, ein Gespräch über den Fortbestand oder das Ende unserer Ehe mit ihm zu führen. Leicht wird das nicht. Er kann viel besser schmollen als diskutieren.«

»Und wenn es tatsächlich zur Trennung kommt, was hast du dann vor? Von irgendwas musst du doch leben. Oder hast du Unterhaltsansprüche?«, fragte Greta.

»Keine Ahnung, aber ich würde sie ohnehin nicht geltend machen. Ich will für mich selber sorgen und dank einer nicht gerade kleinen Erbschaft bin ich dazu auch in der Lage. Mich von Mick zu trennen und mein Leben trotzdem von ihm finanzieren zu lassen, wäre doch inkonsequent.«

»Stimmt. Super, dass du es so siehst. Also frage ich dich noch mal. Welche Pläne hast du für deinen nächsten Lebensabschnitt?«

Marina zögerte mit der Antwort. »Okay, aber du darfst nicht lachen.«

»Ich verspreche lieber nichts.«

»Ich habe fast die letzten dreißig Jahre damit verbracht, für Mann und Kind da zu sein, und meistens hat es mir Spaß gemacht. Außerdem kann ich gar nichts anderes, als zu umsorgen und mich zu kümmern. Deshalb habe ich mir überlegt, dass ich von dem Geld, dass meine Mutter mir hinterlassen hat, ein Haus kaufen und dort ein Zuhause für ältere und einsame Menschen schaffen möchte.«

»Also eine Art betreutes Wohnen im kleinen Kreis?«, hakte Greta interessiert nach.

»Im sehr kleinen Kreis. Ich dachte an zwei, höchstens drei Senioren. Es kommt auf die Größe des Hauses an, denn ich will natürlich auch dort leben.«

Greta nickte anerkennend. »Ich finde, das klingt toll.«

Marina lachte. »Du scheinst dich nicht daran zu erinnern, dass du mich selbst auf die Idee gebracht hast.«

»Ich? Wann?« Greta sah sie fragend an.

»Als du gesagt hast, dass ältere Menschen auch Wohngemeinschaften gründen sollten, damit sie nicht so alleine sind.«

Jetzt war Greta anzusehen, dass sie sich an das Gespräch erinnerte. »Das war der Tag, an dem wir zusammen beim Flensenhaus waren, stimmt's?«

»Genau. Und seitdem sind mir deine Worte nicht mehr aus dem Kopf gegangen. Eine Senioren-WG, in der sich die Bewohner geborgen und nicht einsam fühlen. Jeder trägt zum Zusammenleben bei, was er gut kann, und bekommt Unterstützung bei allem, was er nicht hinbekommt.«

»Ich bin absolut begeistert, Marina. Ganz ehrlich.«

»Und dabei weißt du das Beste noch gar nicht.«

»Na los, spann mich nicht so auf die Folter.«

»Ich möchte in Nieblum nach einem geeigneten Haus suchen und künftig hier leben.«

»Du hast Recht, das ist das Beste von allem. Ich freue mich so.«

Die beiden Frauen fielen sich in die Arme.

»Jetzt müssen wir nur noch die passende Immobilie für dich finden«, sagte Greta.

Marina zögerte kurz, aber dann fragte sie mit klopfendem Herzen: »Weißt du zufällig, wem das alte Flensenhaus gehört?«

»Nein, das weiß ich leider nicht«, antwortete Greta. »Warum willst du das wissen?«

»Mich würde interessieren, ob der derzeitige Besitzer es verkaufen würde. Ich hatte immer den Traum, in so einem alten und urgemütlichen Haus zu leben, aber Mick wollte damals lieber den Bungalow bauen. Das Flensenhaus ist doch wie geschaffen für meinen Plan mit der Senioren-WG.«

Greta antwortete nicht sofort.

»Du hältst das für eine blöde Idee, oder?«, fragte Marina.

»Nein, ich frage mich nur, ob dein Erbe ausreicht, um das Haus zu kaufen und dann auch noch komplett zu renovieren. Urgemütlich ist bestimmt nicht gerade das Wort, mit dem man den jetzigen Zustand beschreiben kann. Soweit ich weiß, steht es seit Jahrzehnten leer.«

»Du hast Recht. Vermutlich würde mir finanziell ziemlich schnell die Puste ausgehen. Wir wissen ja sowieso nicht, ob das Haus überhaupt zu verkaufen ist. Wahrscheinlich will dann auch keiner mit einziehen und so weiter.« Marina machte eine wegwerfende Handbewegung. »War ja nur so eine Idee.«

»Hey, nicht sofort aufgeben. Die Idee ist immer noch toll.«

»Meinst du das ernst?«

»Wir sollten Astrid mal ein bisschen ausfragen«, schlug Greta vor. »Vielleicht weiß sie mehr über das Haus und seinen Besitzer. Ach übrigens, wenn du wirklich hier leben willst, musst du dir das Moin Moin abgewöhnen.«

»Wieso«, fragte Marina.

Greta grinste verschmitzt. »Weil die echten Friesen nur einmal Moin sagen. Und du möchtest doch nicht, dass man dich für eine Touristin hält, oder?«

Die Gelegenheit, Astrid nach dem Flensenhaus auszufragen, bot sich bereits am nächsten Tag. Greta und Marina saßen am Frühstückstisch, als die hintere Tür geöffnet wurde und Astrid Sekunden später in der Küche stand.

»Ihr glaubt nicht, was ich gehört habe«, legte sie sofort los.

»Auch dir einen guten Morgen, liebe Tante«, entgegnete Greta und rollte mit den Augen. Auf Astrids vermeintliche Neuigkeiten hatte sie um diese Uhrzeit wirklich noch keine Lust, aber sie konnte ihre Verwandte ja nicht einfach rauswerfen.

Besagte Verwandte hatte sich schon selbst eine Tasse aus dem Schrank geholt und sich mit an den Tisch gesetzt. Wozu warten, bis man eingeladen wurde? Auf höfliches Benehmen und andere Nebensächlichkeiten hatte Astrid immer gut verzichten können. Greta fügte sich in ihr Schicksal und schenkte ihrer Tante Tee ein. »Na, raus damit, was hast du denn so Spannendes erfahren?«

Die große Neuigkeit bestand darin, dass die älteste Tochter des Gastwirts aus Borgsum sich von ihrem Mann getrennt hatte und jetzt mit einer Frau zusammenlebte. Die Enttäuschung darüber, dass diese Nachricht Greta und Marina nicht in dem Maße schockierte wie sie selbst, war Astrid deutlich ins Gesicht geschrieben. Beleidigt lehnte sie sich zurück und verschränkte die Arme vor der Brust.

Greta versuchte, ihre Tante zu besänftigen. »Heutzutage ist das doch schon fast normal und keine große Sache mehr. Außerdem bist du mit den Leuten befreundet, trotzdem zerreißt du dir das Maul über ihre Privatangelegenheiten, als ob du sie nicht magst.«

»Na und?«, gab Astrid ungerührt zurück. »Ich habe viele Freunde, die ich nicht mag.«

Greta schüttelte den Kopf und wechselte das Thema. »Mal was anderes. Marina wollte dich gerne was fragen.«

»Ja«, begann Marina, »es geht um das leer stehende Haus im Alkersumer Stieg. Kennen Sie das zufällig?«

Astrids Blick hatte sich an Marinas Hals geheftet und verharrte dort. Erst als Marina die Hand an ihre Kette legte, schien die alte Frau wie aus einer Hypnose zu erwachen. Marina wiederholte ihre Frage, und diesmal bekam sie eine Antwort.

»Das Flensenhaus? Ja, das kenne ich. Warum?«

»Marina hat es bei einem ihrer Spaziergänge entdeckt«, erklärte Greta, »und mich dann danach gefragt.«

»Es hat mich traurig gemacht, dass ein so schönes Haus verfällt.«

Astrid antwortete nicht sofort. Sie blickte vor sich auf die Tischplatte und wirkte ungewohnt nachdenklich.

»Astrid? Alles in Ordnung?«, fragte Greta vorsichtig.

»Ja, ich war nur kurz in Gedanken. Worüber sprachen wir gerade?«

»Über das Flensenhaus«, half Marina ihr auf die Sprünge. »Es scheint schon lange unbewohnt zu sein.«

»Ja, das stimmt.«

Wieder legte sich diese Nachdenklichkeit wie eine Decke auf Astrid und sie knetete nervös ihre faltigen Hände.

Marina warf Greta einen fragenden Blick zu, aber diese zog nur die Schultern hoch.

Plötzlich und unvermittelt stand Astrid auf und verabschiedete sich. »Ich muss los, hab heute viel zu erledigen.«

Marina wollte unbedingt noch die Frage stellen, die ihr unter den Nägeln brannte. »Wissen Sie, wem das Flensenhaus gehört?«

Astrid sah sie forschend an. »Warum wollen Sie das wissen?«

»Weil, äh, weil ...«, stotterte Marina. Dann kam sie sich albern vor und beschloss, einfach mit der Wahrheit herauszurücken. »Ich würde das Haus gerne kaufen, aber dazu muss ich erst mal wissen, wem es zurzeit gehört und ob es überhaupt zum Verkauf steht.«

»Und was haben Sie damit vor?« Astrids Blick wurde immer misstrauischer.

Marina fand, dass ihre Pläne Astrid nichts angingen, aber da sie die gewünschte Information noch nicht bekommen hatte, durfte sie jetzt nicht aufgeben. »Ich habe mich entschlossen, zukünftig hier in Nieblum zu leben. Deshalb möchte ich ein Haus kaufen, in dem ich natürlich selber wohnen werde, in dem ich außerdem aber auch ein paar Zimmer an Senioren vermieten will, die sonst niemanden haben. Und darüber hinaus habe ich vor, dort die ein oder andere Veranstaltung stattfinden zu lassen. Lesungen, Konzerte, Spieleabende, so was in der Art.« Die Idee mit den Veranstaltungen war ihr gerade spontan gekommen, aber wieso eigentlich nicht? Marina war von ihren Plänen so überzeugt, dass sie sie am liebsten sofort in die Tat umsetzen wollte. Umso enttäuschter war sie von Astrids Antwort.

»Nein, ich weiß nicht, wem der alte Kasten gehört. Und jetzt muss ich wirklich los.«

Den ganzen Tag lang dachte Marina über das Flensenhaus nach. Und auch über Astrids seltsame Reaktion, als sie sie darauf angesprochen hatte. Von der Idee mit der Senioren-WG war Marina so begeistert, dass sie überhaupt keine Lust hatte, etwas zu unternehmen, was sie von ihrem Zukunftsraum ablenken würde. Sie lungerte im Haus herum und malte sich aus, wie alles werden könnte.

Gegen Abend wollte sie in ihr Zimmer gehen und traf Greta auf der Treppe. »Hey, wo willst du denn hin?«, fragte Marina überrascht. »Du siehst toll aus.«

»In die alte Druckerei«, antwortete Greta.

»Ist das ein Restaurant?«

»Es ist eine Weinstube. Dort finden regelmäßig Kulturveranstaltungen statt. Heute zum Beispiel ein Literaturabend mit den Werken von Theodor Storm.«

»Ich wusste gar nicht, dass du so literaturinteressiert bist«, wunderte sich Marina.

Greta fuhr sich mit den Fingern durch die perfekt frisierten Haare und wirkte verlegen. »Bin ich auch eigentlich gar nicht«, sagte sie zögerlich. »Jan Thomsen hat mich gebeten, ihn zu begleiten.«

»Jan? Der Pferdeflüsterer vom Wekinghof?« Marina staunte nicht schlecht.

Greta nickte lachend. »Ja, genau der. Er ist unglaublich belesen und interessiert sich für alles, was mit Literatur zu tun hat.«

»Und offensichtlich interessiert er sich auch für dich«, behauptete Marina.

Greta errötete wie ein junges Mädchen, als sie antwortete: »Ja, ist das nicht ein glücklicher Zufall? Oder wie Jan es wohl ausdrücken würde: Eine erfreuliche Koinzidenz?«

Dann rauschte sie zur Tür hinaus ihrer Verabredung entgegen.

24

Oldsum

»Meinst du wirklich, es ist in Ordnung, dass ich mitgekommen bin?«, fragte Marina. »Haben wir uns das gut überlegt? Hast du ihm wenigstens gesagt, dass du jemanden mitbringst?«

»Ja, ja und ja«, antwortete Greta, während sie die Straße überquerten. Nach einem Seitenblick in Marinas verständnisloses Gesicht lachte sie und erklärte: »Ja, es ist in Ordnung, dass du mitgekommen bist. Ja, wir haben uns das gut überlegt. Und ja, er weiß, dass ich eine Freundin mitbringe.« Sie gab Marina einen Schubs. »Er freut sich auf uns. Entspann dich.«

Am frühen Nachmittag hatten sie sich auf den Weg gemacht, um Gretas Bekannten Gottlieb in Oldsum zu besuchen. Sonst fuhr Greta die fünf Kilometer mit dem Fahrrad oder mit dem Bus, aber heute hatte sie Marina überredet, sie zu begleiten, also hatten sie deren Auto genommen.

Zuvor hatte Greta ein bisschen von Gottlieb erzählt. Marina hatte erfahren, dass er sechsundsiebzig Jahre war und seit dem Tod seiner Frau Lotte allein und zurückgezogen lebte. Lotte war die beste Freundin von Gretas Mutter Rike gewesen. Vom ersten Schultag an waren die beiden unzertrennlich gewesen. Auch später, als sie heirateten und Familien gründeten, hatten sie nie den Kontakt zueinander verloren. Greta hatte Lotte deshalb gut gekannt und auch sehr gemocht.

Als Rike gestorben war, hatte Greta sich an manchem Abend bei Lotte und ihrem Mann Gottlieb ausgeweint und sich von ihnen trösten lassen. Dem Sohn der beiden war sie so gut es ging aus dem Weg gegangen, denn sie kannte ihn aus der Schule und fand, dass er ein eingebildeter Dummkopf war.

Vor drei Jahren war Lotte nach kurzer, aber schwerer Krankheit gestorben, und für Greta war es selbstverständlich, ihre regelmäßigen Besuche weiterzuführen. Anfangs hatte Gottlieb befürchtet, er sei ihr eine Last, und versucht, sie davon abzubringen. Sie habe doch schon genug um die Ohren mit der Pension und den Gästen und solle sich um ihn keine Gedanken machen. Aber die Freude in seinen Augen, wenn sie bei ihm war, strafte seine Worte Lügen, und irgendwann versuchte er nicht mehr, ihr die Besuche auszureden.

Das schmucklose Haus, in dem Gottlieb zur Miete wohnte, war das genaue Gegenteil der geschmackvollen und liebevoll gepflegten Friesen- und Ferienhäuser, die typisch für die Insel waren. Es stand direkt an der Straße, die durch den kleinen Ort Oldsum hindurchführte. Von ihr gingen nur wenige Seitenstraßen ab, die nicht einmal Namen hatten. Marina fragte sich kurz, was sich Architekt und Bauherr bloß dabei gedacht hatten, diesen mausgrauen Kasten hier zu errichten?

Sie erreichten die Haustür, und der Summer ertönte bereits, bevor sie auf die Klingel gedrückt hatten. Greta zwinkerte Marina zu. »Er hat uns längst durchs Fenster gesehen. So ist es jedes Mal.«

Sie betraten ein Treppenhaus, das noch grauer und trostloser wirkte als das Haus von außen.

»Komm, wir müssen in den ersten Stock«, sagte Greta und stieg die Treppe hinauf.

Gottlieb stand in der Wohnungstür und lächelte freundlich. »Gretchen«, begrüßte er sie mit einer herzlichen Umarmung.

»Wie ich mich freue, dich zu sehen.« Dann schob er Greta auf dem engen und dunklen Flur sanft zur Seite, um Marina zu begrüßen. »Und das ist also deine Freundin. Wie schön, Sie kennenzulernen.«

Marina ergriff seine ausgestreckte Hand, die er kräftig drückte.

»Kommen Sie herein, Frau …«

»Bitte nennen Sie mich Marina«, sagte Marina.

»Aber dann sagen Sie auch Gottlieb zu mir, und wir bleiben gleich beim Du, in Ordnung? Ich als der unübersehbar Ältere darf das anbieten.«

»Sehr gerne, Gottlieb«, antwortete Marina und folgte ihm.

Er führte sie ins Wohnzimmer, einen kleinen Raum mit einem bodentiefen Fenster, durch das allerdings kaum Tageslicht hereinkam, weil der Balkon der darüberliegenden Wohnung dies verhinderte. Vor einem dunkelgrünen und, wie Marina beim Hinsetzen feststellte, durchgesessenen Sofa stand ein Couchtisch, der liebevoll mit Tellern, Tassen, Kuchengabeln, rosafarbenen Servietten und einer farblich passenden Kerze gedeckt war. In der Mitte befand sich eine Platte mit Marmorkuchen. Dem Sofa gegenüber gab es einen massiven Eichenschrank mit einer Glasvitrine, in der sich allerhand Nippes angesammelt hatte. In der Ecke neben dem Fenster war ein kleiner Tisch, auf dem der Fernseher thronte, und davor gab es einen Sessel mit Fußstütze und verstellbarer Rückenlehne. Dies war offenbar der Stammplatz von Gottlieb, denn auf der Armlehne lagen eine aufgeschlagene Zeitung und eine Brille. Dekorationen, die auf das bevorstehende Weihnachtsfest hinwiesen, gab es nicht. Alles wirkte etwas angestaubt, aber gleichzeitig strahlte der Raum dieselbe Freundlichkeit aus wie sein Bewohner.

Der kam soeben mit einer Kaffeekanne in der einen und einer Sahneschale in der anderen Hand zurück ins Wohnzimmer und sagte entschuldigend: »Es ist bloß gekaufter Kuchen. So etwas hätte es bei meiner Lotte nie gegeben, aber ich hoffe, es schmeckt euch trotzdem.«

Die beiden Frauen griffen beherzt zu, schon um ihm zu zeigen, dass sie seine Bemühungen zu schätzen wussten. Gottlieb erkundigte sich nach Gretas Befinden, fragte Marina, wie es ihr auf der Insel gefiel und wie ihr Leben zu Hause in Husum aussah. Als er den Schatten bemerkte, der bei der letzten Frage über ihr Gesicht huschte, entschuldigte er sich sofort.

»Ich bin zu neugierig, stimmt's? Es ist nur so, dass ich in meinem Alter nicht mehr viele neue Leute treffe, deshalb ist es so anregend, sich mit dir zu unterhalten.« Mit einem Seitenblick auf Greta fügte er hinzu: »Nichts für ungut, Gretalein, aber dich kenne ich ja bereits so gut wie eine eigene Tochter.«

Greta lächelte nur und tätschelte seinen Arm.

Marina räusperte sich und sagte: »Ist schon gut, kein Problem. Ich denke nur momentan nicht gerne an mein Leben in Husum. Ich weiß nicht mal, ob ich es überhaupt wieder aufnehmen will.«

25

Nieblum

Marina, Greta und Astrid saßen zusammen im Kaminzimmer. Neben dem Kachelofen stand ein kleiner, mit Strohsternen und roten Kugeln geschmückter Tannenbaum und aus dem Radio erklangen Weihnachtslieder. Um 18 Uhr hatten Marina und Greta den Gottesdienst im Friesendom besucht, und dann Astrid zu Hause abgeholt, denn sie verbrachte den Heiligen Abend alljährlich bei Greta. Nach einem einfachen, aber leckeren Abendessen, bestehend aus Kartoffelsalat und Würstchen, waren sie ins Kaminzimmer hinübergegangen. Dort unterhielten sich über alles Mögliche, und Astrid nahm die feierliche Stimmung zum Anlass, Marina das Du anzubieten.

In Borgsum war Johanna heute besonders früh ins Bett gegangen. Seit Hans gestorben war, bedeutete ihr Weihnachten nichts mehr. Damals, als die Kinder noch klein waren, war das natürlich etwas anderes gewesen. Ungeduldig hatten sie alle zusammen wochenlang das Fest herbeigesehnt. Johanna hatte es genossen, am späten Abend und manchmal bis in die Nacht hinein die Überraschungen vorzubereiten, die sie und Hans sich überlegt hatten. Am Heiligen Abend waren sie am Nachmittag in die Kirche gegangen. Die Jungen hatten ungeduldig auf ihren Plätzen herumgezappelt und es kaum erwarten können, bis es zu Hause endlich Zeit für die Bescherung war. Johanna und Hans hatten sich jedes Mal vorgenommen, sich gegenseitig nichts zu schenken, und sich doch beide nie daran gehalten. Wenn die Kinder dann zu später Stunde in ihren Betten lagen, hatte Johanna noch lange mit Hans zusammengesessen, erfüllt von tiefer Dankbarkeit für ihre Familie und das gemeinsame Leben.

Jetzt aber konnte Johanna den Lichterglanz, die Weihnachtsmusik und die immer eher in den Läden angebotenen Lebkuchen und Spekulatius nur noch schwer ertragen. Seit Jahren hatte sie es sich deshalb angewöhnt, dem Heiligen Abend den Rücken zuzukehren, indem sie ihn einfach verschlief.

In Oldsum saß Gottlieb in seinem Lieblingssessel. Zur Feier des Tages hatte er sich eine Flasche Wein gekauft, die aber ungeöffnet auf dem Tisch stand, weil er dann doch lieber wie immer ein Bier getrunken hatte.

Im Fernseher lief die wahrscheinlich fünfhundertste Wiederholung der »Feuerzangenbowle« mit Heinz Rühmann, doch Gottlieb sah gar nicht hin. Er betrachtete liebevoll das Foto von Lotte, das er in der einen Hand hielt, während er mit der anderen ihre Lieblings-Strickjacke an seine tränennasse Wange drückte.

Nicht weit von ihnen entfernt saß ein Mann in seiner schlicht und zweckmäßig eingerichteten Küche. Er dachte wie an jedem Tag und erst recht an jedem Weihnachtsfest darüber nach, wie er sich sein Leben vorgestellt und erträumt hatte und wie anders alles gekommen war.

26

In den letzten Wochen des alten Jahres hatte Marina sich regelmäßig mit Steffen getroffen. Sie genoss seine Gesellschaft und ihre gemeinsamen Unternehmungen, die sie kreuz und quer über die Insel führten. Wenn sie sich mehrere Tage hintereinander nicht sehen konnten, weil er beruflich zu eingespannt war, betonte er immer wieder, wie sehr er sie vermisste. Einmal hatte er einen großen Blumenstrauß für sie in die Pension geschickt, da sie sich eine ganze Woche nicht hatten treffen können.

Marina freute sich über die positive Entwicklung und spürte, dass sie sich in Steffen verliebt hatte, aber sie ermahnte sich immer wieder, es langsam angehen zu lassen. Schließlich war Mick auch viele Jahre lang ihr Traummann gewesen, und sie hätte nie für möglich gehalten, wie sehr sich zwischen ihnen alles einmal abkühlen und verändern würde. Auf eine erneute Enttäuschung konnte sie gut verzichten.

Als sie Steffen mitgeteilt hatte, dass sie den Heiligen Abend zusammen mit Greta und Astrid verbringen wollte, war er anfangs ein bisschen beleidigt gewesen. Erst als sie ihm versprach, ihn zu einer Silvesterparty im Wyker Kursaal zu begleiten, war die Welt wieder in Ordnung.

Im neuen Jahr wurden ihre Treffen seltener, weil nun auch Marina oft keine Zeit und andere Dinge zu erledigen hatte. Sie half Greta bei ein paar Renovierungsarbeiten in der Pension, denn zwei der Gästezimmer und der Frühstücksraum sollten bis zur Ankunft der ersten Frühjahrsgäste einen frischen Anstrich bekommen.

Außerdem fuhr sie im Januar zweimal nach Hause, um mit Mick darüber zu reden, dass sie ihre Ehe für gescheitert hielt und dauerhaft auf Föhr sesshaft werden wollte. Beim ersten Gespräch hatte sie nicht ansatzweise das Gefühl, dass Mick ihr richtig zuhörte und ihre Überlegungen ernst nahm. Er war offensichtlich immer noch davon überzeugt, dass sie seit ihrer Abreise im Oktober an einer Art geistiger Verwirrung litt, die von selbst wieder verschwinden würde und die er getrost aussitzen konnte.

Erst als sie nur wenige Tage danach erneut in Husum aufgetaucht war, um ihre Sachen mitzunehmen, hatte er einen erschrockenen und nachdenklichen Eindruck gemacht. Aber anstatt wenigstens da noch mal das Gespräch zu suchen, hatte er sich nur wieder beleidigt zurückgezogen, um sich selbst zu bedauern, weil *ihn* ja keiner verstand.

An Micks Verhalten und daran, wie sehr sie sich zurücksehnte, sobald die Fähre in Wyk abgelegt hatte, erkannte Marina endgültig, dass ihre Ehe und ihre Zeit in Husum beendet waren. Sie hoffte so sehr, dass sie einen Weg finden würde, das Flensenhaus zu kaufen, um daraus ein neues Zuhause zu schaffen. Umringt von den Menschen, bei denen sie sich wohlfühlte und die sie nicht mehr missen wollte. Greta mit ihrer offenen und positiven Art, Gottlieb mit seiner väterlichen Freundlichkeit, selbst Astrid mit ihren seltsamen Marotten. Und auf jeden Fall Steffen, der ihr Herz schneller schlagen ließ, sobald sie an ihn dachte.

Teil III

Januar 2017 bis August 2018

27

Wyk

Marina war so aufgeregt wie schon lange nicht mehr. Wenn alles lief wie geplant, war sie bald die stolze Eigentümerin des alten Flensenhauses samt Grundstück. Und zwar für den unglaublichen Spottpreis von zehntausend Euro.

Neues Jahr, neues Leben.

Immer wieder rief sie sich das überraschende Telefongespräch mit dem Notar ins Gedächtnis zurück. Er hatte vor zwei Tagen auf Gretas Festnetzanschluss angerufen und nach ihr verlangt. Irritiert nahm sie den Hörer entgegen, den Greta ihr hinhielt. »Ja, bitte?«

»Spreche ich mit Frau Marina Menkhoff?«, fragte eine sympathisch klingende Männerstimme.

»Ja, ich bin Marina Menkhoff.«

»Wie ich erfahren habe, sind Sie an einer Immobilie in Nieblum interessiert, und zwar in der ...«

Marina hörte Papier rascheln.

»... im Alkersumer Stieg. Ist das korrekt?«

»Ich habe mich nach dem Haus erkundigt, ja«, antwortete sie zögernd.

»Sie möchten das Objekt kaufen, wenn ich richtig informiert bin.«

»Vielleicht. Leider habe ich bisher nicht herausfinden können, wem das Haus gehört.«

»Nun, ich denke, ich kann Ihnen helfen. Dürfte ich Sie bitten, mich in meiner Kanzlei in Wyk aufzusuchen? Sagen wir, übermorgen um zehn Uhr? Würde Ihnen das passen?«

»Also ist es Ihr Haus? Wollen Sie denn überhaupt verkaufen? Und falls ja, woher kennen Sie mich? Und woher wissen Sie, dass ich mich für das Flensenhaus interessiere?« Marina hatte tausend Fragen.

»Das werde ich Ihnen alles sagen, wenn wir uns in meinem Büro gegenübersitzen. Also bis übermorgen um zehn. Ich freue mich.«

Er hatte aufgelegt.

Jetzt war sie unterwegs zu dem Termin bei Notar Dr. jur. Magnus Willing. Ganz geheuer war ihr die Sache nicht, deshalb hatte sie Greta gebeten, sie zu begleiten.

Die Kanzlei von Dr. Willing lag unweit des Fähranlegers. Eine adrett gekleidete Vorzimmerdame bat sie, Platz zu nehmen, und kurze Zeit später erschien der Notar. Er war nach Marinas Einschätzung längst im Pensionsalter, hatte schlohweiße Haare und ein gewinnendes Lächeln.

Nachdem man sich begrüßt und gegenseitig vorgestellt hatte, kam Dr. Willing sofort zur Sache. Er erklärte Marina und Greta, dass die Eigentümerin des Flensenhauses, laut Grundbucheintrag eine gewisse Frau Wieland, von ihrer Idee mit der Senioren-Residenz gehört habe. Daraufhin habe sie beschlossen, sich von dem Objekt zu trennen, an dem sie ohnehin nicht besonders hänge. Letzteres ließ sich wohl auch kaum leugnen, denn der vernachlässigte Zustand des Hauses sprach Bände. Da Frau Wieland mehr Interesse daran habe, das Objekt einem sinnvollen Nutzen zuzuführen, als Profit aus dem Verkauf zu ziehen, sei für Gebäude samt Grundstück der symbolische Kaufpreis von zehntausend Euro festgesetzt worden.

Der Notar schloss mit den Worten: »Die Eigentümerin möchte persönlich nicht in Erscheinung treten und hat mich daher bevollmächtigt, den Verkauf mit Ihnen abzuwickeln, falls Sie das wünschen.«

Falls sie das wünschte? Und ob sie das wünschte! Marina konnte ihr Glück kaum fassen, beinahe hätte sie Greta gebeten, sie kräftig zu kneifen. Um professionell zu wirken, beherrschte sich Marina und bat sich einen Tag Bedenkzeit aus. Daraufhin holte der Notar einen Schlüssel aus seiner Schreibtischschublade und gab ihn ihr.

»Ich wurde außerdem beauftragt, Ihnen den Schlüssel für das Haus und diese Unterlagen zu geben.« Er reichte ihr einen Ordner mit zahlreichen Papieren darin und erklärte: »Das Objekt wurde 1969 aufwändig saniert und renoviert. In dieser Mappe finden Sie sämtliche Belege und Rechnungen über die Arbeiten, die damals durchgeführt wurden. Die Eigentümerin des Hauses möchte, dass Sie umfassend informiert sind, bevor sie sich zum Kauf entschließen. Sehen Sie sich alles in Ruhe an und dann unterhalten wir uns erneut.« Dr. Willing räusperte sich kurz und fugte hinzu: »Lassen Sie sich mit Ihrer Entscheidung ruhig Zeit. Sie sind ja die einzige Interessentin. Vielleicht sollten Sie auch einen Fachmann zu Rate ziehen. Immerhin ist die letzte Sanierung inzwischen fast fünfzig Jahre her, und seitdem war das Haus unbewohnt. Da steckt der Teufel ja manchmal im Detail, wenn Sie verstehen, was ich meine.«

»Ja, vielen Dank«, antwortete Marina und in Gedanken setzte sie hinzu: Aber Sie verstehen nicht, wie sehr ich das Haus haben will und wie wenig mich vom Kauf noch abhalten kann. Sie versprach Dr. Willing, ihn in den nächsten Tagen erneut aufzusuchen, um ihm ihre Entscheidung mitzuteilen und den Schlüssel zurückzubringen.

Als die beiden Frauen die Kanzlei verlassen hatten und wieder auf der Straße standen, führte Marina einen ausgelassenen Freudentanz auf. »Ich kaufe tatsächlich das Flensenhaus! Was sagst du jetzt?«

»Ich gratuliere natürlich«, antwortete Greta und setzte hinzu: »Der Noch-Eigentümerin scheint das Haus wirklich total egal zu sein, wenn sie nicht mal zu den Verkaufsverhandlungen erscheint.«

Marina interessierten die Beweggründe der Dame absolut nicht. »Vielleicht wohnt sie zu weit weg, um deswegen herzukommen. Oder sie ist schon sehr alt oder krank oder beides. Komm, ich lade dich zur Feier des Tages zum größten Stück Torte ein, das du je gegessen hast.«

»Da sage ich nicht nein«, lachte Greta, »und heute Abend gehen wir zum Biike-Feuer und lassen es krachen!«

»Biike-Feuer? Was ist das?«

Greta schüttelte theatralisch den Kopf. »Du musst wirklich noch viel lernen, bis du zu uns gehörst. Das Biike-Feuer wird jedes Jahr am einundzwanzigsten Februar angezündet, um den Winter zu vertreiben. Da ist immer richtig was los. Es gibt Grünkohl und reichlich Schnaps, und wir beide werden da auf dein neues Leben anstoßen.«

Ganz in der Nähe stand eine Person hinter einer Mauer, sah den beiden Frauen zu und lächelte in der Gewissheit, eine gute Entscheidung getroffen zu haben.

28

Nieblum

Marina betrachtete den Schlüssel in ihrer Hand mit demselben der Welt entrückten Gesichtsausdruck, mit dem Mütter ihre neugeborenen Babys ansahen. Sie zitterte sogar ein bisschen vor Aufregung.

Greta, die sie beobachtete, konnte sich kaum das Lachen verkneifen. »Hey, es ist nur ein Schlüssel. Nicht der Heilige Gral.«

»Ich bin so aufgeregt«, erklärte Marina überflüssigerweise.

»Tatsächlich?«, sagte Greta auch prompt. »Das hätte ich jetzt gar nicht bemerkt.«

»Dann mache ich mich mal auf den Weg. Gottlieb wartet bestimmt schon vor dem Flensenhaus. Und du willst wirklich nicht mitkommen?«

»Nein, geh nur. Du kannst mir beim Abendessen alles berichten.«

Marina genoss den kurzen Spaziergang bis zum Flensenhaus heute noch mehr als sonst. Obwohl es kalt und bewölkt war, roch es nach Frühling. Narzissen und Krokusse lugten vorsichtig aus der Erde. Marina strahlte mit den Blumen um die Wette. Endlich durfte sie das Haus ungehindert und ganz legal als zukünftige Eigentümerin betreten.

Als sie um die letzte Kurve bog, die den Blick auf das Haus freigab, blieb sie einen Moment stehen. Es war ein trauriger Anblick, das konnte wirklich niemand bestreiten. Der wolkenverhangene Himmel tauchte die ganze Szene in ein graues Licht, so dass alles noch trostloser aussah, als es ohnehin schon war. Aber Marina sah viel mehr in dem Bild, das sich ihr bot. Sie hätte es nicht in Worte fassen, es niemandem erklären können. Sie verstand es ja selbst nicht.

Langsam näherte sie sich Schritt für Schritt dem Weg, der direkt zur Haustür führte und auf dem Gottlieb schon auf sie wartete. Zusammen wollten sie alles genau unter die Lupe nehmen und eine erste Bestandsaufnahme vom Zustand des Hauses machen.

Gottlieb war von ihrem Plan, das verlassene Flensenhaus zu kaufen und auch von der Idee mit der Senioren-WG begeistert gewesen, als sie ihm vor ein paar Wochen davon erzählt hatte. Er hatte sich darüber gefreut, dass sie auf der Insel bleiben wollte und dass sie eine neue Richtung für sich und ihr Leben gefunden hatte. Sie so voller Tatendrang zu sehen, war nach all den traurigen und orientierungslosen Gesprächen, die sie davor geführt hatten, eine Wohltat. Bereitwillig hatte er ihr seine Hilfe und Unterstützung angeboten, denn als Architekt kannte er sich natürlich auch im Ruhestand noch mit den einzelnen Arbeitsschritten aus, die auf dem Programm standen. Außerdem wusste er, welche Handwerker wann gebraucht wurden und wie man sie am besten terminlich aufeinander abstimmte. Marina hatte sein Angebot, ihr als Berater und Bauleiter zur Seite zu stehen, überglücklich angenommen.

In diesem Augenblick riss der Himmel auf und die Sonne lugte zwischen den Wolken hervor. Das Licht, das auf das Haus fiel, ließ alles sofort freundlicher aussehen und wirkte wie eine stumme Einladung.

Vorsichtig steckte Marina den Schlüssel in das moderne und deshalb befremdlich wirkende Zylinderschloss und drehte ihn um. Die Tür öffnete sich geräuschlos und ebenso geräuschlos traten sie ein. Nach ein paar Schritten blieben sie stehen. Sie befanden sich in einem Eingangsbereich, der so geräumig war, wie man es von außen nie vermutet hätte.

Wortlos sahen Marina und Gottlieb sich um. Alle Türen standen offen. Geradeaus ging es in eine Art Salon. Links führte eine Holztreppe ins obere Stockwerk. Gegenüber der Treppe befand sich ein Badezimmer im typischen Stil der sechziger Jahre. In dem Raum rechts von ihnen ließ der gefliese Fußboden darauf schließen, dass es sich um die Küche handelte.

Marina ging hinüber und versuchte, so leise wie möglich aufzutreten, als hätte sie Angst, das Haus aus seinem Dornröschenschlaf zu wecken. Der Raum war groß und geräumig, und die hellblauen Bodenfliesen hatten vor langer Zeit einmal perfekt zur Farbe der Fensterrahmen gepasst, die jetzt aber fast komplett abgeblättert war. Da der Boden sehr gut erhalten war, beschloss Marina spontan, die Fensterrahmen wieder hellblau streichen zu lassen und auch dazu passendes Geschirr anzuschaffen. Sie sah im Geiste schon sich selbst und ihre zukünftigen Mitbewohner an einem großen rustikalen Tisch sitzen, mit einer Kanne heißen Tee und selbstgebackenem Kuchen vor der Nase.

Gottlieb war ihr in die Küche gefolgt und nahm die Beschaffenheit der Fenster genau unter die Lupe., während Marina weiter in den Salon gegenüber der Haustür schlenderte. Als was hatte die Familie, die dieses Haus einst für sich hatte bauen lassen, diesen Raum wohl genutzt? Hatten sie hier Gäste empfangen und Geburtstage gefeiert? Hatte hier der Weihnachtsbaum gestanden, ehrfürchtig bestaunt von erwartungsvollen Kinderaugen? Wie viel Glück hatte in diesem Zimmer gewohnt? Und wie viel Leid? Schon immer hatte Marina sich von alten Häusern angezogen gefühlt, weil sie sich stets fragte, was sie mit ihren wechselnden Bewohnern erlebt hatten und was sie alles erzählen könnten, wenn das möglich wäre.

Woher kam diese geheimnisvolle Faszination für betagte und geheimnisumwitterte Gemäuer? Ihre Mutter hatte sie ihr jedenfalls nicht vererbt, denn sie war eine sehr nüchterne und fantasielose Frau gewesen. Und ihr Vater? Welche Eigenschaften Marina von ihm geerbt hatte, würde sie leider niemals erfahren. Alle Fragen, die sie ihrer Mutter dazu gestellt hatte, waren unbeantwortet geblieben, jede Nachforschung im Keim erstickt worden. Ihre Mutter hatte ihr Wissen mit ins Grab genommen, und es hatte sie nicht gekümmert, wie ihre Tochter damit zurechtkam.

Marina schüttelte kurz den Kopf, um die traurigen Gedanken zu vertreiben. Sie schlenderte zu der Treppe, die ins obere Stockwerk des Hauses führte. Gottlieb kam aus der Küche und schloss sich ihr an. Oben gingen von einem breiten Flur vier Türen ab, die alle geschlossen waren. Marina rüttelte an jeder Einzelnen, aber nur zwei ließen sich öffnen, so dass sie das Zimmer direkt gegenüber der Treppe und das daneben betreten konnten. Gottliebs geschulter Blick wanderte umher, überprüfte die Beschaffenheit der Fußböden, klopfte gegen Wände und Türrahmen und sah dabei sehr konzentriert aus.

Bei den beiden Zimmern handelte es sich den vergilbten Tapeten nach zu urteilen um ehemalige Schlaf- oder Kinderzimmer. Der Raum gegenüber der Treppe war lang und schmal und hatte ein großes Fenster mit Blick auf den Garten hinter dem Haus. Das Zimmer daneben war geräumig und gut geschnitten. Marina sah, dass eine Zwischentür in ein angrenzendes Zimmer führte. Sie ließ sich problemlos öffnen und dahinter verbarg sich ein kleiner Raum, der ein behagliches Schlafzimmer werden könnte. In dem großen Raum gäbe es dann genügend Platz für eine gemütliche Sitzecke und viele Bücherregale. In Gedanken reservierte Marina diese beiden Räume spontan für sich selbst.

Die Türen zu den übrigen Zimmern waren leider so verzogen, dass sie sich trotz größter Kraftanstrengung keinen Zentimeter bewegten. Marina musste ihre Neugier wohl oder übel bezwingen, bis jemand mit passendem Werkzeug sein Glück versuchen würde.

Zusammen mit Gottlieb ging sie Stufe für Stufe wieder hinunter ins Erdgeschoss. Auf halber Treppe hörten sie plötzlich ein dumpfes Geräusch. Marina erschrak so sehr, dass sie beinahe den Halt verloren hätte. Schwankend griff sie nach dem Geländer, klammerte sich daran fest und hoffte, dass die Holzwürmer es noch nicht total zerfressen hatten. Zum Glück hielt es und sie konnte den drohenden Sturz abfangen.

Was war das? Auf jeden Fall kam es aus dem oberen Stockwerk, aber dort waren sie doch selbst gerade gewesen. Gottlieb blieb völlig unbeeindruckt von dem Geräusch und dem Schrecken, den es Marina eingejagt hatte. Sie schämte sich zwar für ihre Feigheit, traute sich aber nicht, allein zurückzugehen und den Grund für den Krach herauszufinden. Hatte die alte Astrid nicht gesagt, es spuke im Flensenhaus? Das war natürlich Quatsch, das Gerede einer etwas schrulligen Frau. Oder?

Langsam und mit wackeligen Knien ging Marina weiter die Treppe hinunter. Sie warf einen kurzen Blick in den Salon, bevor sie Gottlieb folgte, der wieder in die Küche gegangen war. Um nicht mehr an das unheimliche Geräusch zu denken, überlegte sie, wie sie diesen Raum einrichten könnte. Vielleicht im Landhausstil. So modern wie nötig, aber dem rustikalen Stil des Hauses so angepasst wie möglich. Marina freute sich darauf, alles Notwendige für die Innengestaltung auszusuchen. Allerdings lag bis dahin noch viel Arbeit vor ihr und eine Vielzahl von Handwerkern.

Tock!

Marina schrak aus ihren Gedanken. Da war es wieder, das Geräusch, vor dem sie schon vorhin auf der Treppe zusammengezuckt war.

Gottlieb grinste sie an. »Wenn du Angst hast vor einem losen Fensterladen, solltest du dir das alles hier noch mal überlegen, denn das ist gerade unser kleinstes Problem.«

»Um was müssen wir uns deiner Meinung nach vorrangig kümmern?«, fragte Marina.

»Die gute Nachricht ist, dass es schon ein Badezimmer gibt. Allerdings wurden dafür ganz sicher potentiell gesundheitsgefährdende Bleirohre verwendet. Damals machte man sich um die Umwelt ja leider noch nicht so viele Gedanken. Da wurde viele Jahre lang einfach genommen, was da war. Aber keine Angst. Insgesamt ist das Haus in einem weitaus besseren Zustand, als ich vermutet habe.«

Marina lächelte erleichtert. Sie hatte sich so sehr gewünscht, dass Gottliebs Urteil positiv ausfiel.

»Komm, lassen wir es für heute gut sein«, schlug er vor. »Die Einzelheiten besprechen wir, wenn dir der Kasten gehört. Dass du dich von dem Kauf nicht mehr abbringen lässt, sehe ich dir doch an.«

»Das stimmt«, gab Marina zu. »Ich möchte das Haus unbedingt besitzen. Ob und wie weit mein Geld für den Umbau und die Renovierung reicht, werden wir ja dann sehen. Ich weiß, dass das sehr naiv ist, aber ich kann nicht anders.«

Gottlieb strich sich nachdenklich über das Kinn. »Falls das Geld aus deinem Erbe nicht ausreicht, wäre da ja auch noch euer Haus in Husum.« Er bemerkte Marinas unbehaglichen Gesichtsausdruck und fügte hinzu: »Dass du keinen Unterhalt für dein weiteres Leben von deinem Mann annehmen willst, finde ich gut. Aber die Hälfte von eurem gemeinsamen Vermögen steht dir nun mal zu. Immerhin hast du dich viele Jahre lang um den Haushalt und die Erziehung eures Sohnes gekümmert.«

»Das ist wahr«, räumte Marina ein. »Ach, das wird sich alles noch klären. Hauptsache, das Flensenhaus gehört bald mir.«

Um kurz vor halb sieben traf Marina in der Pension ein und ging direkt in die Küche, wo sie Greta antraf. Der Tisch war liebevoll gedeckt, ein Eintopf dampfte auf dem Herd und verteilte einen köstlichen Duft im ganzen Raum.

Plötzlich merkte Marina, wie hungrig sie war. Erst nach der zweiten großen Portion schob sie ihren Teller beiseite und begann, Greta das Innere des Flensenhauses zu beschreiben und ihr die Ideen darzulegen, die sie für die Gestaltung der einzelnen Räume hatte.

Die Zeit verging wie im Flug. Als die beiden Frauen sich gegen elf Uhr auf der Treppe eine gute Nacht wünschten, hätte Marina am liebsten am nächsten Tag mit den Renovierungsarbeiten angefangen. Sie ahnte allerdings, dass die kommenden Wochen und Monate ihre Geduld auf die ein oder andere harte Probe stellen würden.

29

Marina stützte die Ellbogen auf den Tisch, legte den Kopf hinein und seufzte abgrundtief. Sie hatte sich das alles einfacher vorgestellt. Zusammen mit Greta und Gottlieb saß sie in dessen Wohnzimmer. Statt mit Kaffee und Kuchen war der Couchtisch übersät mit Papieren. Dazwischen lagen Kugelschreiber, ein Taschenrechner und unzählige Zettel mit Notizen, Skizzen und Kritzeleien. Schon nach wenigen Minuten war Marina klar geworden, dass es jede Menge Probleme zu lösen gab, bevor das Flensenhaus werden konnte, was es werden sollte. Ohne Gottlieb wäre sie aufgeschmissen, deshalb wollte sie sich auch überhaupt nicht damit abfinden, dass er für seine Mitarbeit an dem Projekt nicht bezahlt werden wollte.

»Wie nennt ihr jungen Leute das heute?«, hatte Gottlieb gefragt. »Eine Win-Win-Situation. Ich habe endlich mal wieder eine Aufgabe und das Gefühl, gebraucht zu werden. Und du sparst Geld, weil ich keines haben will.«

»Aber ich muss mich doch erkenntlich zeigen für das, was du tust«, hatte Marina geantwortet und hinzugefügt: »Ich habe eine Idee. Wenn alles fertig ist, bekommst du im Flensenhaus das schönste Zimmer und wohnst mietfrei.«

Gottlieb hatte nur den Kopf geschüttelt und gesagt: »Ich bleibe hier. In dieser Wohnung hatten Lotte und ich ein glückliches gemeinsames Leben, hier habe ich das Gefühl, dass sie immer noch bei mir ist. Nein, ich kann nicht weg.«

Während er gesprochen hatte, war er langsam hinübergegangen zu dem Schränkchen, auf dem ein gerahmtes Foto seiner Frau stand. Er hatte es in die Hand genommen und einen Moment schweigend dagestanden. Dann hatte er plötzlich gelächelt, als führte er ein stummes Zwiegespräch mit ihr.

Greta hatte geflüstert: »Ach Gottlieb. Wer könnte dich nicht lieb haben?«

Da hatte er sich zu seinen Besucherinnen umgedreht und geantwortet: »Das hat meine Lotte auch immer gesagt. Gottlieb, hat sie gesagt, dich hat der liebe Gott sehr lieb und deshalb ist dein Name Gottlieb.«

Noch einen Moment war er in sich gekehrt gewesen, dann hatte er Lottes Foto wieder an seinen Platz gestellt, war zu Greta und Marina an den Tisch zurückgekommen und hatte zu Marina gesagt: »Ich habe das nötige Wissen und jede Menge Zeit, und du kannst beides gebrauchen. Und damit wollen wir es gut sein lassen.«

Marina hatte Hilfe suchend zu Greta hinübergesehen, aber als diese ihr mit einem Nicken zu verstehen gab, dass sie das Angebot annehmen und einschlagen sollte, hatte sie schließlich die Hand genommen, die Gottlieb ihr entgegenstreckte, und ihm von Herzen gedankt.

Der Kauf war inzwischen rechtskräftig, so dass Marina mit dem Flensenhaus und dem Grundstuck, auf dem es stand, machen durfte, was sie wollte. Und was sie bezahlen konnte. Genau da lag der Hase im Pfeffer.

Marina sah im Geiste schon alles fertig vor sich, als Gottlieb anfing, ihr zwar behutsam, aber trotzdem schnörkellos aufzuzählen, was es zu bedenken und zu tun gab.

»Wir sollten die gesamte Statik vorsichtshalber überprüfen lassen, um keine bösen Überraschungen zu erleben«, sagte er. »Einen Termin habe ich schon vereinbart, morgen um zehn

175

kommt der Statiker vorbei. Außerdem müssen die Wasser-
rohre komplett erneuert werden. Und natürlich sollte das
Dach überarbeitet werden. Reetgedeckte Dächer sind ein Fall
für sich, aber der Dachdecker ist informiert und wird sich
alles ansehen.«

»Was kann er schlimmstenfalls feststellen?«, wollte Marina wissen.

»Oh, da gibt es eine Vielzahl von möglichen Schadensur-
sachen. Früher wurden Reetdächer oft von Nagetieren wie
Ratten und Mäusen beschädigt, weil die von dem Erntegut an-
gelockt wurden, das auf den Dachböden gelagert wurde, und
es sich im Reet gemütlich machten. Nicht zu vergessen sind
auch Schäden durch nistende Vögel. Sie ziehen für den Nest-
bau Reethalme aus dem Dach. Dadurch entstehen mit der Zeit
Löcher und schadhafte Stellen, die ausgebessert oder ganz neu
eingedeckt werden müssen.«

Marina biss sich auf die Unterlippe und sagte wesentlich
hoffnungsvoller, als sie sich fühlte: »Vielleicht haben wir ja
Glück.«

»Wir wollen es hoffen, aber dann sind da immer noch die
Sturmschäden, die beachtlich sein können. Bei Sturm ist auf
der Luv-Seite eines Hauses der Winddruck ganz erheblich, genauso wie auf der Lee-Seite der Wind-Sog. Normalerweise ist
ein Reetdach diesen Windbelastungen gewachsen. Da du allerdings das Dachgeschoss ausbauen willst, um Wohnraum
zu schaffen, müssen wir alles tun, damit der Luftdruckaus-
gleich optimal ist. Kann sein, dass da eine Menge Arbeit und
Kosten auf uns zukommen.«

»Dein Optimismus ist nicht besonders ansteckend«, meinte Marina, und der lockere Tonfall fiel ihr schwer.

»Ich bin in solchen Dingen lieber realistisch als optimistisch«, antwortete Gottlieb. »Ist klüger. Und oft auch billiger.«

Aus Gretas Richtung kam ein aufmunternder Blick, aber da sprach Gottlieb schon weiter.

»Du brauchst außerdem für das ganze Haus neue Fenster, sonst heizt du künftig für draußen. Schätze, wenn wir uns den Spaß machen, auf Wärmeleck-Suche zu gehen, werden wir leider sehr erfolgreich sein. Da wir gerade vom Heizen reden, da kommt sicher auch was auf uns zu. Abgesehen davon, dass Brenner und Kessel es sowieso hinter sich haben, müssen Heizanlagen, die älter sind als dreißig Jahre grundsätzlich ausgetauscht werden. Und wir kommen hier schon bald auf zwei Mal dreißig Jahre.«

Marina hörte nur noch stumm zu, während ihr Mut auf die Größe einer Erbse schrumpfte und ihre Zuversicht sich beinahe in Luft auflöste.

Greta tat es leid, zu sehen, wie Marina in ihrem Sessel immer kleiner wurde. Sie versuchte, ihre Freundin aufzumuntern. »Vielleicht läuft es besser, als es sich jetzt anhört. Und bald ist das Haus schon von außen perfekt, und du kannst dich auf die Renovierungen drinnen freuen. Dann sieht man täglich, wie alles immer schöner und schöner wird.«

Aber Gottlieb trat wieder auf die Bremse. »Innen müssen wir uns zuerst um die Fußböden kümmern. Egal, ob Holzdielen, Fliesen oder Linoleum, da muss auf jeden Fall nachgebessert, wenn nicht sogar überarbeitet werden. Unter so alten Böden liegt meistens nur ein Verbundestrich und das ist nicht gut.« Als Gottlieb Marinas fragenden Blick sah, erklärte er: »Verbund bedeutet nicht abgekoppelt. Und das wiederum heißt, der Trittschallschutz ist mangelhaft. Da sich die Wohnräume im oberen Stockwerk befinden sollen, würde ich dir raten, hier nicht am falschen Ende zu sparen.«

Marina seufzte und ersparte sich und den anderen eine Antwort.

»Zu guter Letzt«, fuhr Gottlieb in dem Moment schon fort, »müssen wir uns um die gesetzlich vorgegebenen Fluchtwege und die aktuell gültigen Brandschutzmaßnahmen kümmern. Immerhin unterziehst du das Haus mit deinen Plänen einer Nutzungsänderung.«

»Wieso Nutzungsänderung?«, hakte Greta nach, »Bisher ist es ja überhaupt nicht genutzt worden.«

»Stimmt, aber Marina wird an Senioren vermieten, damit ergibt sich ein gewerbliches Wohnen und das erfordert nun mal Fluchtwege und Brandschutz.«

Inzwischen war der Nachmittag in den Abend übergegangen. Auf die Umrisse der Möbel legte sich ein Schatten, genau wie auf Marinas Gesicht. »Habe ich mir zu viel vorgenommen?«, fragte sie leise und ohne den Blick zu heben.

»Du hast dir in der Tat viel vorgenommen«, antwortete Gottlieb und tätschelte väterlich Marinas Knie. »Aber es ist zu schaffen, und du bist doch nicht alleine.« Auf einmal schnippte er mit dem Finger in die Luft und meinte: »Ich habe eine Idee. Um dem Tag ein erfreuliches Ende zu geben, lade ich euch ins Ual fering Wiartshüs ein. Bei dem Essen, das sie dort servieren, vergisst man auf einen Schlag alle Sorgen. Habt ihr Lust?«

Marina griff nach Gottliebs Hand, schüttelte jedoch den Kopf. »Nimm's mir bitte nicht übel, aber ich bin viel zu durcheinander, um auch nur einen Bissen hinunterzubekommen.«

»Na gut«, lenkte Gottlieb ein.

Greta kam zu Marina, setzte sich neben ihre Freundin auf die Sessellehne und legte den Arm um sie.

»Wenn es jemand schafft, diese gute Idee in die Tat umzusetzen, dann du. Über den Wind können wir nicht bestimmen, aber wir können die Segel richten. Das wussten schon die Wikinger. Lass dich nicht entmutigen. Komm, wir fahren jetzt nach Hause, und morgen sieht die Welt wieder ganz anders aus.«

Am nächsten Tag setzte sich Marina mit dunklen Augenringen an den Frühstückstisch, schob ihren Teller sofort beiseite und meinte, ein Tee genüge ihr völlig.

»Nichts da«, widersprach Greta. »Mit leeren Magen lasse ich dich nicht zum Flensenhaus. Tagsüber gönnst du dir sowieso keine Pause, also werde ich nicht erlauben, dass du auch noch aufs Frühstück verzichtest.«

»Ich gehe heute nicht hin«, sagte Marina leise.

»Was hast du gesagt?«

»Ich gehe heute nicht zum Flensenhaus. Vielleicht gehe ich nie wieder hin.«

Greta, die an der Spüle mit dem Rücken zu Marina gestanden hatte, drehte sich abrupt um. »Was soll das heißen?«

Marina zuckte mit den Schultern, antwortete aber nicht.

Greta kam zum Tisch hinüber, setzte sich und legte die Hand auf Marinas Arm. »Was ist los?«

»Ich glaube, ich habe einen Fehler gemacht, als ich das Haus gekauft habe.«

»Nein«, sagte Greta etwas lauter als nötig, »deine Idee mit der Senioren-WG ist grandios. Warum zweifelst du plötzlich daran?«

»Weil ich mir das alles einfacher vorgestellt habe«, gab Marina zu. »Seitdem wir uns gestern über die Details unterhalten haben, weiß ich erst, was ich mir da aufgehalst habe. Es muss so wahnsinnig viel repariert oder erneuert werden, aber anstatt auf Gottlieb zu hören und vorher ganz genau zu kalkulieren, musste ich das Haus ja sofort kaufen. Wie soll das denn funktionieren? Ich habe mich und auch meine finanziellen Möglichkeiten wahrscheinlich total überschätzt.«

»Ach ja? Und alleine diese Vermutung reicht aus, damit du die Flinte ins Korn wirfst? Ohne genau zu wissen, was auf dich zukommt? Das ist ziemlich feige, finde ich.«

Marina sah Greta überrascht an. »Halt dich bloß nicht zurück«, sagte sie und versuchte ein Lächeln, das allerdings gründlich misslang.

»Tu ich nicht, keine Sorge«, versicherte Greta. »Wenn du schon ans Aufgeben denkst, bevor es überhaupt richtig losgegangen ist, dann bist du nicht die, für die ich dich gehalten habe. Aber tu, was du nicht lassen kannst.«

Marina sah nach dieser Standpauke verlegen auf ihre Schuhspitzen, woraufhin Greta einen versöhnlichen Ton anschlug. »Es steht doch bis jetzt gar nicht fest, was tatsächlich alles gemacht werden muss. Du hast gehört, was Gottlieb gesagt hat. Warte wenigstens ab, bis etwas mehr Klarheit herrscht, dann kannst du immer noch nach Lösungen suchen, vielleicht auf die Verwirklichung des ein oder anderen Wunsches erst einmal verzichten und weitermachen, wenn du durch die Vermietung genügend Geld hereinbekommen hast. Vielleicht ist es ja auch gar nicht so schlimm, wie du jetzt befürchtest.«

»Vielleicht aber doch«, beharrte Marina. »Und in dem Fall wäre es eine gute Idee, sofort aufzugeben und nicht erst viel Geld in ein Fass ohne Boden zu stecken.«

»Seit wann ist aufgeben eine gute Idee? Und was willst du stattdessen machen? Wie lautet dein Plan B?«

»Ich denke, ich würde zu Mick zurückkehren. Ich bin nun mal nicht so selbständig und stark, wie ich gerne wäre.«

»Das wird nicht gerade ein Triumphmarsch«, gab Greta zu bedenken.

»Nein, es wird eher mein ganz persönlicher Walk of Shame. Aber so ist es nun mal. Sei mir nicht böse, ich möchte jetzt nicht mehr darüber reden. Ich gehe ein bisschen an die frische Luft.«

Greta sah Marina nach, die mit hängenden Schultern den Weg zum Strand einschlug. Ihre harten Worte von vorhin taten ihr leid, doch sie waren nötig gewesen.

Greta spürte, wie sehr Marina die ganze Situation belastete. Die gescheiterte Ehe. Die Ungewissheit, ob ihr Flensenhaus-Projekt und damit der Beginn eines neuen Lebens gelänge. Die Angst davor, zu scheitern und aus Mangel an Alternativen nach Hause zurückkehren zu müssen.

Auf unerklärliche Weise fühlten sich sowohl Greta als auch Gottlieb verpflichtet, Marina beizustehen, ihr Mut zuzusprechen und die Säule zu sein, an die sie sich jederzeit anlehnen durfte. Sich selbst verboten die beiden jeglichen Zweifel an Marinas Plänen, damit sie sie besser unterstützen konnten. Marina machte sich schließlich schon genug Sorgen für sie alle zusammen.

Marina saß in einem der verlassenen Strandkörbe am Nieblumer Strand und sah hinaus aufs Meer. Es war absolut windstill und die Nordsee lag ruhig wie ein Ententeich vor ihr. Ohne das Gurgeln der Wellen, die sonst der Wind an den Strand trieb, war es ungewöhnlich still.

Angesteckt von der Ruhe um sie herum, beruhigten sich auch Marinas Gedanken. Greta hatte Recht. Sie durfte nicht aufgeben, bevor sie Klarheit über den Umfang der Sanierung und der anfallenden Kosten hatte. Wenn sich tatsächlich herausstellte, dass das Projekt nicht zu realisieren war, musste sie den Traum vom Leben im Flensenhaus begraben. Aber nicht schon vorher. Vielleicht war ja noch nicht alles verloren.

Marina straffte die Schultern und schloss für einen Moment die Augen. Sie liebte den Geruch des Meeres, den salzigen Geschmack auf den Lippen und das Rufen der Möwen. Ihr wurde klar, dass eine Rückkehr zu Mick unmöglich war. Waren die Pläne, die sie mit dem Flensenhaus hatte, nicht die einzige Zukunft, die ihr noch blieb? In ihrem Bungalow in Husum umgab sie, selbst wenn Mick zu Hause war, die Einsamkeit wie eine zweite Haut. Nein, sie konnte dort nicht mehr leben. Sie wollte auf der Insel, die sie so liebgewonnen hatte, bleiben. Hier hatte sie sich endlich wieder gespürt, hatte gelernt, wer sie eigentlich war. Nirgendwo sonst auf der Welt wollte sie sein, und es wäre doch gelacht, wenn sich dafür kein Weg finden ließe.

Marina fühlte, wie Zuversicht und Tatendrang zurückkehrten. So schnell sie konnte, lief sie zurück zur Pension, sprang in ihr Auto und fuhr zum Flensenhaus.

30

Seit zwei Tagen wehte der für Föhr typische Nord-Ost-Wind. Die Touristen, die bereits auf der Insel eingetroffen waren, spazierten mit verbissenen Gesichtern gegen die starken Böen an, geschützt von warmen Jacken und Mützen. Hier in Nieblum war der Wind schwächer, weil der Ort an der Südküste lag. An der Ostküste, und damit in Wyk, wo die meisten Urlauber sich einquartierten, war es jetzt sehr ungemütlich.

Steffen hatte vorgeschlagen, über das Oster-Wochenende gemeinsam wegzufahren, um endlich mal mehrere Tage am Stück miteinander zu verbringen. Marina hatte abgelehnt, weil sie die Flensenhaus-Baustelle nicht verlassen wollte, und jetzt war er sauer.

In den vergangenen Wochen war er sehr oft und meistens wegen Kleinigkeiten beleidigt gewesen. Wie ein verwöhntes Kind schmollte er, wenn nicht alles lief, wie er es gerne hätte und nicht jeder seiner Vorschläge von ihr mit tosendem Applaus honoriert wurde. Überhaupt war Marina in der letzten Zeit immer deutlicher aufgefallen, dass Steffen und sie nur Dinge unternahmen, zu denen *er* Lust hatte. Auf ihre Vorlieben und Wünsche einzugehen, gehörte leider nicht zu seinen Stärken.

Für ihr WG-Projekt zeigte Steffen weder Interesse noch Verständnis. Als sie ihm kurz nach ihrem Kennenlernen zum ersten Mal davon erzählt hatte, war er zuerst ganz Ohr gewesen und sie hatte eine gewisse Bewunderung für ihre Idee und ihren Tatendrang bei ihm entdeckt. Oder hatte sie sich das nur eingebildet? Inzwischen zeigte er jedenfalls unverhohlen, dass ihn das Thema nervte. Wie sehr er Marina mit seinem Desinteresse verletzte, schien er nicht zu bemerken.

All das ging Marina durch den Kopf, während sie mit dem Auto unterwegs war zum Flensenhaus. Auf dem Beifahrersitz stand ein Korb mit drei Warmhaltekannen, die randvoll waren mit Kaffee oder Tee. Hinten auf der Rückbank befanden sich mit Folie abgedeckte Platten mit belegten Brötchen. Der Kofferraum war voll mit Müllsäcken, Abdeckfolie und sonstigen Dingen, die auf der Baustelle gebraucht wurden.

Als sie um die letzte Kurve bog und ihr Blick auf das Flensenhaus fiel, hüpfte ihr Herz vor Glück. Von Anfang an hatte das Haus diese unerklärlich positive Wirkung auf sie gehabt. Wie sehr sie sich darauf freute, wenn endlich alles in neuem Glanz erstrahlen würde. Aber bis dahin gab es noch viel zu tun.

Marina parkte das Auto so, dass es den Handwerkern nicht im Weg stand und wollte gerade mit dem Ausladen beginnen, als ihr Handy klingelte. Sie fischte es aus der Jackentasche und warf einen Blick auf das Display. Steffen rief an.

»Hallo, Schatz«, begrüßte sie ihn. »Alles klar bei dir?«

»Bei mir schon. Aber was ist bei dir los?«

Die Frage irritierte sie. »Wieso? Was soll los sein?«

»Du hast gestern Abend nicht wie versprochen angerufen. Ich bin extra zu Hause geblieben, anstatt mit einem Freund zum Tennis zu gehen.« Wieder dieser beleidigte Tonfall.

Marina seufzte. »Tut mir leid. Es ist spät geworden gestern. Ich dachte, du schläfst vielleicht schon.«

»Und wieso ist es spät geworden? Wo warst du denn?«

Am liebsten hätte Marina geantwortet, dass ihn das nichts angehe, aber sie wollte keinen Streit anfangen. »Ich war lange auf der Baustelle, und dann habe ich mich mit Greta verquatscht.«

Am anderen Ende der Leitung blieb es still.

»Steffen? Bist du noch dran?«

»Ja«, kam die knappe Antwort.

»Okay, ich dachte schon, die Verbindung wäre gestört.«

»Das ist sie auch, wenn du mich fragst. Das hat allerdings nichts mit diesem Telefonat zu tun.«

»Was willst du damit sagen?«, fragte Marina, obwohl sie es sich denken konnte. Inzwischen kannte sie Steffens Vorliebe für Wortspielereien.

»Findest du nicht, dass du unsere Verbindung empfindlich störst, wenn du Versprechen nicht einhältst und andere Leute oder Unternehmungen dir wichtiger sind als ich?«

Jetzt wurde es Marina zu bunt. »Und findest du nicht, dass du übertreibst? Ich habe dich nicht angerufen, obwohl wir es abgemacht hatten. Das ist nicht okay und es tut mir leid. Aber damit ist der Kohl ja wohl gegessen.«

»Wenn du meinst.«

»Ja, das meine ich.«

»Bleibt es wenigstens bei unserer Verabredung morgen Abend zum Essen? Es ist ja schließlich dein Geburtstag. Oder hast du da auch was Besseres vor?«

Plötzlich spürte Marina, dass sie keine Lust hatte, Steffen zu sehen. Und es war ihr erschreckend egal, wie er darauf reagierte. Vor knapp drei Wochen, am zehnten Mai, war Gretas Geburtstag gewesen, und sie hatten einen dieser gemütlichen Abende zusammen verbracht, ohne großes Tamtam. An ihrem

eigenen Geburtstag morgen wollte Marina genau das wieder-
holen.

»Ich habe leider tatsächlich keine Zeit«, gab sie ihm zu
verstehen. »Momentan habe ich einfach zu viel um die Ohren.
Wir telefonieren, okay?«

Statt einer Antwort hörte sie nur, wie Steffen das Telefonat
beendete.

Die Funkstille zwischen Marina und Steffen hielt an. Er war
wohl zu stolz, um sie anzurufen, und sie war zu beschäftigt.
Was das über die Qualität ihrer noch frischen Beziehung aus-
sagte, lag auf der Hand.

Zum Glück lief der Umbau des Flensenhauses auf Hochtouren. Und das war gut so, denn je eher Marina einziehen
konnte, umso eher würde sie hoffentlich auch Interessenten
für ihre Senioren-WG finden. Für ihre strapazierte Finanzlage
wäre es ein Segen, wenn sie so bald wie möglich Mieteinnah-
men hätte.

31

Um diese Zeit war in dem Café nie viel los. Aus genau dem Grund kam Enno fast täglich am frühen Nachmittag hierher, um eine Tasse Kaffee zu trinken und ein Stück Kuchen zu essen. Er ging den Babendörp-Stieg entlang, um später in die Jens-Jakob-Eschel-Straße abzubiegen, in der sein Stammcafé, das Café Kohstall, lag.

Leute seines Alters waren um zwei Uhr nachmittags zu Hause und hielten ein Schläfchen, die Jüngeren waren bei der Arbeit und die Touristen, zumeist Familien mit lärmenden und oft schlecht erzogenen Kindern, hatte er schon immer ignoriert.

Enno liebte diese Zeit des Tages. Die Mittagsgäste waren fort, die Nachmittagsgäste noch nicht da, und sogar auf dem Weg zum Café und wieder zurück traf er kaum eine Menschenseele. Und genau so wollte er es auch. Er mochte die Menschen nicht, hatte sie nie besonders gemocht. Die meisten waren oberflächliche und geschwätzige Wesen, die sich selbst viel zu wichtig nahmen. Man konnte sich nicht auf sie verlassen. Diese Erfahrung hatte Enno nicht nur einmal gemacht. Und nach Wiederholungen stand ihm in seinem Alter nicht mehr der Sinn.

Enno betrat das Café und lenkte seine Schritte wie immer direkt zu dem Tisch in der Ecke. Wie immer holte er sich unterwegs eine der Tageszeitungen, die für die Gäste bereitlagen, aus dem Regal. Wie immer erwiderte er den freundlichen Gruß der Bedienung hinter dem Tresen nicht. Und wie immer brachte sie ihm, ohne ihn vorher nach seinen Wünschen gefragt zu haben, ein Kännchen Kaffee und ein Stück Bienenstich.

Als sie den Kaffee und den Kuchen vor ihm abstellte, sah er nicht auf und bedankte sich nicht, aber auch das war nichts Neues. Dabei war es nicht so, dass Enno andere mit seinem Verhalten verletzen oder beleidigen wollte. Er hielt nur nichts von derlei Getue und war immer ganz gut ohne all das ausgekommen.

Wie gewohnt las er zuerst die Todesanzeigen in der Zeitung. Es war kein ihm bekannter Name darunter, aber er studierte trotzdem aufmerksam jede einzelne Anzeige und schmunzelte vor sich hin. Glaubte man den Texten, starben jeden Tag nur die Prachtexemplare unter den Menschen. Nur die Treusorgenden, Liebevollen, Warmherzigen, Aufopfernden mussten, ganz egal, wie alt sie geworden waren, natürlich immer viel zu früh gehen. Tja, das hieß dann wohl, dass nur die fehlerhaften Exemplare übrig blieben, die echten Ekel, eben solche wie er. Immerhin war er schon 82 Jahre alt und noch da. Er war froh, dass er bis ins hohe Alter gesund, beweglich und geistig fit geblieben war, und er hoffte mehr als alles andere auf der Welt, dass dies bis zu seinem letzten Atemzug so bleiben würde.

Enno hatte nie viel Wert auf Gott, die Kirche und den Glauben gelegt. Seiner Ansicht nach musste man eben sehen, wie man sein Leben allein auf die Reihe bekam. Wenn gute Dinge passierten, hatte man sie doch meistens sich selbst zu verdanken. Und bei schlechten Ereignissen hatte allenfalls das Schicksal seine Finger im Spiel, aber gewiss kein Allmächtiger, der die Fäden für jedes einzelne Menschlein zog.

Obwohl dies seine Meinung war, hatte er in den letzten Jahren doch so etwas wie Dankbarkeit empfunden, dass seine körperliche und geistige Verfassung ihm das Leben als Einzelgänger ermöglichte, für das er sich schon als junger Mann entschieden hatte. Hätte er nur ein bisschen an Gott und das alles geglaubt, hätte er vielleicht sogar dafür gebetet, dass dies bis zum Schluss so bliebe, aber da er nicht glaubte, betete er auch nicht. Er konnte nur hoffen, und das war ja immerhin besser als nichts.

Als er zum Sportteil der Zeitung wechseln wollte, wurde die Tür aufgerissen und zwei Frauen betraten das Café. Sie redeten aufgeregt miteinander, und zwar gleichzeitig. Keine einzige Sekunde stand ihr Mundwerk still, nicht beim Ausziehen der Jacken, nicht beim Hinsetzen und auch nicht, als sie sich umdrehten, um einen prüfenden Blick auf das Kuchenbuffet zu werfen. Sogar ihre Bestellung war so in ihre Unterhaltung eingebaut, dass Enno die Bedienung dafür bewunderte, aus dieser Flut von Wörtern die benötigten Informationen herausgehört zu haben.

Er warf den beiden Frauen einen wütenden Seitenblick zu, aber davon bemerkten sie nichts. Kurz überlegte er, ob er sie ansprechen und auffordern sollte, leiser zu sein, weil sie schließlich nicht allein in diesem Café waren. Nach einem Blick auf seinen Teller verwarf er den Gedanken jedoch wieder. Den Kuchen hatte er aufgegessen, seine Tasse war leer, also konnte er sich auch auf den Heimweg machen.

Als er das abgezählte Geld wie jeden Tag auf den Tisch legte und aufstand, kam die Bedienung, um das Geschirr abzuräumen. Sie lächelte freundlich und sagte: »Ich wünsche Ihnen noch einen schönen Tag.«

Enno wollte auf keinen Fall »danke, gleichfalls« sagen, denn das war es ja wohl, was sie von ihm erwartete. Stattdessen schlug er den Mantelkragen hoch und grummelte: »Quatschen alle Frauen so viel?«

Sie sah kurz zu den beiden Damen hinüber und antwortete: »Die quatschen nicht bloß, die unterhalten sich über ein wirklich tolles Projekt.«

»Ach ja? Und was für ein Projekt soll das sein?« Bevor sie etwas entgegnete, bereute Enno schon, dass er gefragt hatte. Es konnte ihm doch egal sein.

»Kennen Sie das verlassene Haus im Alkersumer Stieg?« Ohne seine Erwiderung abzuwarten, sprach sie weiter. »Die linke von den beiden Frauen hat es gekauft. Und jetzt wimmelt es dort von Handwerkern, die machen alles wieder wie neu. Und dann zieht sie da ein, aber nicht alleine.«

Ihr geheimnisvoller Gesichtsausdruck nervte Enno. Warum hatte er sich bloß auf diesen Tratsch eingelassen. Die Bedienung durchbohrte ihn mit ihrem Blick, so dass er sich genötigt sah, irgendetwas zu antworten. Mit gleichgültiger Miene sagte er: »Dann will sie wahrscheinlich mit ihrer Familie da wohnen. Platz genug ist ja in dem alten Kasten.« Mit diesen Worten drehte er sich um und wollte gehen. Die Bedienung zog ihn am Ärmel, was ihn gleichermaßen irritierte und ärgerte.

Sie beachtete seinen Unmut nicht, viel zu sehr war sie darauf erpicht, noch mehr Neuigkeiten an den Mann zu bringen, und zwar an genau diesen. »Nein, im Ort wird erzählt, sie hat sich von ihrem Ehemann getrennt und will ab jetzt hier bei uns auf der Insel leben. Und in dem Haus möchte sie, wenn es fertig und bewohnbar ist, eine Senioren-WG gründen. Ist das nicht eine fantastische Idee?«

»Was soll daran fantastisch sein«, gab Enno mürrisch zurück. Angestrengt versuchte er zu verbergen, wie aufgewühlt er plötzlich war. Er musste diese Unterhaltung unbedingt so schnell wie möglich beenden, deshalb drehte er sich um und verließ mit eiligen Schritten das Café. Die freundliche Bedienung sah ihm durch das Fenster hinterher und schüttelte den Kopf über ihren kauzigen Stammgast.

Zu Hause atmete Enno tief ein und aus. Tausend Gedanken wirbelten in seinem Kopf hin und her. Wenn er gewusst hätte, welches Gefühlschaos der heutige Café-Besuch auslösen würde, hätte er bereitwillig auf den Bienenstich verzichtet und sich seine Tasse Kaffee selbst aufgebrüht.

Immerhin konnte er sich damit trösten, dass garantiert niemand seinen inneren Aufruhr bemerkt hatte. Die Fähigkeit, jegliche Gefühlsregung nach außen hin zu unterdrücken und sich nie anmerken zu lassen, was in ihm vorging, beherrschte er seit Jahrzehnten. Zum Glück, denn so wusste niemand außer ihm selbst, was die Erwähnung des Hauses im Alkersumer Stieg in ihm ausgelöst hatte.

32

Marina hatte sich angewöhnt, nach dem Abendessen einen kurzen Spaziergang zu machen. Die Pension war jetzt im Hochsommer komplett ausgebucht und Greta war bis spät abends beschäftigt. Wie von einem unsichtbaren Band gezogen, führte Marinas Abendspaziergang sie heute ebenfalls wieder zum Flensenhaus.

Die Außenarbeiten waren abgeschlossen, weil sie doch nicht so umfangreich ausgefallen waren wie befürchtet, und weil sowohl das Wetter als auch die Handwerker sich erfreulich zuverlässig gezeigt hatten. Jetzt war der Innenausbau an der Reihe und darauf freute Marina sich sehr.

Als sie sich dem Haus näherte, hörte sie laute Musik. Was war denn da los? Langsam ging sie weiter und versuchte, in der einsetzenden Dunkelheit, etwas Außergewöhnliches zu erkennen. Dann begriff sie, dass die Musik aus dem Inneren des Hauses kam.

Marina klopfte das Herz bis zum Hals, während sie einen Schritt nach dem anderen machte. Vielleicht sollte sie lieber nicht weitergehen, sondern gleich die Polizei rufen. Sie wusste ja schließlich nicht, wer oder was da sein Unwesen trieb. Aber die Mischung aus Neugier und Wut war stärker. Marina lief zur Rückseite des Flensenhauses, weil sie von dort aus besser hineinschauen konnte.

Und dann sah sie es. Die Glasscheibe der nagelneuen Terrassentür lag in Scherben, und im Haus feierten Jugendliche eine Party. Sie waren zu viert, drei Jungen und ein Mädchen, alle bestimmt nicht älter als vierzehn. Das Mädchen und einer der Jungen knutschten in der Ecke. Der zweite Junge sprühte doch tatsächlich gerade ein Graffiti an die Wand, und der dritte trank aus seiner Bierflasche, obwohl er schon aussah, als würde er sich jeden Moment übergeben. Der Stein, den sie durch die Scheibe geworfen hatten, lag mitten im Raum.

Marina stürmte wutentbrannt hinein und schrie sofort los. »Ihr seid wohl nicht ganz klar im Kopf! Was soll der Mist, was habt ihr hier verloren?«

Dann passierte alles auf einmal. Die beiden Knutschenden rannten weg, das Bleichgesicht mit der Bierflasche sprintete hinterher. Der Graffiti-Sprayer stand für den Bruchteil einer Sekunde reglos da, ließ im nächsten Moment die Spraydose fallen und wollte ebenfalls wegrennen, aber Marina stellte ihm ein Bein. Er fiel ihr der Länge nach vor die Füße. Als er aufgestanden war und mit kindlich beleidigtem Gesichtsausdruck vor ihr stand, wurde Marina klar, dass er höchstens zwölf oder dreizehn war.

»Ey, Scheiße, das tat voll weh«, beklagte er sich.

»Du hättest es dir ersparen können, wenn du zu Hause geblieben wärst«, gab Marina unbeeindruckt zurück. »Was habt ihr euch dabei gedacht, einfach einzubrechen?«

»Wieso einbrechen? Hier wohnt doch gar keiner.«

»Trotzdem ist es ein Einbruch. Ihr habt die Scheibe zerdeppert und seid eingestiegen, obwohl ihr hier nichts zu suchen habt. Zufällig ist das mein Haus und ich will jetzt sofort deinen Namen wissen und den deiner Freunde auch. Ich bin sehr gespannt, was deine Eltern zu eurer Glanzleistung sagen.«

Die Unterlippe des Übeltäters zitterte jetzt verdächtig, was ihn noch kindlicher wirken ließ. »Oh Mann, bitte nicht meine

Eltern. Ich hab doch nur mitgemacht, weil der Typ uns Geld versprochen hat, und das kann ich gerade echt gut gebrauchen.«

»Jemand hat euch Geld angeboten, wenn ihr diesen Mist hier macht? Wer war das?« Marina war fassungslos. Das wurde ja immer unglaublicher.

Der Junge schwieg und malte mit seinem Schuh ein unsichtbares Muster auf den Fußboden.

Marina hätte ihn am liebsten geschüttelt, beherrschte sich aber. Stattdessen schrie sie ihn an: »Wer? Los, raus damit!«

»Der Nachbar von meinem Kumpel.«

»Wie heißt der?«

»Bond, so wie 007. Nur mit Vornamen Steffen«, platzte der Angeklagte heraus.

Marina traute ihren Ohren nicht. Steffen hatte das hier angezettelt und die Jugendlichen mit Geld geködert, damit sie auf der Baustelle randalierten? Das durfte doch wohl nicht wahr sein! Warum? Was hatte er sich dabei gedacht?

»Kann ich jetzt gehen?«

Die Stimme des Jungen schien aus weiter Ferne zu kommen, obwohl er immer noch direkt vor ihr stand. Geistesabwesend nickte sie. »Hau schon ab.« Sie war viel zu geschockt, um sich noch mehr Gedanken über ihn und seine Bestrafung zu machen. Sie hatte jetzt weiß Gott andere Sorgen.

Das ließ sich der Junge nicht zweimal sagen. Er nahm die Beine in die Hand und rannte durch die kaputte Terrassentür davon.

Marina suchte in ihrer Jackentasche nach ihrem Handy, um Steffen anzurufen und zur Rede zu stellen. Dann überlegte sie es sich anders, steckte das Telefon wieder ein und sah sich um. Der vermeintliche Graffitikünstler war mit seinem Werk

zum Glück nicht sehr weit gekommen, bis auf ein paar Farb-
kleckse war die Wand unbeschadet. Und die eine zerbrochene
Scheibe konnte sie auch noch verschmerzen.

Viel schwerer wog die Enttäuschung über Steffens Verhalten. In der letzten Zeit hatten sie sich immer mal wieder getroffen, aber längst nicht so häufig, wie Steffen es gerne gehabt
hätte. Marina hatte oft einfach keine Lust, ihn zu sehen, was
sie angesichts ihrer anfänglichen Verliebtheit sehr erstaunte.
Das unschöne Telefonat, das sie vor drei Monaten geführt
hatten, klang noch in ihr nach. Sie konnte es nicht einfach ab-
haken, denn sie hatte das Gefühl, zum ersten Mal hinter Steffens schöne und charmante Fassade geblickt zu haben. Außerdem gefiel ihr ganz und gar nicht, wie er versuchte, sie völlig
zu vereinnahmen. Wenn sie ein Treffen ablehnte, war er jedes
Mal tief beleidigt. Marina wusste selbst nicht, warum sie sich
nicht von ihm trennte. Irgendetwas hatte sie vor diesem
Schritt immer wieder zurückschrecken lassen. Aber jetzt hatte
er den Bogen endgültig überspannt und aus gekränkter Eitelkeit, weil er nicht die alleinige Hauptrolle in ihrem Leben
spielte, ihr Herzensprojekt sabotiert. Sie war gespannt auf seine Reaktion, wenn sie ihm erzählte, dass sie seine Handlanger
auf frischer Tat ertappt hatte. Genau deswegen wollte sie ihn
jetzt auch nicht anrufen. Diese Nachricht musste sie ihm persönlich überbringen.

Marina verließ das Haus genauso, wie sie es betreten hatte
durch die kaputte Terrassentür und ging wieder zur Vorder-
seite. Es drängte sie zurück in die Pension, um diesen unglaublichen Zwischenfall mit Greta zu besprechen.

Ganz in Gedanken versunken, achtete sie nicht auf ihre
Schritte und wäre beinahe über einen Baueimer gestolpert,

den einer der Arbeiter vergessen hatte. Bevor sie fiel, wurde sie von zwei starken Armen aufgefangen und gehalten. Marina erschrak und sah ihren Retter verwirrt an. Sie hatte den alten Mann noch nie zuvor gesehen. Seine freundliche Geste, ihren Sturz abzufangen, stand in krassem Gegensatz zu seinem übellaunigen Gesichtsausdruck.

»Das ist ja gerade noch mal gut gegangen«, stieß Marina atemlos vor Schreck hervor. »Vielen Dank, Herr …«

Der Alte ließ sie abrupt los und vergrub die Hände in den Taschen seiner ausgebeulten Cordhose. Mit einem letzten mürrischen Blick wollte er seinen Weg fortsetzen.

»Einen Moment«, hielt Marina ihn zurück. »Bitte verstehen Sie mich nicht falsch, ich bin natürlich froh, dass Sie im richtigen Augenblick da waren, aber trotzdem wüsste ich gerne, was Sie hier zu suchen haben.«

Der Unbekannte schien sichtlich verlegen. »Geh nur spazieren«, nuschelte er. »Ist das etwa verboten?«

»Tja, im Allgemeinen nicht. Wenn Sie es allerdings auf meinem Grundstück tun, werde ich ja mal fragen dürfen.«

»Nein«, war alles, was der Mann antwortete.

»Nein? Nein was?«

»Nein, Sie dürfen nicht fragen.« Und damit drehte er sich um und ging.

Marina war zum zweiten Mal an diesem Abend fassungslos. Glaubte hier eigentlich jeder, machen zu können, was er wollte? Erst die Kinder, die im Auftrag ihres zukünftigen Ex-Freundes handelten, und nun dieser verschrobene Alte. Marina hatte genug für heute. Wütend auf die ganze Welt stapfte sie nach Hause.

33

Nach einer schlaflosen Nacht stand Marina am nächsten Morgen schon früh auf. Sie erschrak vor ihrem eigenen Spiegelbild. Die Ränder unter ihren Augen hätten jeden Pandabären neben ihr blass aussehen lassen. Aber auf Äußerlichkeiten kam es heute nun wirklich nicht an. Nach einer schnellen Tasse Kaffee im Stehen sprang sie ins Auto und machte sich auf den Weg nach Wyk. Sie wollte Steffen zur Rede stellen für das, was da gestern mit dieser Kinderbande abgelaufen war. Angekündigt hatte sie ihren Besuch natürlich nicht. Sie musste ihn kalt erwischen. Das wäre ja noch schöner, wenn er sich vorher in aller Ruhe fadenscheinige Ausreden überlegen könnte.

Gestern Abend hatte sie abgewartet, bis Greta die Tische für das Frühstück am nächsten Tag gedeckt hatte und alle Pensionsgäste sich in ihre Zimmer zurückgezogen hatten. Dann hatte sie ihr die Einbruchsgeschichte berichtet. Ihre Freundin war genauso fassungslos über Steffens Benehmen.

»Ich fasse es nicht! Er heuert eine Bande an, die auf deiner Baustelle Mist baut, und hofft, dass du deine Pläne dann aufgibst und bei ihm Trost und Zuflucht suchst?«

»Ja, so ungefähr hat er sich das wohl vorgestellt.«

»Den würde ich zu gerne mal zu Gesicht bekommen. Ich habe mich sowieso immer gewundert, warum er dich bei euren Verabredungen nie hier abgeholt hat.«

»Stimmt, das ist komisch, obwohl ich mir darüber bisher nie Gedanken gemacht habe. Und jetzt wird es sowieso keine Verabredungen mehr geben. Mir reicht's.«

Auf Marinas ziemlich ungenaue Beschreibung der vier Jugendlichen, sie hatte sie ja nur kurz gesehen und noch dazu im Dunkeln, hatte Greta nur mit einem Schulterzucken reagiert. Sie kannte keinen von ihnen. Und auch auf die Frage nach dem ominösen alten Mann, der unbefugt auf dem Grundstück herumspaziert war, hatte sie nur den Kopf geschüttelt.

Wyk war überfüllt von Touristen, so dass Marina keinen freien Parkplatz fand. Kurzerhand parkte sie das Auto im Halteverbot, rannte zur Kanzlei und die Treppen hinauf in den zweiten Stock. Steffens Assistentin, die eine verblüffende Ähnlichkeit mit der jungen Pamela Anderson hatte, zum Glück aber keinen roten Badeanzug, sondern eine rote Bluse trug, sah erschrocken auf und riss sich den Kopfhörer des Diktiergerätes vom Kopf, als Marina die Tür laut hinter sich ins Schloss fallen ließ.

»Ich möchte zu Ihrem Chef«, sagte Marina und reckte entschlossen das Kinn vor.

»Tut mir leid, aber Herr Bond ist außer Haus«, antwortete das Empfangsluder.

Marina schnaubte. So ein Mist. In Gedanken nannte sie Steffen zum wiederholten Male einen Feigling, weil er sich durch seine Abwesenheit der Auseinandersetzung mit ihr und ihrem gerade frischen Zorn entzog. Wortlos drehte sie sich um und wollte die Kanzlei verlassen, da hörte sie ein Geräusch aus dem Raum, in dem sich Steffens Büro befand.

»Er ist also nicht da, sagten Sie?«, zischte sie der Baywatch-Zweitbesetzung zu und marschierte auf Steffens Bürotür zu.

»Moment«, zeterte die Assistentin, »Sie können doch nicht einfach …«

»Sie haben ja keine Ahnung, was ich alles kann.« Sie betrat Steffens Büro, ohne die Tür hinter sich zu schließen.

»Marina, wie schön, ich freue mich«, sagte Steffen, als er sich von seinem protzigen Ledersessel erhob und um den Schreibtisch herum auf sie zukam. Mit einer lässigen Handbewegung gab er seiner Angestellten, die aufgeregt in der Tür stand, zu verstehen, dass sie wieder an ihre Arbeit gehen solle. Dann machte er den Versuch, Marina zu umarmen, doch sie drehte sich weg.

»Oh, hat mein Liebling etwa schlechte Laune?«, säuselte Steffen.

»Ja, aber nicht mehr lang. Allerdings wird deine eigene Laune gleich vermutlich sehr zu wünschen übrig lassen.«

Steffen sah sie fragend an, war jedoch immer noch die Selbstsicherheit in Person.

»Ich bin nur kurz vorbeigekommen, um dir zu sagen, dass dein Sabotageteam den Auftrag, den du erteilt hattest, nicht zu deiner Zufriedenheit ausgeführt hat. Du solltest auf keinen Fall die volle vereinbarte Summe bezahlen.«

»Ich habe keine Ahnung, worüber du sprichst«, behauptete Steffen. Dann drehte er einen der Besuchersessel in ihre Richtung und fügte hinzu: »Komm, setz dich und beruhige dich erst mal.« Er sah sie an, als wäre sie eine entlaufene Patientin aus der geschlossenen Psychiatrie.

Marinas Wut verdoppelte sich, denn mit diesem Blick hatte Mick sie auch oft angesehen, wenn sie einen seiner Meinung nach ganz und gar abwegigen Vorschlag gemacht hatte. »Ich denke, du weißt genau, wovon ich rede.«

»Dann denkst du eindeutig zu viel.«

»Ein Vorwurf, den man dir tatsächlich nicht machen

kann«, zischte sie ihm entgegen. »Jedenfalls will ich mich weder setzen noch beruhigen. Alles, was ich will, ist, dass du ab sofort aus meinem Leben verschwindest. Ich habe gestern Abend die kleine Bande erwischt, die du dafür bezahlen wolltest, dass sie in meinem Haus randalieren. Tja, Pech gehabt. Einer von ihnen hatte so sehr die Hosen voll, dass er dich verraten hat.«

Steffens Miene war innerhalb von Sekundenbruchteilen hart und abweisend geworden. »Du kannst nichts beweisen. Der Junge wird sich nicht trauen, meinen Namen noch mal zu erwähnen, wenn die Polizei ihn befragt.«

»Das glaube ich auch, dafür wirst du schon sorgen«, gab Marina zurück. »Da kein großer Schaden entstanden ist, werde ich mir das ganze Theater mit Polizei und Aussage gegen Aussage und so weiter ersparen. Ich wollte dir nur sagen, dass ich Bescheid weiß.«

»Marina, hör mir zu.« Wieder wechselte sein Gesichtsausdruck blitzschnell und er setzte die Gutmenschmiene auf. »Du bist besessen von dem Haus und deiner Idee mit dem Altersheim.«

»Senioren-Residenz«, verbesserte sie ihn, doch er beachtete ihren Einwand nicht.

»Dein ganzes Denken dreht sich nur noch um dieses Haus, dabei liegt es doch auf der Hand, dass deine Pläne zum Scheitern verurteilt sind. Irgendwann wirst du das auch erkennen, aber bis dahin hast du schon nebenbei unsere Beziehung in den Sand gesetzt.«

»Wenn hier einer unsere Beziehung in den Sand gesetzt hat, dann du mit deinem kindischen Getue. Eifersüchtig bist du. Auf ein Haus. Das ist hochgradig therapiebedürftig, meinst du nicht? Ich kann nicht glauben, dass ich auf dich hereingefallen bin. Inzwischen habe ich erkannt, was für eine Mogelpackung du bist. Ich werde dir schon zeigen, dass meine Pläne nicht scheitern. Unsere Beziehung allerdings, die ist so was von gescheitert. Mach's gut, Steffen. Oder mach es in Zukunft wenigstens besser als bisher.«

Damit rauschte sie aus seinem Büro und an der immer noch verdutzten Assistentin vorbei raus aus der Kanzlei. Sie eilte die Treppen hinunter und erlaubte sich erst eine Verschnaufpause, als sie in ihrem Auto saß.

Zum Glück hatte Marina zusammen mit Greta für den heutigen Abend noch Pläne, die sie bestimmt von ihrem Ärger mit Steffen ablenken würden. Im Kulturtreff in Wyk gab es jedes Jahr im Juli fünf Tage lang die Veranstaltung »Jazz goes Föhr«. Für Fans dieser Musikrichtung entpuppte sich die Insel dann beinahe zum Wallfahrtsort.

Da Greta Jazz liebte, war das Event für sie ein Pflichtprogramm. Marina, die diese Art von Musik nicht so gerne hörte, hatte erst gezögert, sich ihrer Freundin anzuschließen. Jetzt war sie umso erleichterter darüber, den Abend nicht allein mit sich und ihrem Zorn auf Steffen verbringen zu müssen.

34

Husum

Als Marinas Handy klingelte und sie den Namen ihres Mannes auf dem Display sah, wurde ihr augenblicklich flau im Magen. Sie hatte absolut keine Lust, mit ihm zu reden. Erst nach dem fünften oder sechsten Klingeln nahm sie das Gespräch an.

»Hallo, Mick, was gibt's?«

»Kannst du am kommenden Wochenende nach Hause kommen?«, fragte er, ohne ihre Begrüßung zu erwidern.

»Und warum soll ich das tun?«

»Weil Marvin am Samstagnachmittag herkommt, um uns seine neue Freundin vorzustellen.«

Diese Nachricht überraschte Marina. Sie freute sich für ihren Sohn und hatte ihn außerdem schon sehr lange nicht mehr gesehen. Spontan sagte sie zu. »Okay, ich komme gegen Mittag. Genau kann ich es dir noch nicht sagen, es hängt davon ab, auf welcher Fähre ein Platz frei ist, samstags in der Hauptsaison ist immer sehr viel Rückreiseverkehr. Und dann bleibe ich bis Sonntag, wenn du nichts dagegen hast.«

Micks Stimme klang versöhnlich, als er antwortete: »Was soll ich denn dagegen haben? Das hier ist schließlich dein Zuhause.«

Am Samstagmorgen packte Marina mit gemischten Gefühlen ein paar Sachen für das Wochenende in Husum. Sie freute sich auf Marvin und seine Freundin, aber wie würde sich ihr

Zusammentreffen mit Mick entwickeln? Es wäre schön, wenn sich die Gelegenheit für ein klärendes Gespräch zwischen ihnen ergeben würde. Hatten die vielen gemeinsamen Jahre es nicht verdient, dass sie sich einigermaßen freundschaftlich trennten?

Als Marina die Pension verließ, um sich auf den Weg zu machen, begleitete Greta sie zur Haustür und sagte: »Ich bin gespannt, ob du zurückkommst.«

»Warum sollte ich nicht zurückkommen?«, fragte Marina verwundert, aber Greta sah sie nur mit ihren klugen Augen an und fügte nichts mehr hinzu.

Marina hatte Glück. Die Fähre um zwanzig vor eins war nicht komplett ausgebucht. Am frühen Nachmittag betrat Marina den Bungalow, der lange Zeit ihr Zuhause gewesen war, und wurde von Mick ungewohnt herzlich empfangen. Er umarmte sie sogar, und sie ließ es mit einer Gleichgültigkeit, die sie selbst erschreckte, geschehen.

Als sie ihre kleine Reisetasche abstellte, sagte er: »Ich hole deine restlichen Sachen aus dem Auto.«

»Das hier ist alles, was ich mitgebracht habe«, antwortete sie, was ihn sichtlich irritierte. Dabei wusste er doch, dass sie nur für eine Nacht bleiben wollte. Hatte er die Hoffnung, dass sie ganz zu ihm zurückkehrte, etwa immer noch nicht aufgegeben?

Nur wenige Minuten später trafen Marvin und Leonie ein. Marina erkannte sofort, dass ihr Sohn bis über beide Ohren verliebt war in die junge Frau mit den langen blonden Haaren und der Figur, die ohne chirurgische Hilfe nur eine Vierundzwanzigjährige haben konnte. Er wendete den Blick kaum von ihr ab und griff ständig nach ihrer Hand.

Sie tranken gemeinsam Kaffee und aßen gekauften Kuchen. Falls Marvin sich darüber wunderte, dass seine Mutter nicht wie üblich selbst gebacken hatte, ließ er es sich zumindest nicht anmerken. Möglicherweise fiel es ihm aber auch gar nicht auf, denn seine Antennen waren ausschließlich auf Leonie ausgerichtet. Die Unterhaltung am Tisch drehte sich ausnahmslos um dieses engelsgleiche Wesen und ihre unzähligen Begabungen.

Mick fragte seinen Sohn zwischendurch, wie es im Job lief und wie seine beruflichen Pläne aussahen, aber es war offensichtlich, dass Marvin diesen Einwurf als störend und unwichtig empfand, weil er viel lieber weiter von Leonie schwärmen wollte. Während Marina den Lobgesängen lauschte, wuchs ihre Überzeugung, dass Leonie von einem anderen Stern gekommen war.

Irgendwann sagte Leonie: »Was meinst du, Schatz, wollen wir uns auf den Heimweg machen?«

Sofort sprang Marvin auf. »Ja, natürlich. Ich hole unsere Jacken.«

Marina und Mick waren gleichermaßen überrascht und irritiert. »Ich wollte euch noch zum Essen einladen bei unserem Lieblingschinesen«, sagte Mick.

»Ich dachte, ihr übernachtet hier«, sagte Marina.

»Beim nächsten Mal, okay?«, sagte Marvin.

Jetzt winkten sie dem Wagen ihres Sohnes nach, der am Ende der Straße abbog und aus ihrem Blickfeld verschwand. Mick hatte den Arm um Marinas Schulter gelegt und nahm ihn auch nicht weg, als das Auto längst nicht mehr zu sehen war. Behutsam, aber dennoch bestimmt schob sie ihn weg und sagte: »Sie sind weg. Die Show ist vorbei.«

»Tja, wenn du meinst, du musst unseren Neuanfang gleich wieder zunichtemachen«, murmelte Mick. Er versuchte, gekränkt auszusehen, brachte jedoch nur die alt bekannte Miene der beleidigten Leberwurst zustande. Wie gut sie ihn kannte. Und wie wenig er sie noch überraschen konnte.

»Von welchem Neuanfang sprichst du?«, antwortete sie. »Wir haben uns einen Nachmittag zusammengerissen. Unserem Sohn zuliebe. Weil unsere Probleme nicht seine sind und wir sie nicht dazu machen dürfen. Aber wir haben kein einziges Problem gelöst, weshalb wir ja jetzt auch getrennt sind. Also kann von einem Neuanfang doch wohl keine Rede sein.«

Mick drehte sich um und stapfte ins Haus zurück. Sie folgte ihm und schloss die Haustür ab, wie sie es seit Jahrzehnten gemacht hatte. Dann ging sie in die Küche, stellte das Geschirr in die Spülmaschine und räumte auf, wie sie es ebenfalls seit Jahrzehnten gemacht hatte. Mick lag im Wohnzimmer auf dem Sofa und zappte sich wort- und teilnahmslos durch die Fernsehprogramme, wie *er* es seit Jahrzehnten gemacht hatte.

Alles war wie früher. Marina wusste rückblickend nicht mehr, wie sie das so lange ausgehalten hatte. Eine langjährige Ehe konnte einem das Gefühl von gemütlicher Vertrautheit geben, aber alles, was ihre eigene Ehe in den letzten Jahren ausgestrahlt hatte, war langweilige Gewohnheit. Lieb gewonnene Rituale konnten Geborgenheit vermitteln, doch in ihrem Fall zeugten sie nur noch von Desinteresse und Einfallslosigkeit. Das Scheitern ihrer Beziehung mit Mick war fast mit den Händen greifbar.

Sie murmelte: »Ich gehe schlafen«, und zog sich zurück. Kurz vor dem Einschlafen fiel ihr ein, dass Marvin sie einmal, als er noch klein war, gefragt hatte, wo die Wände der Welt seien. Deutlicher als je zuvor spürte sie in diesem Moment, im Gästezimmer ihres jahrzehntelangen Zuhauses, dass die Wände dieses Hauses sie erdrückt und ihre Welt viel zu eng gemacht hatten.

Als Marina am nächsten Morgen erwachte, fühlte sie sich fit und ausgeruht und hatte wider Erwarten sehr gut geschlafen. Vielleicht lag das daran, dass seit gestern auch die letzten Zweifel, ob es richtig war, sich von Mick zu trennen, verstummt waren. Sie duschte, machte sich zurecht und ging hinunter in die Küche.

Mick hatte den Tisch gedeckt und Kaffee gekocht. Er sah sie an mit dem erwartungsvollen Blick eines Welpen, der zum ersten Mal nicht auf den Teppich gepinkelt hat und überschwänglich dafür gelobt werden möchte.

»Guten Morgen«, sagte Marina knapp, setzte sich und schenkte sich Kaffee ein. Das Gebräu schmeckte scheußlich, aber das ließ sie sich nicht anmerken. Vielleicht hatte sie sich einfach schon zu sehr an den viel bekömmlicheren friesischen Tee gewöhnt, den sie jetzt regelmäßig trank.

Mick beobachtete sie wortlos, während sie Butter und Marmelade auf ihre Toastscheibe strich. Als sie hineinbeißen wollte, meinte er: »Also, lass uns über deine Probleme reden, wenn du unbedingt willst.«

Marina legte den Toast zurück auf den Teller. »Meine Probleme?«

»Ja, denn ich habe nicht ein einziges«, behauptete Mick.

»Dass ich unglücklich war an deiner Seite, ist also nur mein Problem und nicht deins?«, fragte sie. »Glaubst du nicht, dass beide Ehepartner daran arbeiten müssen, die Beziehung lebendig zu halten?«

»Beziehung lebendig halten, wenn ich das schon höre«, gab er polternd zurück. »In welcher Frauenzeitschrift hast du das denn gelesen? Als ob es nicht normal wäre, dass aus langjährigen Ehen phasenweise die Luft raus ist.«

»Bei uns war es aber keine Phase, sondern ein Dauerzustand. Und falls du das nicht erkennst, dann war von Anfang an klar, dass wir es nicht wieder hinbekommen.«

»Hinbekommen. Wir müssten gar nichts wieder hinbekommen, wenn du einfach mal zufrieden gewesen wärst«, sagte er vorwurfsvoll.

»Zufrieden?« Gegen ihren Willen war sie nun doch lauter geworden, weil er sie schon wieder wütend machte. »Wie sollte ich zufrieden sein mit einem Mann, der mich kaum noch angesehen, mir nicht zugehört und mich stattdessen behandelt hat wie ein Möbelstück, das zwar praktisch ist, aber keine Gefühle hat. Oder mit einem Haus, in dem ich jahrein, jahraus Dinge getan habe, die mir so sinnlos erschienen, dass ich hätte schreien können? Ich habe geputzt, aber versteckt hinter deiner Zeitung hättest du nicht gemerkt, wenn wir im Dreck versunken wären. Ich habe dein Lieblingsessen gekocht, aber du schienst das gar nicht zu registrieren, so lange du nur irgendwas auf dem Teller hattest. Ich habe zu Weihnachten dekoriert, aber du hast nie ein Wort darüber verloren. Selbst wenn du gesagt hättest, dass alles kitschig war, wäre mir das lieber gewesen, als gar keine Reaktion zu bekommen. Und dann saßen wir hier und warteten, bis das Fest der Feste und der Jahreswechsel endlich vorbei waren, ich den Baum rausschmiss und der ganze Trott wieder von vorne anfing.«

»Du hattest einfach zu viel Zeit. Wenn du arbeiten gegangen wärst, dann wärst du zu müde gewesen zum Meckern. Bist du eigentlich sicher, dass du dich wirklich bemüht hast, einen neuen Job zu finden? Vielleicht gefiel es dir ja ganz gut, Heim und Garten zu genießen und das Geld auszugeben, dass ich, und zwar ich alleine, nach Hause gebracht habe. Deine Unzufriedenheit war doch nur das Ergebnis von zu viel Langeweile. Andere Frauen wären glücklich und dankbar für das Leben, das ich dir geboten habe. Sagt Ellen übrigens auch.« Er biss sich erschrocken auf die Unterlippe. Der letzte Satz war ihm unbeabsichtigt rausgerutscht.

»Ellen?«, hakte Marina nach. »Wieso sprichst du mit Ellen über uns?«

Ihre Nachbarin war in Micks Alter, lebte allein und hatte von Anfang an eine Schwäche für ihn gehabt. Marina und Mick hatten diese harmlose Schwärmerei immer belächelt.

»Sie hat mir hin und wieder Essen rübergebracht.«

In einem Krimi hatte Marina gelesen, dass Polizisten beim Verhör oft für lange Gesprächspausen sorgten. Meistens machte das den Angeklagten so nervös, dass er von sich aus zu reden anfing. Dieser Verhörmethode bediente Marina sich nun auch. Sie sah Mick nur an, sagte jedoch nichts.

Die Taktik ging auf. »Sie war da, als du nicht da warst«, brach es aus Mick heraus. »Ich habe nun mal Hunger, wenn ich von der Arbeit nach Hause komme, aber du warst ja mit deinem Ego-Trip beschäftigt.«

Marina sagte immer noch nichts.

»Beim Essen hat sie mir dann Gesellschaft geleistet, na und? Nach einem anstrengenden Arbeitstag in ein leeres Haus zu gehen, ist echt frustrierend. Ich war froh über ein bisschen

Unterhaltung. Ich verlange doch wirklich nicht viel. Eine warme Mahlzeit, ein paar freundliche Worte und etwas Ruhe. Ellen hat das verstanden.«

Jetzt konnte Marina nicht länger schweigen. »Und das reicht dir? Früher war das anders.«

»Früher waren wir auch jünger und Marvin war noch klein. So ein Kind fordert einen täglich aufs Neue.«

»Und als dein Sohn größer wurde, fühltest du dich von deiner Frau nicht gefordert? Glaubst du, ich hatte keinerlei Erwartungen an dich?«

»Und was ist mit meinen Erwartungen?«, schmetterte er ihr trotzig entgegen.

»Wie lauten die denn, Mick? Sag es mir. Was erwartest du noch vom Leben?«

Er antwortete nicht.

»Siehst du«, sagte sie leise, »genau das meine ich. Wir sind nicht mehr jung, das ist richtig. Aber wir sind auch nicht steinalt. Das Leben ist da, um gelebt zu werden. Und zwar in jedem Alter.«

»Noch so ein abgegriffener Kalenderspruch«, murmelte er.

»Und wenn schon«, antwortete sie, »es stimmt doch. Wann hast du zuletzt das Gefühl gehabt, das Leben wirklich zu spüren und zu genießen? Ich habe so viele Vorschläge für Unternehmungen oder Reisen gemacht, doch du hast sie alle abgeschmettert, und zwar ohne für mich nachvollziehbare Gründe.«

»Mir reichte es eben so, wie es war«, stellte Mick fest.

»Und das werfe ich dir nicht vor«, gab sie zurück, »aber mir reicht es nicht.«

Eine Zeit lang schwiegen beide.

Dann fragte er: »Und was machen wir jetzt?«

Der Marmeladentoast lag immer noch unberührt auf ihrem Teller, als sie aufstand und sagte: »Ich weiß nicht, was *du* machst. Ich fahre jedenfalls wieder nach Föhr.«

»Du hast nichts gefrühstückt.«

»Ich habe keinen Hunger. Außerdem will ich eine frühe Fähre erwischen, denn ich habe zu Hause sehr viel zu tun.«

Zu Hause. Natürlich meinte sie damit Nieblum. Kurz hob sie den Blick und sah, dass die Worte Mick einen Stich versetzt hatten.

»Aha, zu Hause auf Föhr, hm?«, sagte er auch prompt.

Sie antwortete nicht.

»Also willst du ab jetzt wirklich in diesem verschlafenen Inselnest leben?«

»Du weißt doch, dass ich dort ein Haus gekauft habe«, erwiderte sie müde. »Ist das nicht Antwort genug?«

»Dann sag schon, was ist so toll an diesem Kaff, das im Sommer von lärmenden Touristen überschwemmt wird, und wo es nach der Saison einsamer ist als auf dem Mond?«

Marina hatte keine Lust, auf Micks Sticheleien einzugehen. Sie dachte an Greta und ihre Unterhaltung über die »Zuhausemenschen«, auf die es im Leben wirklich ankommt. Sie wollte sich nicht mehr provozieren lassen. Ruhig sagte sie: »Außerdem liegt es nicht nur an dem Ort, dass ich mich da so wohl fühle, sondern an den Menschen, die mich mögen und schätzen.«

»Ich habe dich auch immer geschätzt«, brummte Mick vor sich hin.

»Ja«, gab sie zurück, »als Mutter deines Sohnes und als Haushälterin. Aber nicht als Partnerin im eigentlichen Sinn. Besonders nicht in den letzten Jahren.«

»Hast du etwa nicht zufrieden und sorglos neben mir leben können?«

»Ja. Neben dir. Nur leider nicht *mit* dir. Und genau das ist das Problem.«

»Gibt es einen anderen Mann?«, war alles, was Mick daraufhin einfiel.

»Nein, den gibt es nicht«, antwortete Marina und wischte den Gedanken an ihre kurze Schwärmerei für Steffen schnell beiseite. »Stell dir vor, Mick, das Leben einer Frau dreht sich nicht immer nur um einen Mann, weder um den eigenen noch um einen anderen. Und dass ihr euch das nicht vorstellen könnt, ist ehrlich gesagt die Wurzel allen Beziehungs- und Eheübels.«

Mit diesen Worten stand Marina auf und verließ die Küche. Es gab für sie hier nichts mehr zu tun oder zu sagen. Sie wollte so schnell wie möglich zurück nach Nieblum.

Am Fähranleger, an dem um diese Uhrzeit zum Glück noch nicht viel los war, reihte sie sich in die Wartespur siebzehn ein, wie es die Dame am Schalter angesagt hatte. Sie schaltete den Motor aus und schloss die Augen.

Die Unterhaltung mit Mick hatte sie aufgewühlt und erschöpft. Sie konnte kaum glauben, dass etliche Jahre lang alles schön und harmonisch zwischen ihnen gewesen war. Sie waren einander nicht so auf die Nerven gegangen wie jetzt, sondern hatten sich immer irgendetwas zu erzählen gehabt.

Oder hatten sich ihre Gespräche, wie bei den meisten Elternpaaren, nur um Marvin gedreht? Waren sie verstummt, als er erwachsen wurde und die Sorge und die Verantwortung für ihn nicht mehr ihr ganzes Denken und Handeln bestimmte? Waren sie eins dieser Paare, die mit Beginn der Elternschaft vergessen hatten, dass sie auch noch Mann und Frau waren und sich nun nicht mehr darauf zurückbesinnen konnten?

Welchen Sinn machte es, sich darüber jetzt den Kopf zu zerbrechen? Marina gestand sich ein, dass die Würfel längst gefallen waren. Auf keinen Fall wollte sie die Richtung noch einmal ändern, die sie ihrem Leben gegeben hatte.

Während die Fähre Rungholt sie nach Wyk brachte, bemühte Marina sich, an alles Mögliche zu denken, nur nicht mehr an Mick und das unausweichliche Ehe-Aus. Sie spürte, dass sie mit jeder Seemeile, die sie zurücklegten, ruhiger wurde.

Die Hallig Langeneß links von ihnen war heute gut zu erkennen, und bald schon sah sie auch den Funkturm von Föhr. Als sich die Fähre in großem Bogen dem Anleger in Wyk näherte, freute sie sich unbändig auf Nieblum, auf Greta und die anderen und auf die Fortsetzung ihres neuen Lebens.

Schon an der Haustür empfing sie ein köstlicher Duft.

Als sie die Küche der Pension betrat, stand Greta mit dem Rücken zu ihr am Herd. Sie drehte sich nicht um, als sie sagte: »Da bist du ja. Es gibt Kartoffelsuppe, die magst du doch so gerne.«

Marina bekam feuchte Augen, während sie sich insgeheim fragte, ob man sich irgendwo auf der Welt noch willkommener fühlen konnte. Sie schluckte die Tränen der Rührung hinunter und antwortete: »Dabei warst du doch gar nicht sicher, ob ich zurückkomme.«

»Aber ich hab's gehofft. Und diese Hoffnung habe ich gefüttert mit Vorfreude und ein paar Vorbereitungen für deine Rückkehr, damit der Himmel es bloß nicht wagt, mich zu enttäuschen.«

Marina lachte, setzte sich an den gedeckten Tisch und – war zu Hause.

35

Oldsum

Wie immer drückte er auf den Türsummer, bevor sie überhaupt klingelten, und wie immer stand Gottlieb mit einem strahlenden Lächeln in der offenen Wohnungstür. Marina und Greta hatten ihn seit sechs Wochen nicht besucht. Alle drei waren momentan einfach zu beschäftigt. Greta mit der Pension, in der sich die Gäste jetzt in den Sommerferien die Klinke in die Hand drückten, und Marina und Gottlieb mit der Sanierung und Renovierung des Flensenhauses.

Heute wollten sie endlich mal wieder einen gemütlichen Nachmittag miteinander verbringen. Marina hatte Gottlieb von dem Einbruch und den Jugendlichen so wenig wie möglich erzählt. Natürlich hatte sie ihm die kaputte Scheibe und die beschmierte Wand erklären müssen, aber sie behauptete, dass ihr die gesamte Bande entwischt sei und verschwieg, wer letztlich hinter der Aktion gesteckt hatte. Sie hatte Gottlieb nie gesagt, dass sie einen Mann kennengelernt hatte, den sie sich, wenn auch nur für kurze Zeit, als Nachfolger ihres Ehemannes hatte vorstellen können. Da das Kapitel inzwischen beendet war, hatte sie das Thema komplett ausgeklammert.

Gut gelaunt betraten die beiden Frauen die Wohnung, in der es einladend nach frisch aufgebrühtem Kaffee duftete.

»Kommt herein, meine Lieben, und macht es euch bequem«, begrüßte Gottlieb sie mit einer herzlichen Umarmung. »Gretalein, dich habe ich ja wirklich lange nicht gesehen.«

»Das stimmt«, gab Greta zu, »aber du weißt doch, was in der Hauptsaison immer los ist bei mir. Und darüber bin ich heilfroh. Ohne die vielen Sommergäste wäre der Winter ...« Greta verstummte abrupt.

Marina stand noch hinter Gottlieb im Flur, als sie ihre Freundin im Wohnzimmer sehr reserviert sagen hörte: »Guten Tag, Steffen.«

Steffen? Doch nicht etwa ..., nein, bestimmt nur eine Namensgleichheit, ein purer Zufall.

Marina spähte über Gottliebs Schulter. Mitten auf dem Sofa thronte tatsächlich Steffen Bond. Ihr drehte sich der Magen um. Was wollte der denn hier bei Gottlieb? Und wieso kannte Greta ihn? Sie verstand die Welt nicht mehr.

»Guten Tag, Greta.« Er schenkte erst Greta und dann Marina sein Sean Connery-Lächeln, das sie früher anziehend gefunden hatte und das jetzt Übelkeit in ihr hervorrief. »Hallo, Marina. Schön, dich zu sehen.«

Marina wäre ihm am liebsten an die Kehle gesprungen.

»Ihr kennt euch?«, frage Gottlieb überrascht.

»Nur flüchtig«, presste Marina hervor.

Greta warf ihr einen fragenden Blick zu, aber gleich darauf veränderte sich ihr Gesichtsausdruck und dann nickte sie unauffällig. Sie hatte verstanden.

»Ja, mein Sohn beehrt mich endlich einmal wieder mit seiner Anwesenheit«, plauderte Gottlieb munter drauflos. Die angespannte Atmosphäre im Raum hatte er anscheinend nicht bemerkt. »Meistens ist er zu beschäftigt, um seinen alten Vater zu besuchen. Ungefähr so beschäftigt wie ich zur Zeit.« Gottlieb lächelte Marina augenzwinkernd zu.

Sie lächelte mechanisch zurück, während ihr in Dauerschleife das Wort Sohn durch den Kopf dröhnte. Gottlieb war Steffens Vater. Er hieß zwar mit Nachnamen Oltmann, aber Steffen hatte Marina berichtet, dass er bei seiner Hochzeit den Namen seiner Frau angenommen hatte, weil er es originell fand, genauso zu heißen wie Agent 007. Dann kannte Greta ihn aus ihrer Schulzeit, denn sie hatte ja erzählt, dass sie mit dem Sohn von Gottlieb und Lotte zur Schule gegangen war. Und dass sie ihn nie gemocht hatte. Kluge Greta.

»Erzähl doch mal, woher kennst du Marina?«, forderte Gottlieb seinen Sohn in diesem Moment auf.

Marina kam ihm zuvor. »Herr Bond und ich sind zufällig in einem Restaurant in Wyk miteinander ins Gespräch gekommen.«

Falls Steffen verwirrt war über die förmliche Anrede, ließ er es sich zumindest nicht anmerken.

»Ja, er kann sehr charmant sein, wenn er will«, meinte Gottlieb.

Und er kann auch ganz anders, fügte Marina in Gedanken hinzu. Laut sagte sie: »Wir haben kaum drei Worte gewechselt, denn Herr Bond war in Eile.«

»Ja, stimmt«, bestätigte Steffen mit einem überheblichen Grinsen. »Und dann treffen wir uns ausgerechnet hier bei meinem Vater wieder. Die Welt ist doch wirklich klein.«

»Für meinen Geschmack sogar manchmal *zu* klein«, murmelte Marina und suchte fieberhaft nach einer Ausrede, um Gottliebs Wohnung auf der Stelle zu verlassen.

Zum Glück stand Steffen in diesem Moment auf und verkündete, dass er jetzt leider los müsse. Erleichtert atmeten Marina und Greta gleichzeitig auf, als Gottlieb seinen Sohn zur Tür begleitete.

»Um diesen Steffen ging es?«, fragte Greta flüsternd, »ausgerechnet um diesen?«

Anstatt zu antworten, verdrehte Marina nur die Augen.

Greta machte eine wegwerfende Handbewegung. »Schieben wir es auf die schlechte Gesamtverfassung, in der du gewesen bist. Da ist das Urteilsvermögen schon mal getrübt. Jedenfalls scheint er wegen der Vorkommnisse zwischen euch nicht sonderlich geknickt zu sein.«

»Geknickt?«, wiederholte Marina, »So viel Überheblichkeit kann gar nicht knicken.«

Gottlieb kam zurück ins Wohnzimmer. »Jetzt wird es wieder sehr lange dauern, bis Steffen Zeit findet, mich zu besuchen«, sagte er. »Aber was macht das schon? Ich habe ja euch. Lasst uns den Nachmittag genießen.«

»Ja, das machen wir«, antwortete Greta, und Marina fügte hinzu: »Dem steht jetzt ja nichts mehr im Wege.«

36

Nieblum

Enno hasste ihre Besuche. Er hasste es, wenn sie unangemeldet vor seiner Tür stand und sich mit ihrer abgewetzten Ich-wollte-nur-mal-nach-dir-sehen-Begründung an ihm vorbei in die Wohnung schob. Meistens steuerte sie direkt die Küche an und kochte Kaffee, einfach so, ohne ihn zu fragen. Dabei spulte sie jedes Mal die gleichen Sätze ab. Sie reichten von »du musst mehr an die frische Luft« über »du glaubst nicht, wie rücksichtslos die Autofahrer heutzutage sind« bis hin zu »wie das hier wieder aussieht«. Enno antwortete nie, aber das schien sie nicht mal zu bemerken.

Wann hatte sich ihr Verhältnis eigentlich so verschlechtert? Wann war aus ihren einst gut gemeinten Ratschlägen diese Besserwisserei geworden? Und seit wann hatte er das Gefühl, dass nicht einmal *sie* ihn mehr verstand?

Wie bei jedem ihrer Besuche saßen sie zusammen im Wohnzimmer, die Tassen mit dem dampfenden Kaffee vor sich. Nach wenigen Minuten hörte er ihr unvermeidliches Seufzen, und dann ging es los. Rücksichtslos stocherte sie in vergangenen Zeiten, legte ihren Finger in Wunden, die nie verheilt waren und holte alles hoch, was er mühsam in den Tiefen seiner Seele vergraben hatte. Unermüdlich feuerte sie Erklärungen und Belehrungen ab und übte jede Menge Kritik an ihm und seiner Art zu leben. Sie war der Meinung, dass er sich zu sehr abkapsele, dass er immer seltsamer werde, dass er schon damals alles falsch gemacht habe und auch jetzt seine Chance nicht nutze, die Dinge in Ordnung zu bringen. Am Ende ihres Monologes beschwor sie ihn regelmäßig, sich der Vergangenheit zu stellen.

Als ob das so einfach wäre. Die Vergangenheit konnte man nachträglich nicht ändern. Warum quälte sie ihn bei jedem ihrer Besuche damit? Warum ließ sie ihn nicht in Ruhe? Er hasste sie dafür. Er hasste sie eigentlich nicht, aber dafür schon.

Das einzig Gute an ihren Stippvisiten war, dass sie nie besonders lange dauerten. Auch heute stellte sie nach einer knappen Stunde ihre Tasse geräuschvoll auf die Untertasse, seufzte der guten Ordnung halber noch einmal und erhob sich aus dem Sessel, in dem sie während der Inquisition immer thronte.

»Dann mache ich mich mal wieder auf den Heimweg«, verkündete sie und griff nach ihrer Jacke, die sie über die Sessellehne geworfen hatte.

Enno blieb sitzen. Er sagte nichts, half ihr nicht in die Jacke und brachte sie nicht zur Tür, schon lange nicht mehr.

Er saß noch genauso regungslos da, als sie die Haustür öffnete und ihm von dort aus zurief: »Die Sache mit dem Flensenhaus ist ein Zeichen, das kannst du mir glauben.« Ihre Worte hallten in seinem Kopf nach, bevor die Tür endlich hinter ihr ins Schloss fiel.

Enno stand auf, ging zum Küchenfenster und sah ihr nach. Er wusste nicht, wie lang die Verschnaufpause war, die sie ihm bis zu ihrem nächsten Besuch gönnte, aber er hoffte auf ein paar Wochen.

219

Noch am Abend dachte Enno an ihre Bemerkung über das Flensenhaus. Sie hielt es für ein Zeichen. Das war typisch für sie, sie hatte schon immer alles für ein Zeichen gehalten, was für ihn nichts als purer Zufall war. Als sie ihm vor einiger Zeit erzählt hatte, dass eine Frau aus Husum die neue Eigentümerin des alten Kastens sei, hatte er ihr kaum zugehört. Und auch heute wäre er froh gewesen, wenn sie das Thema nicht erwähnt hätte.

Seit es zu der unfreiwilligen Unterhaltung mit der Bedienung in seinem Stammcafé gekommen war, wusste er ohnehin Bescheid. Damals hatte es mehrere Tage gedauert, bis er seine Gedanken sortiert und sich beruhigt hatte. Er wollte nicht, dass das alles von vorne anfing. Aber es war passiert. Durch die kurze Bemerkung, die sie ihm von der Haustür aus zugerufen hatte, war das Gedankenkarussell erneut und unaufhaltsam in Gang gesetzt worden.

Kopfschüttelnd schaltete er den Fernseher ein, um ihren Besuch und die unschönen Erinnerungen abzuschütteln. Ein paar Minuten zappte Enno von einem Programm zum anderen, aber die Nachbarschaftsstreitereien, die von drittklassigen Schauspielern dargeboten wurden, oder die vielen überflüssigen Produkte, die die Homeshopping-Sender anboten, lenkten ihn nicht von seinen Grübeleien ab.

Sie hatte ja Recht. Er hatte einen Fehler gemacht damals, einen riesengroßen sogar. Er hatte gelogen. Natürlich log jeder Mensch hin und wieder. Es gab die vielen kleinen Flunkereien, die ganz unbedacht geäußert wurden und niemanden verletzten. Es gab sogar Lügen, die extra dazu da waren, einem anderen nicht wehzutun. Aber es gab eben auch die, die einem über den Kopf wuchsen. In seinem Fall war es so gewesen. Er hatte nie mehr einen Weg herausgefunden, so dass die Lüge größer und größer geworden war und irgendwann sein ganzes Leben bestimmt hatte.

Er hatte die einzige Frau verloren, die er je geliebt hatte. Er hatte den Kontakt zu seinen Mitmenschen abgebrochen. Er war zwar schon immer gerne allein gewesen, aber inzwischen war er einsam, und der Unterschied zwischen beidem war ihm nur allzu klar. Außerdem hatte er, und das war das Schlimmste von allem, damals seine Selbstachtung verloren und sie sich im Laufe seines Lebens nur mühsam zurückgeholt.

Es war schon schmerzhaft genug, dass sie die alten Narben immer wieder aufriss. Sollte er ihr dabei etwa auch noch helfen, indem er sich auf die unsinnigen Gespräche einließ, die sie mit ihm führen wollte? Oder sollte er sie auffordern, überhaupt nicht mehr herzukommen?

Nein, er wusste, dass er das nicht übers Herz brachte. Er würde ihr weiterhin stumm zuhören und anschließend seine Wunden lecken bis zu ihrem nächsten Besuch.

Während sie zu Fuß durch die schwüle Sommerluft nach Hause gegangen war, hatte sie ebenfalls an die soeben geführte Unterhaltung gedacht. Sofern man überhaupt von einer Unterhaltung sprechen konnte, denn Enno sagte ja fast nie etwas. Sie war nicht mal sicher, ob er ihr zuhörte.

Ihr war klar, dass er sich über ihre Besuche nicht freute, und das stimmte sie traurig und wütend zugleich. Er fehlte ihr, wenn sie nicht zu ihm ging, aber wenn sie es doch tat, verärgerte er sie jedes Mal. Sie hatte schon versucht, den Spieß umzudrehen und ihn zu sich einzuladen, diesen Einladungen war er jedoch gar nicht gefolgt. Erst als sie ihn um Hilfe bei einer Reparatur an ihrem Haus gebeten hatte, war er gekommen, aber er war an diesem Tag noch mürrischer gewesen als sonst. Schweigend hatte er seine Arbeit verrichtet und zum Abschied gesagt, dass sie sich jederzeit melden könne, falls wieder etwas kaputt sei. In seinem Blick bei diesen Worten hatte sie allerdings die stumme Aufforderung gelesen, von diesem Angebot bloß keinen Gebrauch zu machen.

Es machte sie unendlich traurig, zu welchem Leben er sich selbst verurteilt hatte. Sie wollte ihm gerne helfen, wenn er es nur zuließe. Ihn von seinen Dämonen befreien. Die Schatten der Vergangenheit vertreiben, damit er seinen Lebensabend mit leichterem Herzen verbringen konnte. Aber wie sollte sie das anstellen?

37

Gut gelaunt machte sich Marina auf den Heimweg. Sie hatte ganz allein einen schönen Abend in ihrem Lieblingsrestaurant verbracht. So etwas wäre früher für sie undenkbar gewesen. Sie hätte immer das Gefühl gehabt, von allen angestarrt und bedauert zu werden, weil sie ohne Begleitung essen ging. Inzwischen machte es ihr nicht mehr das Geringste aus. Wie sehr sie sich verändert hatte.

Jetzt war es kurz nach halb zwölf, und hinter Marina lagen drei entspannte und genussreiche Stunden mit gutem Essen und reichlich Rotwein. Beschwingt spazierte sie durch die Dunkelheit und näherte sich dem Weg, der zum Flensenhaus führte. Immer noch gab es wahnsinnig viel zu tun und die Handwerker marschierten ein und aus. Trotzdem hatte Marina endlich nicht mehr das Gefühl, auf einer Never-ending-Baustelle zu wohnen. Inzwischen ging es sichtbar voran, das Erdgeschoss war komplett fertig. Jetzt liefen die Arbeiten an den restlichen Räumen im oberen Stockwerk auf Hochtouren.

Zum wohl tausendsten Mal dachte Marina darüber nach, wie viele glückliche Zufälle sie hierhergebracht hatten. Greta, ihre anfängliche Herbergsmutter und inzwischen beste Freundin, ohne deren Unterstützung das Flensenhaus nie zu seiner neuen Bestimmung gefunden hätte. Gottlieb, der es verstand, die verschiedenen Handwerker auszuwählen, zu koordinieren und auch immer wieder zu motivieren, wenn etwas anders lief als geplant. Und natürlich Astrid, die einem mit ihrer kauzigen und schrulligen Art und ihrer vermeintlichen Geheimniskrämerei zwar meistens ziemlich auf die Nerven ging, aber trotzdem nicht wegzudenken war.

Sie alle gehörten zum Kreis der Menschen, bei denen sich Marina zu Hause fühlte, seitdem ihr dieses Gefühl in ihrer Ehe abhandengekommen war. Hier wurde sie geschätzt, hier hörte man ihr zu. Sogar das Flensenhaus schien seine Arme jedes Mal auszubreiten, wenn sie darauf zuging.

Marina beschloss, den kleinen Umweg in Kauf zu nehmen und zum Haus zu gehen. Noch eine Kurve und sie würde es sehen. Jetzt, im allerersten Licht des Tages würde es besonders schön aussehen.

Moment mal! Im ersten Tageslicht? Das konnte ja gar nicht sein, es war nicht mal Mitternacht. Aber was war es denn sonst?

Als sie sah, dass das Licht flackerte, wurde sie unruhig und eine böse Vorahnung machte sich in ihr breit. Schlagartig war sie stocknüchtern und begann zu rennen. Ihr Herz hämmerte hart gegen ihre Brust, und ihr Atem überschlug sich, als sie endlich die Kurve erreichte, hinter der das Haus sichtbar wurde.

Und dann sah sie es. Aus einem der Fenster im oberen Stockwerk schlugen Flammen.

38

Gottlieb! Starr vor Schreck konnte Marina sich einen Moment lang nicht bewegen. Bisher wohnte niemand im Flensenhaus, aber Gottlieb hatte heute nach dem Rechten sehen und planen wollen, mit welchem Arbeitsschritt es am besten weitergehen sollte. Es wäre nicht das erste Mal, dass er dabei völlig die Zeit vergaß und vielleicht immer noch dort war. Wenn ihm nur nichts passiert war.

Marina rannte weiter, angetrieben von der Angst um Gottlieb. Beim Näherkommen erkannte sie, dass die Feuerwehr bereits eingetroffen und dabei war, den Brand zu löschen.

Und da! Neben der Kastanie stand Gottlieb und starrte auf die Szenerie vor seinen Augen. Auf den ersten Blick schien er unverletzt zu sein. Marina lief auf ihn zu und fiel ihm weinend um den Hals.

»Ist ja gut, ist ja schon gut«, flüsterte Gottlieb, während er Marina sanft über die bebenden Schultern strich. »Nicht weinen, alles ist gut.«

Marina wusste selbst nicht, ob sie aus Kummer wegen des Brandes weinte oder doch eher vor Erleichterung, weil Gottlieb tatsächlich keinen Kratzer abbekommen hatte. Als sie sich einigermaßen beruhigt hatte, löste sie sich langsam aus Gottliebs Armen und sah ihn aus verweinten Augen an.

»Wie konnte das bloß passieren? Warst du im Haus? Wie schlimm ist es?«

Bevor Gottlieb zu einer Antwort ansetzte, kam ein Feuerwehrmann auf die beiden zu und stellte sich als Brandmeister

Hallmann vor. »Wir haben das Feuer ziemlich schnell gelöscht. Es ist in einem der ungenutzten Zimmer ausgebrochen, so dass kein nennenswerter Schaden entstanden ist. Zum Glück konnte es nicht auf die anderen Räume übergreifen oder auf das Erdgeschoss. Ein bisschen aufräumen und ordentlich lüften, das war's schon.«

»Also wirklich Glück im Unglück«, stimmte Gottlieb zu, und mit einem Seitenblick auf Marina sagte er: »Siehst du, alles halb so wild.«

Marina wischte sich mit dem Ärmel ihrer Jacke über die Augen und fragte Brandmeister Hallmann: »Wissen Sie schon, wie es zu dem Feuer kommen konnte?«

»Wir müssen wohl von Brandstiftung ausgehen, denn wir haben da, wo das Feuer ausbrach, einen mit Benzin getränkten Lappen gefunden.«

»Brandstiftung?«, wiederholte Marina fassungslos.

Steffen! Das war ihr erster Gedanke. Sie war felsenfest davon überzeugt, dass er den Brand gelegt hatte, um ihr einen letzten schweren Schlag zu verpassen. Offenbar hielt seine alberne Eifersucht auf ihr Herzensprojekt sogar noch über die Trennung hinaus an. Was war er nur für ein Idiot? Und wie hatte sie sich so in ihm täuschen können? Sie war heilfroh, ihn los zu sein. Wäre sie nicht so unsagbar wütend, hätte sie beinahe darüber gelacht, dass Steffen mit dieser kriminellen Aktion unter Beweis gestellt hatte, was für ein schlechter Verlierer er war.

Gottlieb, der wieder tröstend den Arm um Marina gelegt und von ihren Gedanken und ihrem Verdacht keine Ahnung hatte, fragte den Brandmeister: »Wer kann das bloß getan haben? Und warum?«

Brandmeister Hallmann zuckte mit den Schultern. »Oft ist so was nichts weiter als ein Streich von Jugendlichen, die nichts Besseres mit sich anzufangen wissen. Die Polizei wird gleich hier sein und Ihnen ein paar Fragen stellen. Erfahrungsgemäß werden solche Ermittlungen aber ziemlich schnell eingestellt, wenn kein übermäßiger Schaden entstanden ist und niemand verletzt wurde, was ja zum Glück der Fall ist.« Der Brandmeister tippte sich kurz zum Gruß an die Mütze und ging dann zu seinen Kollegen, die bereits damit beschäftigt waren, ihre Ausrüstung wieder zusammenzupacken.

Nein, das hier war kein Streich von irgendwelchen Kids, da war Marina sich absolut sicher. Sie verdächtigte eindeutig Steffen. Ihm traute sie durchaus zu, dass er aus gekränkter Eitelkeit buchstäblich über Leichen ging.

»Wie dem auch sei«, meinte Gottlieb mitten in ihre Überlegungen hinein, »wir müssen vorsichtig sein mit Verdächtigungen jeglicher Art. Da kann man schnell Schlimmes anrichten, indem man jemanden an den Pranger stellt, nur weil er vielleicht nicht der sympathischste Zeitgenosse ist. Wie der Brandmeister schon sagte, werden wir wohl sowieso nie erfahren, wer das Feuer gelegt hat. Und ungeschehen machen könnten wir es dadurch ja auch nicht.«

In einer ungewohnt vertrauten und väterlich wirkenden Geste legte Gottlieb seinen Zeigefinger unter Marinas Kinn und zwang sie, ihn anzusehen. »Nun lächle wieder. Niemand ist verletzt, und der Schaden im Haus ist überschaubar. Diese Hürde nehmen wir jetzt auch noch. Mit dem Ausbau der oberen Räume geht es erst in drei Wochen los, also haben wir zum Lüften alle Zeit der Welt.«

Marina rang sich ein Lächeln ab. Dann drehte sie sich wie in Zeitlupe um und wagte einen erneuten Blick auf ihr geliebtes Flensenhaus. Aus dem Fenster, hinter dem das Feuer ausgebrochen war, züngelte nur noch ein dünner Rauchfaden zum Himmel. Marinas Herzschlag beruhigte sich spürbar.

In diesem Moment sah sie, wie im Schutz der Dunkelheit eine vermummte Gestalt von der Rückseite des Hauses aus weglief.

39

Ohne nachzudenken, spurtete Marina los und rannte wie besessen hinter der vermummten Gestalt her. War das etwa der Brandstifter? Der hatte ja Nerven, sich immer noch hier aufzuhalten. Der Größe und Statur nach zu urteilen, handelte es sich um einen Mann, und zwar einen jungen und ziemlich sportlichen. Er trug Jeans, Turnschuhe und ein Sweatshirt, dessen Kapuze er sich über den Kopf gezogen hatte.

Marina wollte schon aufgeben, weil sie wusste, dass sie ihn niemals einholen konnte, zumal es dunkel war, doch in diesem Moment stolperte der Flüchtende und fiel hin. Hektisch versuchte er, sich hochzurappeln, aber allem Anschein nach hatte er sich am Fuß verletzt, denn er sackte sofort wieder in sich zusammen.

Marina blieb ruckartig stehen, als der Mann stürzte. Was machte sie hier eigentlich? Jagte allein einem Kriminellen hinterher. War sie völlig verrückt geworden?

Ein paar Sekunden verharrten Jägerin und Gejagter, ohne sich zu bewegen. Als ob man beim DVD-Player auf Pause drückt, dachte Marina.

Der mutmaßliche Brandstifter hockte mit dem Rücken zu ihr auf dem Boden. Jetzt könnte sie ihn problemlos einholen. Aber was dann? Er würde sie wohl kaum bereitwillig zur Polizei begleiten, wenn sie ihn freundlich darum bat. Vielleicht täuschte er seine Verletzung ja auch nur vor und griff sie an, sobald sie sich ihm näherte. Und möglicherweise war er sogar bewaffnet.

Marina schüttelte zornig den Kopf und brachte damit entschlossen die Stimme der Vernunft zum Schweigen. Sie fischte ihr Handy aus der Jackentasche und schaltete die Taschenlampen-Funktion ein. Dann richtete sie den Schein der Lampe auf den hockenden Mann und ging auf ihn zu. Dicht hinter ihm blieb sie stehen. Er hatte sich noch kein einziges Mal bewegt.

»Hey, du!«, rief Marina und hoffte, dass er das Zittern in ihrer Stimme nicht bemerkte. »Dreh dich langsam um und nimm die Kapuze ab. Und die Hände da, wo ich sie sehen kann.«

Es hatte also doch Vorteile, sich die immer wiederkehrenden Sätze aus dem »Tatort« einzuprägen. Leider zeigte die professionell hervorgebrachte Aufforderung keinerlei Wirkung.

»Umdrehen, hab ich gesagt! Mach schon!«

Jetzt erhob der Mann sich tatsächlich ganz langsam und drehte sich zu Marina um, die Kapuze immer noch tief ins Gesicht gezogen. Sie leuchtete ihn direkt an. Im nächsten Moment stöhnte sie auf und riss ihm die Kapuze vom Kopf.

Vor ihr stand ihr eigener Sohn.

»Marvin, warum läufst du weg? Was machst du überhaupt in Nieblum? Hast du etwa … du hast doch nicht … sag, dass das nicht wahr ist.«

Marvin schwieg.

Marina fasste ihn an beiden Schultern und schüttelte ihn. »Rede mit mir! Du bist zufällig hier, stimmt's? Du wolltest mich nur mit deinem Besuch überraschen. Du hast das Feuer nicht gelegt.«

Endlich hob Marvin den Blick und sah sie an. »Doch«, war alles, was er sagte.

Sie ließ ihre Arme sinken und fühlte sich wie ein Ballon, aus dem die Luft entwich. »Warum«, brachte sie flüsternd hervor.

Marvin antwortete nicht, sah ihr aber trotzig in die Augen.

Ein paar Sekunden starrten sie sich nur an, dann wiederholte Marina ihre Frage, diesmal lauter und fordernder. »Warum?«

»Weil ich will, dass du mit all dem hier scheiterst«, schrie er und machte eine weit ausholende Bewegung zum Flensenhaus. »Ich will, dass du wieder mit Papa zusammen bist. Dass wir die Familie sind, die wir immer waren.«

»Meinst du die Familie, die dir schon lange egal ist?«, gab Marina ruhig zurück. »Von ein paar Pflichtbesuchen zu Geburtstagen und zu Weihnachten mal abgesehen?«

»Glaubst du, dass ihr mir gleichgültig seid?«

»Du hast nicht viel getan, um mich vom Gegenteil zu überzeugen.«

Sie sagte es kontrolliert und sachlich, was Marvin sichtlich irritierte. So, wie er sie kannte, hatte er bestimmt eine vollkommen andere Reaktion erwartet, hatte mit einem lautstarken Wutausbruch gerechnet, mit hysterischen Weinkrämpfen, nicht aber mit dieser stoischen Ruhe, mit der sie ihn ansah und mit ihm sprach. Sie erkannte seine Verwirrung daran, dass er schnell die eigene Taktik wechselte und versuchte, ebenfalls sachlich und besonnen auf sie einzureden, um sie wieder zur Vernunft zu bringen. Dass das dringend notwendig war, stand für ihn wohl komplett außer Frage.

»Mama«, begann er, und ihr wurde bewusst, wie lange er sie schon nicht mehr so angesprochen hatte, »Papa braucht dich. Er weiß überhaupt nichts mit sich anzufangen, seitdem du weg bist.«

»Dann braucht er nicht mich, sondern ein Hobby«, antwortete Marina kühl.

Marvin versuchte, sich nicht aus dem Konzept bringen zu lassen. »Du solltest mal das Haus sehen. Er kriegt nichts geregelt und geht im Chaos unter.«

»Dann braucht er ebenfalls nicht mich, sondern eine Putzfrau.«

Marvin konnte nur schwer verbergen, dass ihm ihre Antworten auf die Nerven gingen, aber er zwang sich, ruhig zu bleiben. »Dauernd ruft er an und will mich in Wolfsburg besuchen. Das nervt! Du musst einfach einsehen, dass dein Platz bei Papa ist und nicht hier auf diesem Selbstfindungstrip.«

Jetzt war Marina für einen kurzen Moment sprachlos. Wer war dieser trotzige, unreife und über die Maßen egoistische Mann, der da vor ihr stand? Sie erkannte ihren eigenen Sohn nicht.

Als ihr Tränen in die Augen schossen, deutete er ihre Reaktion völlig falsch und sagte tröstend: »Schon gut. Wir machen alle Fehler. Aber deiner hat doch jetzt wirklich lange genug gedauert.«

Heiße Wut stieg in Wellen in Marina auf. Sie holte tief Luft und schleuderte ihm entgegen: »Das, was du hier als Fehler bezeichnest, ist mein Leben. Mein neues Leben. Ein Leben, wie ich es mir wünsche. Dein Vater weiß nichts mit sich anzufangen? Tja, mit mir wusste er auch schon seit geraumer Zeit nichts mehr anzufangen. Er geht dir auf die Nerven mit seinen Anrufen? Das solltest du *ihm* sagen und nicht mir. Und wo mein Platz ist, das wird ab jetzt von mir selbst bestimmt. Aber anstatt dich einmal in mich hineinzuversetzen oder dir Gedanken über mich zu machen, kommst du hierher und zündest mein Haus an! Nimmst billigend in Kauf, dass jemand verletzt wird! Und glaubst auch noch, das würde dich an dein zweifelhaftes Ziel führen? Du bist fast dreißig, Marvin! Werde endlich erwachsen! Und jetzt verschwinde, ich muss mit der Polizei reden.«

Bei diesen Worten wich alle Farbe aus Marvins Gesicht.

»Wirst du denen sagen, dass ich es war?«

Marina ließ sich Zeit mit ihrer Antwort und genoss Marvins unsichere Anspannung. »Nein, ich sage es ihnen nicht. Du bist immer noch mein Sohn, obwohl ich darauf im Augenblick nicht besonders stolz bin.«

»Und Papa?«

»Der erfährt es ebenfalls nicht. Es genügt, dass sich ein Elternteil momentan für dich schämt.«

Sie ließ Marvin stehen und ging mit gebeugten Schultern und gesenktem Blick zurück zum Haus. In ihr tobten die widersprüchlichsten Gefühle. Sie war traurig darüber, was aus ihrer Familie geworden war. Und wütend auf ihren Sohn, der tatsächlich glaubte, sie mit seiner rücksichtslosen, gefährlichen und kriminellen Aktion zur Rückkehr bewegen zu können. Auf Mick war sie ebenfalls sauer, weil der keinerlei Anstrengungen unternommen hatte, die Eheprobleme zu lösen, sich aber jetzt wie ein Ertrinkender an Marvin klammerte, wenn sie Marvins Worte ernst nahm.

In die negativen Gefühle mischten sich allerdings auch Zufriedenheit, Stolz, Zuversicht. Sie hatte sich behauptet, war nicht von ihrem Weg abgewichen. Sie hatte so entschieden, wie es sich für sie gut und richtig anfühlte. Sie brachte es nicht übers Herz, Marvin der Polizei zu übergeben, aber sie wollte sich nie wieder von ihm oder seinem Vater bevormunden lassen. Sie hatte sich freigeschwommen und lebte ihr eigenes Leben. Der Preis dafür war, dass sie von jetzt an mit dem schrecklichen Geheimnis existieren musste, dass ihr Sohn heute Nacht zum Brandstifter geworden war, und zwar aus abgrundtief egoistischen Beweggründen. Natürlich liebte sie ihr Kind trotz allem, aber sie spürte, dass viel Zeit vergehen würde, bis sie ihn wiedersehen wollte. Vorerst war der Mutterliebe damit Genüge getan, dass sie ihn nicht verriet.

40

Nieblum

Marina beobachtete vom Flur der Pension aus durch die Scheibe in der Haustür eine seltsame Szene. Astrid unterhielt sich an der Gartenpforte zu Gretas Grundstück mit einem Mann. Es sah nicht wie ein harmloser Plausch unter Nachbarn oder Bekannten aus. Der Mann stand mit dem Rücken zum Haus, so dass Marina sein Gesicht nicht sehen konnte. Auf jeden Fall schien es, als ob Astrid sich mit dem Mann stritt.

Marina fragte sich, ob sie sich einmischen sollte. Vielleicht brauchte Astrid Hilfe. Oder hielt sie sich besser raus? Was die beiden miteinander zu klären hatten, ging sie schließlich nichts an.

Während sie überlegte, sah sie, dass Greta vom Einkaufen zurückkehrte. Marina beschloss, ihrer Freundin entgegenzugehen, um ihr beim Tragen der Taschen zu helfen. Dabei konnte sie ganz unauffällig herausfinden, ob Astrid Beistand brauchte oder nicht.

Sie ging den Gartenweg hinunter auf die beiden Streithähne zu.

»Du bist ein Esel und ein Sturkopf. Welchen Beweis brauchst du denn noch?« Astrid spuckte dem Mann ihre Worte beinahe ins Gesicht. Der antwortete nicht, sondern schnaubte nur und starrte an Astrid vorbei.

Unbemerkt kam Marina näher. Erst als sie die Pforte öffnete, wandte sich der Fremde in ihre Richtung und – sie erkannte ihn. Es war der Mann, der an dem Abend ums Flensenhaus geschlichen war, als sie die jugendlichen Einbrecher auf frischer Tat ertappt hatte. Er hatte sie scheinbar ebenfalls erkannt, denn er wurde blass und drehte sich so ruckartig wieder um, dass er Astrid unsanft anrempelte.

»Was machen Sie hier?«, fragte Marina.

»Was geht dich das an?«, fragte Astrid.

»Was ist denn hier los?«, fragte Greta.

Dann passierten mehrere Dinge zugleich. Greta starrte den fremden Mann an, als wäre er ein Gespenst. Die Tasche mit den Einkäufen glitt aus ihrer Hand. Marina versuchte, sie aufzufangen. Der Mann setzte zur Flucht an, und Astrid krallte sich in seinen Jackenärmel, um ihn daran zu hindern, aber er riss sich los und stapfte mit großen Schritten davon.

»Wer war das?«, wandte sich Marina an Astrid.

»Nur jemand, den ich von früher kenne«, antwortete sie sehr vage, um gleich darauf ebenfalls das Weite zu suchen.

Marinas Blick fiel auf Greta, deren Gesicht kreidebleich geworden war. »Hey, was ist los mit dir? Geht's dir nicht gut?«

»Ich ... doch ... es ist ...« Greta schüttelte sich kurz und meinte dann: »Lass mich bitte in Ruhe.«

Sie drehte sich auf dem Absatz um und verschwand im Haus. Marina blieb an der Gartenpforte zurück mit der Einkaufstasche in der Hand und einem riesengroßen Fragezeichen im Kopf.

Drinnen war Greta weder in der Küche noch im Kaminzimmer oder im Aufenthaltsraum für die Gäste zu finden, was bedeutete, dass sie sich ins Bad oder in ihr Schlafzimmer zurückgezogen hatte. Wieso nur hatte die Situation vorhin die sonst so ausgeglichene Greta dermaßen aus der Fassung gebracht? Und was hatte Astrid mit dem Mann zu schaffen, der beim Flensenhaus herumgeschlichen war? Marina überlegte, wie sie das am besten herausfand. Astrid würde ihr wohl kaum Rede und Antwort stehen, und Greta hatte sie vorhin bereits abserviert. Was nun?

Sie beschloss, ein paar Schritte zu laufen. Vielleicht kam sie dabei auf eine gute Idee. Als sie vor die Tür trat, sah Marina, dass Astrid ebenfalls gerade ihr Haus verließ. Trotz der kühlen Temperaturen trug sie nur eine Strickjacke.

Mit einem für ihr Alter bemerkenswerten Tempo und mit einem furchteinflößenden Blick marschierte sie an der Pension vorbei, ohne Marina zu bemerken. Sofort nahm sie die Verfolgung auf und lief mit sicherem Abstand hinter Astrid her, die zuerst die Straße in Richtung Strand ging, dann zweimal nach links abbog und im Babendörp-Stieg in einer Kate verschwand. Sie hatte weder geklingelt noch angeklopft.

Marina schlich näher an das Haus heran. Als sie geduckt unter einem der Fenster stand, fragte sie sich kurz, wie das wohl auf die Nachbarn wirkte, falls die ausgerechnet jetzt herübersahen. Sie sollte lieber wieder verschwinden. Allerdings war ihre Neugier größer, als die Angst davor, erwischt zu werden. Langsam richtete sie sich auf und spähte durch das Fenster. Sie hatte Pech. Astrid und ihr Bekannter hielten sich in einem der anderen Zimmer auf. Marina hörte sie, sie schienen ihren Streit von vorhin fortzusetzen.

»Wie kannst du da noch zweifeln?« Astrids Stimme überschlug sich fast. »Sie hat die Kette getragen, und woher soll sie die wohl haben? Außerdem kommt sie aus Husum. Und dann der Name! Stell dich doch nicht dümmer, als du bist.«

Da der Mann nicht antwortete, blieb es einen Moment still.
»Sie ist es. Das ist so sicher wie das Amen in der Kirche«,
bekräftige Astrid. »Wir dürfen nicht länger schweigen.«

Marina wurde immer neugieriger. Husum? Sprachen die
beiden etwa von ihr? Und von der Kette ihrer Mutter? Was
war daran so besonders? Und über wessen Namen wunderten
sie sich dermaßen? Sie spitzte angestrengt die Ohren, doch
leider hatte Astrid ihre Stimme gedämpft und redete jetzt sehr
leise auf ihren Bekannten ein. Kein Wort war mehr zu verstehen. Marina blieb noch eine Weile auf ihrem Posten, aber
dann sah sie ein, dass es keinen Sinn hatte, hier länger herum-
zustehen. Frustriert, durcheinander und leider kein bisschen
schlauer als vorher ging sie nach Hause.

An den folgenden drei Tagen blieb Greta mürrisch und in sich
gekehrt. Sie legte ein für sie so untypisches Verhalten an den
Tag, dass Marina immer ratloser wurde. Jedes gut gemeinte
Angebot, miteinander zu reden oder etwas zusammen zu unternehmen, lehnte Greta ab. Sie verrichtete ihre Hausarbeit
schweigend und sagte bei den gemeinsamen Mahlzeiten kein
Wort.

Als Marina endgültig nicht mehr weiterwusste, erzählte
sie Greta, wie sie Astrid an dem besagten Abend verfolgt hatte.
Die rätselhaften Gesprächsfetzen, die sie aufgeschnappt hatte,
ließ sie allerdings unerwähnt. »Vielleicht hat unsere Astrid ja
einfach nur einen Freund und stellt ihn uns bald ganz offiziell
vor«, sagte Marina in dem Bemühen, Greta ein Lächeln zu
entlocken.

»Ich will nichts mit ihm zu tun haben«, antwortete Greta
eine Spur zu heftig.

»Warum nicht? Du kennst ihn gar nicht. Oder etwa doch?«

»Ich weiß es nicht. Das ist es ja gerade«, erwiderte Greta verzweifelt. »Ich bin ihm gelegentlich im Dorf begegnet und er kam mir jedes Mal seltsam bekannt vor. Leider fällt mir absolut nicht ein, woher ich ihn kennen könnte. Es ist nur so, dass er mich auch immer so ansieht, als wäre ich keine Fremde für ihn. Und jetzt taucht Astrid mit ihm hier auf. Das ist doch alles etwas unheimlich, oder?«

»Das ist es allerdings«, gab Marina zu. Jetzt konnte sie Gretas heftige Reaktion verstehen.

An Tag vier nach dem seltsamen Ereignis an der Gartenpforte normalisierte sich Gretas Zustand. Sie summte die Lieder aus dem Radio mit, wurde gesprächiger und war bald wieder wie immer. Marina nahm die positive Entwicklung glücklich zur Kenntnis, kommentierte sie aber nicht. Auf keinen Fall wollte sie noch mal den Finger in diese offensichtlich riesengroße Wunde legen.

41

Benommen wachte Marina auf. Sie blinzelte sich in die Realität und stöhnte, weil ihr Nacken bei der kleinsten Bewegung schmerzte und ihr Kopf sich anfühlte wie in Watte gewickelt. Kein Wunder, sie war auf dem hübschen, jedoch zu kurzen Sofa in ihrem Pensionszimmer eingeschlafen. Mitten am Tag.

Eigentlich hatte sie endlich das Buch lesen wollen, das sie sich bei ihrem letzten Bummel in Wyk gekauft hatte. Dieser vorweihnachtliche, aber sehr schmuddelige Samstagnachmittag war zum Lesen wie geschaffen. Vom Morgen an hatte es geregnet, und es sah nicht aus, als würde sich das heute noch ändern.

Greta hatte beim Frühstück verkündet, dass sie Weihnachtskekse backen wollte. Marina hatte ihre Hilfe angeboten, aber Greta hatte abgelehnt. Also hatte sie sich in ihr Zimmer zurückgezogen, um zu lesen. Tja, das hatte ja prima geklappt.

Langsam stand Marina auf und reckte und streckte ihre steifen Knochen, wobei sie das Knacken einzelner Gelenke gekonnt ignorierte. Dann ging sie ins Bad. Nachdem sie ihr Gesicht mit kaltem Wasser wiederbelebt und sich die zerzausten Haare gekämmt hatte, beschloss sie, doch zu Greta in die Küche zu gehen. Wenn diese ihre Hilfe schon nicht wollte, freute sie sich vielleicht trotzdem über ein bisschen Gesellschaft.

Nur mit ihren dicken Wollsocken an den Füßen verließ Marina ihr Zimmer und ging die Treppe hinunter. Auf der drittletzten Stufe blieb sie unschlüssig stehen, weil sie Stimmen aus der Küche hörte. Scheinbar hatte Greta Besuch. Sie wollte auf keinen Fall stören, deshalb drehte sich Marina um, um wieder nach oben zu verschwinden, als sie die zweite Stimme erkannte.

Es war die von Astrid. In den letzten Wochen hatte sie sich kaum hier blicken lassen. Wahrscheinlich hatte sie keine Lust gehabt, auf den seltsamen Zwischenfall mit dem fremden Mann neulich angesprochen zu werden. Jetzt wollte sie scheinbar wieder zur Normalität zurückkehren und war vorbeigekommen, um den neuesten Klatsch und Tratsch loszuwerden. In diesem Fall wäre Greta über ein bisschen Unterstützung bestimmt froh, also machte Marina erneut kehrt und steuerte nun doch die Küche an. Sie wollte gerade die nur angelehnte Tür aufschieben und den Raum betreten, als sie feststellte, dass Greta und Astrid sich nicht in der üblichen Art und Weise unterhielten. Sie stritten sich.

»Lass mich damit in Ruhe, Astrid«, zischte Greta mit drohendem Unterton.

»Sonst machst du was?«, gab Astrid ungerührt zurück.

»Sonst erteile ich dir Hausverbot.«

»Hier im Haus meines verstorbenen Bruders? Dass ich nicht lache!«

»Es ist mein Haus und ich meine es ernst!« Gretas Stimme war lauter geworden.

Marina überlegte, was sie jetzt tun sollte. Sich einmischen, um ihrer Freundin beizustehen? Oder sich raushalten, weil alles andere übergriffig wäre? Sie war schließlich streng genommen nichts weiter als ein Pensionsgast, eine Fremde. Sie entschied sich für den Mittelweg. Sie betrat die Küche zwar nicht, aber sie blieb, wo sie war und lauschte. Dann konnte sie immer noch eingreifen, falls sie es für nötig und angebracht hielt.

»Ich kann spazieren gehen, mit wem ich will«, sagte Astrid trotzig, »das geht dich überhaupt nichts an!«

»Das geht mich allerdings was an, wenn du deine Begleitung ungefragt hierher mitbringst«, antwortete Greta. »Ich habe nichts gesagt, als du mit diesem Mann auf der Bank in meinem Garten gesessen hast, obwohl mir das ganz und gar nicht gepasst hat. Und ich habe auch nichts gesagt, als du dich am letzten Sonntag in der Kirche mit ihm im Schlepptau neben mich gedrängelt hast. Dabei gehst du sonst nie zum Gottesdienst. Aber dass du dich vom ihm in mein Haus begleiten lässt, ohne mich zu fragen, und ihr zusammen einfach in meiner Küche steht, das ist ja wohl die Höhe!«

»Ich musste ihm was zeigen«, erklärte Astrid, als wäre das so einleuchtend, dass Greta auch selbst darauf hätte kommen können.

»Ach ja?«, sagte die, »Ich denke nicht, dass es in diesem Haus irgendwas gibt, was diesen Mann interessieren sollte.«

»Doch, gibt es. Hättest uns anhören sollen, anstatt uns gleich rauszuschmeißen«, murmelte Astrid, was ihre Nichte empört nach Luft schnappen ließ.

Marina wusste sofort, von wem die beiden sprachen. Gemeint war der Mann, mit dem Astrid sich am Gartenzaun gestritten hatte. Der Mann, der ums Flensenhaus herumgeschlichen war. Der Mann, der Greta so durcheinandergebracht hatte, dass sie tagelang aufgewühlt war. Der Mann, mit dem Astrid – trotz gelegentlicher Streitereien – viel Zeit verbrachte.

»Mit wem ich spazieren gehe, ist allein meine Sache«, beharrte Astrid.

»Aber nicht auf meinem Grundstück!« Greta klang vor Aufregung ganz schrill, und Marina überlegte, ob sie jetzt doch hineingehen und den Streit damit unterbrechen sollte. Noch zögerte sie.

»Mein, mein, mein«, wetterte Astrid los, »meine Bank, mein Garten, mein Haus, meine Küche, mein Grundstück. Hör dir einfach mal selber zu. Du legst so großen Wert darauf, dass dies alles dir gehört. Dass es das Erbe deines Vaters ist. Dabei weißt du rein gar nichts über deinen Vater.«

»Wie sollte ich auch?«, erwiderte Greta. »Ich kannte ihn nicht, und niemand wollte jemals mit mir über ihn sprechen. Außerdem spielt es wohl inzwischen keine Rolle mehr. Schließlich ist er tot.«

Astrids Stimme klang tränenerstickt, als sie flüsterte: »Ist er nicht.«

»Was soll das heißen, mein Vater ist nicht tot. Bist du jetzt völlig übergeschnappt?«

42

Marina betrat die Küche. Greta stand am Küchentisch und stützte beide Hände auf, als müsste sie auf diese Weise Halt finden. Sie durchbohrte Astrid mit ihrem Blick und wiederholte ihre Frage.

»Sag schon, bist du jetzt übergeschnappt? Mein Vater ist vor meiner Geburt gestorben.«

»Deik ist vor deiner Geburt gestorben«, korrigierte Astrid. »Aber er war nicht dein Vater.«

Für einen Moment senkte sich Grabesstille über den Raum. Greta war wie erstarrt. Marina blieb dicht neben der Küchentür stehen und wagte kaum zu atmen. Bisher hatte scheinbar keine der beiden Frauen ihr Eintreten bemerkt.

»Sag das noch mal«, verlangte Greta mit brüchiger Stimme. »Sieh mich an und sag das noch mal.«

Astrid hob nicht den Blick, als sie wiederholte: »Deik war nicht dein Vater. Ich habe so lange geschwiegen. Zu lange. Das war falsch und ich werde es mir nie verzeihen.«

Astrid war auf ihrem Stuhl in sich zusammengesunken und schien kein Rückgrat mehr zu haben, das sie aufrecht hielt. Wie ein Häufchen Elend saß sie da, und Marina wusste instinktiv, dass sie die Wahrheit gesagt hatte. Ein Blick in Gretas bleiches Gesicht bewies, dass es ihr genauso ging.

Wie in Zeitlupe zog Greta einen Stuhl zu sich heran und setzte sich mit den Bewegungen einer gebrechlichen Frau. Sie nestelte mit den Händen an ihrer Schürze herum und blinzelte die aufsteigenden Tränen weg.

Marina wusste nicht, was sie tun sollte. Und ob sie überhaupt etwas tun konnte. Es schmerzte sie, Greta so traurig zu sehen. Gleichzeitig tat ihr aber auch Astrid leid. Weil ihr nichts Besseres einfiel, ging sie zum Herd und setzte Wasser auf, um Tee zu kochen. Wenige Minuten später stellte sie drei Tassen und die Teekanne auf den Tisch und nahm neben Greta Platz.

Astrids Worte hingen wie dichter Nebel im Raum.

Greta legte die Hände um ihre Tasse und hielt sie so fest umklammert, dass ihre Fingerknöchel weiß hervortraten. Mit beinahe tonloser Stimme sagte sie: »Und wer ist wirklich mein Vater?«

Astrid hob den Kopf, und die beiden Frauen sahen sich einen Moment direkt in die Augen. Draußen hupte ein vorbeifahrendes Auto und ein paar Kinder tobten lärmend am Küchenfenster vorbei. Die Uhr an der Wand tickte, unbeeindruckt von den Geschehnissen um sie herum, munter weiter.

Auf einmal ging ein Ruck durch Greta. In ihren Gedanken fügten sich einzelne Bilder und Erinnerungen wie die Steine eines Mosaiks zusammen. Die Tränen, die sie bisher erfolgreich zurückgehalten hatte, drängten aus ihren Augen und liefen über ihre Wangen. »Dieser Mann ...«, brachte sie stockend hervor.

»Ja«, nickte Astrid, »dieser Mann, mit dem du mich in letzter Zeit oft gesehen hast, ist dein Vater. Wir haben verzweifelt einen Weg gesucht, es dir zu sagen.«

Marina schnappte erschrocken nach Luft, was ihr einen kurzen Seitenblick von Greta und Astrid einbrachte. Es schien, als hätten die beiden tatsächlich erst jetzt ihre Anwesenheit bemerkt.

»Ich lasse euch besser alleine«, murmelte Marina und schob ihren Stuhl zurück.

Doch Greta griff nach ihrer Hand. »Nein, bitte bleib.«

Marina wusste zwar nicht, wie sie ihrer Freundin von Nutzen sein könnte, aber sie tat ihr den Gefallen.

Greta lenkte ihren Blick wieder auf Astrid. »Woher kennst du ihn?«, flüsterte sie.

Astrid schüttelte allerdings nur den Kopf und sagte: »Das weißt du längst. Ich muss nichts mehr erklären, weil du schon alles verstehst.«

43

Marina schleppte sich die Kellertreppe hinunter. Sie fühlte sich benommen von dem Gespräch in der Küche, dessen Zeuge sie gewesen war und das ihr trotzdem schien, als hätte sie es nur geträumt.

Als Greta meinte, dass sie jetzt dringend einen Schnaps, einen Likör oder sonst etwas Alkoholisches brauchte, war Marina sofort aufgesprungen, um das Passende zu holen. Es war eine willkommene Gelegenheit, der angespannten Atmosphäre zu entkommen.

Nachdem Astrid behauptet hatte, Greta habe längst alle Zusammenhänge verstanden, stellte sich heraus, dass sie damit absolut Recht hatte. Emotionslos wie ein Nachrichtensprecher hatte Greta vorgebracht, dass der Mann, den Marina für einen Fremden gehalten hatte, ebenfalls Astrids Bruder war. Ihr jüngerer Bruder, über den so lange kein Wort gesprochen worden war, dass Greta fast vergessen hatte, dass es ihn, ihren Onkel, überhaupt gab. Und nun hatte sich herausgestellt, dass der Mann, von dem sie gedacht hatte, er sei ihr Vater und schon vor ihrer Geburt gestorben, ihr Onkel war. Und der, den sie als ihren Onkel betrachtet hatte, war in Wirklichkeit ihr Vater. Und er war am Leben.

Marina schüttelte den Kopf über diese bizarre Geschichte. Unschlüssig ging sie an den Regalen im Keller vorbei und suchte nach einem alkoholischen Beruhigungsmittel, das sie jetzt alle gut gebrauchen konnten.

Währenddessen saßen sich Greta und Astrid in der Küche eine Weile wortlos gegenüber. Greta schwieg, weil sie die Erkenntnisse der letzten Minuten sprachlos gemacht hatten und sie immer noch dabei war, das Bild vollständig zusammenzusetzen.

Den spärlichen Erzählungen ihrer Mutter zufolge, war Onkel Enno nach dem Tod seines Bruders manchmal vorbeigekommen, um notwendige Reparaturen zu erledigen. Dann jedoch hatte Rike ihm die Besuche strikt untersagt. Greta erinnerte sich nicht an Onkel Enno, weil sie noch viel zu klein gewesen war. Aber da gab es dieses Foto. Das, auf dem Onkel Enno sie als Baby auf dem Arm hielt. Endlich wusste sie, warum sie sich beim Anblick des Fotos immer so seltsam gefühlt hatte und weshalb die zufälligen Begegnungen im Dorf und besonders das Zusammentreffen neulich am Gartenzaun sie so aus der Fassung gebracht hatte. Ihr Herz hatte ihn an dem Tag erkannt. Es hatte begriffen, wovon ihr Verstand noch keine Ahnung gehabt hatte.

Astrids Schweigen ließ Greta vermuten, dass ihr noch etwas auf der Seele brannte, aber vorerst wollte sie nur eines wissen: »Warum jetzt?«

Astrid fühlte sich wie nach einem Schlag in den Magen, der ihr für einen Moment den Atem nahm.

»Warum jetzt?«, wiederholte Greta. »Jahrzehntelang hast du, habt ihr beide es nicht für nötig gehalten, mir reinen Wein einzuschenken. Warum also jetzt?«

»Ich habe es immer wieder versucht«, verteidigte sich Astrid. »Immer wieder habe ich dir gesagt, dass die Dinge nicht so sind, wie sie erscheinen. Dass ich die Wahrheit kenne und nicht einfach nur eine verrückte Alte bin. Und dass …«

»Ach was«, fiel Greta ihr ins Wort. »Du und deine kryptischen Andeutungen und deine Geheimniskrämerei. Wie konnte ich denn ahnen, dass sich dahinter eine Lebenslüge verbirgt? Außerdem versuchst du doch nur abzulenken, also frage ich dich noch mal: Warum jetzt?«

»Wegen Marina«, sagte Astrid leise.

»Wegen Marina? Was hat sie damit zu tun?«

»Erinnerst du dich an ihren Mädchennamen? Sie hat ihn einmal genannt, weil sie überlegt hat, ihn nach der Scheidung von ihrem Mann wieder anzunehmen.«

»Ja«, erwiderte Greta nachdenklich, »daran erinnere ich mich. Es war ein schwieriger Name, der mir jetzt nicht mehr einfällt.«

»Petrowsky. Ihr Name war Petrowsky.«

44

Marina hatte sich im Keller für eine Flasche Küstennebel entschieden. Der typisch friesische Likör erschien passend, denn immerhin waren sie hier auf einer Insel und außerdem tauchte gerade eine unglaubliche Geschichte aus dem Nebel auf. Zufrieden mit ihrer Wahl und gespannt darauf, ob und wie sich die Situation in der Küche verändert hatte, stieg sie die Kellertreppe hinauf. Auf der letzten Stufe stockte ihr vor Schreck der Atem.

Hatte sie gerade ihren Namen gehört? Den Namen, mit dem sie aufgewachsen war und den sie bei ihrer Hochzeit abgelegt hatte? Langsam schlich sie sich näher an die Küchentür heran, bis sie an derselben Stelle stand wie vorhin, als sie den Streit zwischen Greta und Astrid belauscht hatte. Die Likörflasche drückte sie wie ein Schutzschild an ihre Brust, während ihr Herz so laut gegen ihre Rippen schlug, dass es bestimmt auch in der Küche zu hören war.

»Ja, stimmt. Petrowsky«, sagte Greta gerade irritiert. »Aber was hat das mit mir zu tun?«

»Es hat mit uns allen zu tun«, gab Astrid zurück. »Mit jedem von uns.«

Marina überlegte, ob sie nicht besser sofort verschwinden sollte. Ein ungutes, nicht greifbares Gefühl hatte sie beschlichen. Kurz ging ihr das Sprichwort »Der Lauscher an der Wand hört seine eig'ne Schand« durch den Kopf. Trotzdem blieb sie wie festgewachsen stehen und spitzte weiter die Ohren.

»Deik war deiner Mutter nie treu«, begann Astrid nun mit dem letzten Teil des jahrzehntelang gehüteten Geheimnisses.

»Er war ein schöner Mann, dem die Kapitänsuniform ausnehmend gut stand. Er zog Frauen an wie das Licht die Motten. Er war sich dieser Wirkung bewusst und hat sie zu seinem Vorteil genutzt. Auf See polierte die Besatzung sein Ego, indem sie bedingungslos seine Befehle befolgte. An Land holte er sich Bestätigung durch immer neue Liebschaften, die allesamt nie lange dauerten.«

»Woher weißt du das?«, hakte Greta nach.

»Enno gehörte auch zur Mannschaft der MS Bodenstein. Die beiden hatten dafür gesorgt, dass niemand an Bord erfuhr, dass sie Brüder waren. Da sie sich äußerlich nicht ähnelten und im Charakter schon gar nicht, wäre nie jemand darauf gekommen. Also war Enno ein Teil der Zuhörerschaft, wenn Kapitän Deik Hansen mit seinen Frauengeschichten prahlte.«

»Aber was hat das nun alles mit Marina zu tun?«, wollte Greta wissen und stellte damit die Frage, die auch Marina hinter der Küchentür brennend interessierte.

»Als deine Mutter ihm sagte, dass sie mit dir schwanger war, tobte er vor Wut, weil er kein drittes Kind gewollt hatte. Er warf ihr vor, ihn nach dem Dorffest verführt zu haben, um diese Schwangerschaft herbeizuführen. Dabei war er damals betrunken über sie hergefallen, das hat sie mir selber erzählt. Er lachte sie aus, sagte ihr, dass ihr Plan nicht aufgehen würde. Dass er weiterhin seinen Spaß haben würde, wo und mit wem er wollte. Und dass die andere Frau, die von ihm schwanger war, ihn damit schließlich nur in die Flucht geschlagen hatte, anstatt ihn an sich zu binden. Den Namen dieser Frau schrie er in seiner Wut auch heraus, und ich habe ihn seitdem nie wieder vergessen.«

»Sie hieß Petrowsky«, schlussfolgerte Greta.

»Ja. Hella Petrowsky.«

45

Als Marina auf der anderen Seite der Küchentür den Namen ihrer Mutter hörte, stieg Übelkeit in ihr auf. Die Flasche, die sie umklammert gehalten hatte, rutschte ihr aus den schweißnassen Händen und zerschellte auf den Fliesen im Flur.

Im nächsten Moment wurde die Tür von innen aufgestoßen und Greta und Astrid standen vor Marina und starrten sie erschrocken an. Marina sah nur die Küstennebelpfütze zu ihren Füßen und die Scherben der Likörflasche.

Greta wollte Marina in den Arm nehmen, aber die wich zitternd zurück. Ihr Verstand wehrte sich mit aller Kraft dagegen, zu akzeptieren, dass der verabscheuungswürdige Deik Hansen ihr Erzeuger sein sollte. Ihn Vater zu nennen, brachte sie nicht einmal in Gedanken fertig.

Marina wollte allein sein. Am liebsten wäre sie aus dem Haus gerannt, aber wohin? Die obere Etage des Flensenhauses war immer noch eine Baustelle. Auf keinen Fall konnte sie dort übernachten. Sie hätte sich gerne in ihr Bett verkrochen, allerdings hatte sie das Gefühl, dass ihre Beine zu stark zitterten, um die Treppe hinaufzugehen. Aus diesem Grund ließ sie es geschehen, dass Greta sie behutsam in die Küche schob und sie zu dem Stuhl führte, auf dem sie vorhin schon gesessen hatte.

Greta und Astrid setzten sich ebenfalls. Nach einer Weile fuhr Astrid fort: »Als ich die Kette an dir gesehen habe, gab es keinen Zweifel mehr.«

»Die Kette?«, wiederholte Marina.

»Die mit dem brillantenbesetzten H. Die Hansen-Kette.«

»Sagtest du nicht, das H steht für Hella, den Namen deiner Mutter?«, wandte sich Greta an Marina, aber die schien sie gar nicht zu hören, sondern hing weiter an Astrids Lippen.

Astrid schüttelte den Kopf. »Dass der Buchstabe auch zum Vornamen deiner Mutter passte, war Zufall. Die Kette befand sich seit vielen Generationen im Besitz meiner Familie. Deik hatte sie Rike zur Hochzeit geschenkt und sie ihr Jahre später wieder weggenommen. Er wollte ihr damit zu verstehen geben, dass sie ihm nichts vorzuschreiben und keine Treue zu erwarten hatte. Deshalb hat er sie an die Frau weiterverschenkt, die zur selben Zeit wie Rike ein Kind von ihm erwartete.«

»Hella«, flüsterte Marina.

Plötzlich rückte ihre Mutter, zu der sie nie ein besonders inniges Verhältnis gehabt hatte, in ein anderes Licht und tat ihr leid. Vielleicht hatte sie diesen Deik Hansen wirklich geliebt, aber sie war ihm egal gewesen. Genauso wie das Kind, das sie von ihm bekommen hatte. Sie beide waren nichts weiter für ihn gewesen als eine kurze Episode, die man getrost schnell wieder vergessen konnte.

Marina hatte so oft versucht, ihrer Mutter den Namen oder irgendeine andere Information über ihren Vater zu entlocken, aber sie hatte eisern geschwiegen. Als Hella vor zwei Jahren gestorben war, hatte Marina sich damit abfinden müssen, dass ihre Abstammung väterlicherseits ein ewiges Geheimnis blieb.

Jetzt war dieses Geheimnis doch gelüftet worden. Marina fragte sich allerdings, ob sie auf das, was sie heute erfahren hatte, nicht lieber verzichtet hätte.

In dieser Nacht brannte um halb vier immer noch Licht in der Küche der Pension. Am Tisch saßen drei Frauen, die mal mehr und mal weniger miteinander redeten und die alle mit den unterschiedlichsten Empfindungen kämpften. Gemeinsam war ihnen aber das Gefühl von Erleichterung.

Greta war erleichtert darüber, von ihrem Vater geliebt worden zu sein, auch wenn er nicht Teil ihres bisherigen Lebens hatte sein können. Sie war entschlossen, sich seine Version der Geschichte anzuhören, sofern er sich dazu durchringen konnte, sie ihr zu erzählen. Auf Astrid war sie zwar wütend, weil sie viel zu lange geschwiegen hatte, aber letztlich stand schon in der Bibel, dass jeder seines Bruders Hüter sein soll. Und war Astrid nicht genau das im wörtlichen Sinn für Enno?

Astrid war erleichtert darüber, dass endlich alles ausgesprochen worden war, was ihr seit Jahrzehnten das Herz schwergemacht hatte. Sie wusste, dass Greta klug genug war, ihr, Enno und nicht zuletzt auch sich selbst die Chance auf eine Aussprache und einen gemeinsamen Neuanfang zu geben.

Und sogar Marina war nun doch erleichtert darüber, ihre Wurzeln endlich zu kennen. Zwar konnte sie nicht stolz sein auf ihren Vater, aber wichtig war nur, was sie für ein Mensch geworden war, welche Werte sie hatte und wie sie mit dem Geschenk des Lebens umging.

Greta hatte es auf den Punkt gebracht, indem sie gesagt hatte: »Ich habe immer geglaubt, ich wäre Deiks Tochter, und aus mir ist ein ganz brauchbarer Mensch geworden, oder etwa nicht? Wenn einem ein schlechtes Vorbild dazu dient, es anders und besser zu machen, hat es seinen Zweck erfüllt.«

In den frühen Morgenstunden beschlossen die drei Frauen, endlich schlafen zu gehen. Marina und Greta begleiteten Astrid bis zu deren Haustür und gingen dann wieder zurück zur Pension. Dort wünschten sie einander mit einer herzlichen Umarmung eine gute Nacht, wohl wissend, dass sie beide keine Ruhe finden würden. Viele klärende Gespräche mussten noch geführt, viele aufwühlende Gedanken gedacht werden. Aber der Anfang war gemacht.

Als Marina in ihrem Bett lag, wurde ihr schlagartig klar, dass Astrid nicht nur Gretas, sondern nach den neuesten Enthüllungen auch ihre eigene Tante war. Und Enno war ihr Onkel. Diese Überlegung fühlte sich komisch und abstrakt an. Umso glücklicher war sie über die Erkenntnis, dass Greta ihre beste Freundin und ihre Kusine war. Bestimmt war das der Grund dafür, warum sie sich hier in Nieblum sofort zu Hause gefühlt hatte.

46

Enno betrat zögernd die Küche in Gretas Pension. Er hatte sich um mehr als eine halbe Stunde verspätet, weil er sich nicht entscheiden konnte, ob er ihrer Einladung folgen sollte. Den ganzen Nachmittag lang war er in der eisigen Kälte spazieren gegangen und hatte das Für und Wider einer Aussprache mit ihr abgewogen.

Welchen Sinn machte es, eine Geschichte zu erzählen, die jahrzehntelang verschwiegen worden war? Die verlorene gemeinsame Zeit konnten sie nicht mehr aufholen. Und was geschehen war, war geschehen. Greta war inzwischen fast fünfzig, wozu sollte sie jetzt einen Vater brauchen, den sie ihr Leben lang nicht gehabt hatte? Noch dazu einen, der ein Mörder war. Das Blut seines Bruders klebte an Ennos Händen, auch wenn er sich dafür nie hatte verantworten müssen.

Ja, er wünschte sich, eine Rolle im Leben seiner Tochter zu spielen. Seitdem sie geboren worden war, hatte er sich nichts mehr gewünscht als das. Aber das Schicksal und er selbst hatten das verhindert. Welches Recht hatte er, Gretas jetziges Dasein auf den Kopf zu stellen, um sich diesen Wunsch am Ende seines Lebens noch zu erfüllen?

Andererseits hätte er heute vielleicht zum allerletzten Mal die Chance, sich mit seinem einzigen Kind auszusprechen. Verlor er nicht auch den letzten Rest seiner Selbstachtung, wenn er sich davor drückte?

Nein, er durfte jetzt nicht kneifen. Diesmal nicht. Bevor er es sich anders überlegen konnte, machte er sich auf den Weg zum Haus seines Bruders. Dem Haus, in dem ihm vor vielen Jahren das Herz gebrochen worden war.

Jetzt war er also hier. Draußen war es stockdunkel, obwohl es erst früh am Abend war. In der Scheibe des Fensters, das sich genau gegenüber der Küchentür befand, sah er sein Spiegelbild. Es ärgerte ihn, dass er die geduckte Haltung eines Schuljungen hatte, der die Standpauke des Lehrers über sich ergehen ließ. Unauffällig versuchte er, den Rücken durchzudrücken und sich zu seiner vollen Größe aufzurichten. Schließlich stand er hier nicht vor Gericht, auch wenn es sich ein bisschen so anfühlte.

Am Tisch saßen Astrid, Greta und Marina, jede mit einer Tasse Tee vor sich. Alle drei sahen ihn an und in ihren Augen las Enno die unterschiedlichsten Emotionen. Marinas Blick war freundlich, der von Astrid aufmunternd und der von Greta angespannt.

Unschlüssig blieb er mitten in der Küche stehen, denn bisher hatte ihn keine der Frauen aufgefordert, sich zu setzen, was Greta jedoch in genau dem Augenblick tat.

»Nehmen Sie Platz, bitte.«

Er versuchte, sich den Schmerz über die förmliche Anrede nicht anmerken zu lassen, aber sie hatte es dennoch bemerkt.

»Ich meine, nimm bitte Platz. Entschuldigung, ich bin ein bisschen durcheinander.«

Er wollte sie anlächeln, spürte allerdings, wie es misslang.

Astrid klopfte einladend auf die Sitzfläche des Stuhls, der neben ihrem stand. Er setzte sich und faltete die Hände, weil er nicht wusste, was er sonst mit ihnen anfangen sollte.

Das Schweigen im Raum war beinahe greifbar und fühlte sich an wie die sprichwörtliche Ruhe vor dem Sturm.

Nach einer Weile besann sich Greta auf ihre Rolle als Hausherrin und fragte Enno: »Möchtest du einen Tee?« Ohne die Antwort abzuwarten, schob sie eine Tasse zu ihm hinüber und schenkte ihm ein.

Er bemerkte aus dem Augenwinkel, dass ihre Hand zitterte.

»Nimmst du Zucker? Oder Milch? Ich ... ich weiß nicht einmal, wie du deinen Tee trinkst. Ich weiß nichts über dich.«

Enno hob den Blick, nahm all seinen Mut zusammen und begann, zu erzählen. »Ich kannte Rike von der Schule. Sie war das schönste und netteste Mädchen von allen. Ich glaube, ich war schon in sie verliebt, bevor ich richtig lesen konnte.«

Die drei Frauen am Tisch lächelten zaghaft.

»Schüchtern wie ich war, musste es natürlich so kommen, dass ein anderer Mann ihr Herz eroberte. Und das war ausgerechnet unser Bruder. Ich wusste von Anfang an, dass er sie unglücklich machen würde.«

Greta wollte etwas sagen, aber ihre Zunge fühlte sich schwer und wie betäubt an, und sie vermutete, dass sie keinen Ton herausbringen würde.

Marina, die ahnte, was ihrer Freundin auf der Seele lag, sprang hilfreich ein. »Sie hat Deik geliebt und sie hatte sich für ihn entschieden. Muss man das nicht akzeptieren und respektieren?« Greta warf Marina einen dankbaren Blick zu.

Beide warteten gespannt auf Ennos Antwort, doch bevor er etwas sagen konnte, sprach Astrid.

»Sie war in ihn verliebt, aber echte Liebe ist daraus nie geworden. Deik war ein gut aussehender Mann, vor dem eine glänzende Karriere als Kapitän lag. Es war nicht schwer für ihn, ein Mädchen wie Rike für sich zu begeistern. Was wusste sie denn schon vom Leben oder von den Männern? Und dann gerät sie ausgerechnet an Deik. Den egoistischen und herrschsüchtigen Deik, dem es immer nur um sich selbst ging.«

Astrid hatte sich in Rage geredet, und Enno legte ihr mit einer besänftigenden Geste die Hand auf den Arm. »Ich wollte nur, dass Rike glücklich wird«, beteuerte er. »An der Seite unseres Bruders wäre das allerdings keiner Frau der Welt gelungen.«

Greta fiel auf, dass Enno immer nur »unser Bruder« sagte, dessen Namen aber nie aussprach. Sie hoffte, dass ihre Stimme ihr inzwischen wieder gehorchte und meinte: »Und weil du das genau wusstest, hast du eine Affäre mit meiner Mutter angefangen, um sie glücklich zu machen?« Sie wunderte sich selbst über ihren zickigen Unterton.

Falls Enno darüber ebenfalls staunte, ließ er es sich nicht anmerken. Ruhig antwortete er: »Nein, so war es nicht.«

»Dann erzähl mir, wie es war«, verlangte Greta.

»Ich habe versucht, Rike aus dem Weg zu gehen. Da ich mich mit meinem Bruder nie gut verstanden habe, wunderte sie sich nicht über meine seltenen Besuche. Wenn wir uns sahen, war ich nichts weiter als ihr Schwager und später der Onkel ihrer beiden Söhne.«

»Scheinbar ist es dabei irgendwann nicht mehr geblieben«, warf Marina ein, weil sie Greta helfen und beistehen wollte.

»Ich heuerte als Ingenieur auf einem Frachter an, um Rike den größten Teil des Jahres aus dem Weg gehen zu können«, fuhr Enno fort, ohne auf Marinas Bemerkung einzugehen. »Bei dem Frachter handelte es sich um die MS Bodenstein. Das Schiff, auf dem Deik als Kapitän das Kommando hatte. Dass wir Brüder waren, hat in den Jahren an Bord niemand erfahren. Mit uns Ingenieuren gab er sich nicht viel ab, und ich habe mich ohnehin immer im Hintergrund gehalten.«

»Und wie kam es dann dennoch zu deiner Affäre mit meiner Mutter?«, warf Greta ein.

»Ich musste im Sommer 1967 während einer unserer Fahrten an Land bleiben, weil ich krank war. Zum Glück war es eine der kurzen Reisen, sie dauerte nur zwei Monate. Rike besuchte mich ein paar Mal, und ich merkte sofort, dass meine Gefühle für sie so stark waren wie eh und je. Wir unterhielten uns, und ich erfuhr, wie sie in ihrer Ehe mit Deik litt. Es machte mich verrückt, sie so unglücklich zu sehen.«

Enno geriet ins Stocken und wischte sich nervös übers Gesicht. Was die Erinnerung an Rike auch nach all diesen Jahren noch in ihm auslöste, sollten die drei Frauen am Tisch auf keinen Fall bemerken. Er wollte nicht ihr Mitleid, er wünschte sich, dass sie ihn verstanden. Besonders Greta. Enno hob den Kopf und sah seine Tochter an.

Greta saß da, hielt die Tasse mit dem längst kalt gewordenen Tee in beiden Händen und starrte auf die Tischplatte vor sich. In ihr wirbelten tausend Gedanken umher. Einzelne Sätze aus den Erzählungen ihrer Mutter fielen ihr ein. Sätze, mit denen sie den Mann beschrieben hatte, den Greta für ihren verstorbenen Vater gehalten hatte. Sätze, die Greta beschämt hatten, denn wer wollte schon die Tochter eines frauenverachtenden Scheusals sein?

Enno wusste, dass er die Geschichte zu Ende bringen musste. Er straffte die Schultern, atmete durch und setzte seinen Bericht fort. »Als Rike mich gegen Ende meines Aufenthalts wieder besuchte und außer sich war vor Angst, weil Deik angekündigt hatte, am Ende der Reise nach Hause zu kommen, nahm ich sie in den Arm, um sie zu trösten. Aber dann haben wir uns plötzlich geküsst und gestreichelt und alles geschah ganz von selbst. Für Vernunft war da kein Platz mehr – und ich konnte in dem Moment auch nicht vernünftig sein. Es hat nur diese eine gemeinsame Nacht gegeben, in der du entstanden bist und ich der glücklichste Mann der Welt war. Rike war ein warmherziger und liebevoller Mensch, aber sie wurde nur benutzt und schlecht behandelt. Ich wollte ihr zeigen, dass sie geliebt wurde, wenn auch vom falschen Mann.« Wieder traten Enno Tränen in die Augen, doch diesmal schämte er sich nicht.

Erneut begegneten sich Ennos und Gretas Blick, und plötzlich veränderte sich die Stimmung spürbar. Gretas anfängliche Reserviertheit verschwand. Ihre Gesichtszüge wurden weicher und sie lächelte.

»Also bin ich ein Kind der Liebe?«, fragte sie.

»Ja«, antwortete Enno. »Oh ja, das bist du.«

Die beiden reichten sich über den Tisch hinweg die Hände, und nun ließ auch Greta es zu, dass Tränen ihre Wangen hinabrollten.

47

Inzwischen war es mitten in der Nacht. Der letzte Teil der Geschichte wartete noch immer darauf, erzählt zu werden. Enno sammelte sich ein weiteres Mal und berichtete von der Nacht, in der Deik gestorben war. Er ließ nichts aus und er beschönigte nichts. Minutiös schilderte er die Geschehnisse und die Rolle, die er dabei gespielt hatte.

Und natürlich erzählte er auch, wie sehr er sich ein gemeinsames Leben mit Rike gewünscht hatte. Er wollte für sie da sein, sie beschützen, sie lieben und ehren, wie sie es verdiente. Er hoffte, alles wiedergutmachen zu können, was sein Bruder ihr angetan hatte. Aber dann kam es ganz anders. 1992, vier Jahre bevor Enno endgültig nach Nieblum zurückgekehrt war, starb Rike im Alter von nur vierundfünfzig Jahren an Krebs.

Während Enno berichtete, ließ er Greta nicht aus den Augen. In ihrem Gesicht fand er keine Spur von Verachtung, sondern nur echtes Interesse, Mitgefühl und, was er nicht zu hoffen gewagt hatte, Verständnis.

Greta hielt Ennos Hand, während sie dem letzten Kapitel seiner Geschichte lauschte. Was für eine traurige Lebensbilanz. Er hatte alles gegeben, um Rike und sein Kind glücklich zu machen. Wirklich alles. Sogar seinen inneren Frieden, nachdem er seinen Bruder hatte sterben lassen. Die Last, die ihm seither auf der Seele lag, die ständig wiederkehrenden Albträume und das Entsetzen über das eigene Handeln hatte er als Preis für ein Leben mit Rike akzeptiert. Als sie ihn fortgeschickt hatte, war ihm klar geworden, dass er für den Rest seiner Tage bezahlen würde, ohne das erträumte und ersehnte Glück zu bekommen.

Rike hatte ihn nicht gewollt. Sie hatte ihn geliebt, aber sie hatte ihn nicht gewollt. Das Ansehen, das ihr als Witwe eines Kapitäns entgegengebracht wurde, war für sie wichtiger gewesen als ihre Liebe zu ihm. Das Gerede der Leute fürchtete sie mehr, als sie sich das Zusammensein mit ihm wünschte.

Von dem Tag an hatte Enno gewusst, dass es niemals eine andere Frau für ihn geben würde. Er hatte das Haus im Alkersumer Stieg, das er für Rike und sich gekauft hatte, seiner Schwester geschenkt und danach nie wieder betreten.

Als Greta das hörte, schlug sie sich mit der flachen Hand vor die Stirn. »Das Flensenhaus! Natürlich! Du«, sie zeigte auf ihre Tante, »du hast Marina das Haus verkauft. Jetzt weiß ich, warum mir der Name Wieland so bekannt vorkam.«

Astrid und Enno nickten beide, nur Marina verstand kein Wort. Astrid holte tief Luft und erklärte: »Ich war mal verheiratet. Anfang der fünfziger Jahre. Mein Jonte war Dachdecker und ist tödlich verunglückt, noch vor unserem zweiten Hochzeitstag. Vor Kummer bin ich damals fast verrückt geworden. Bin dann lieber alleine geblieben. Wenn du niemanden hast, musst du um niemanden weinen.«

Jetzt endlich ging Marina ein Licht auf. »Du bist die geheimnisvolle Frau Wieland?«

»Ja, aber keiner benutzt diesen Namen, nicht mal ich selbst. Ich bin für alle hier immer die Astrid Hansen geblieben. Und so ist es auch gut.«

»Du hättest viel mehr Geld für das Haus verlangen können«, gab Marina zu bedenken, doch Astrid schüttelte den

Kopf. »Aus dem Kummer meines Bruders wollte ich keinen Profit schlagen. Und außerdem«, sie zwinkerte Marina zu, »wusste ich da schon, dass das Haus in der Familie bleibt.«

Einen Moment schwiegen alle und sortierten ihre eigenen Gedanken.

Greta wandte sich erneut an Enno und fragte: »Hat meine Mutter dir gesagt, dass das Kind, das sie erwartete, von dir war?«

»Nicht direkt«, antwortete Enno. »Aber ich habe es geahnt, weil sie von Anfang an anders war als in den Schwangerschaften mit ihren Söhnen. Eines Tages habe ich sie gefragt und anlügen wollte sie mich nicht.«

»Nur Deik musste unbedingt angelogen werden«, fasste Greta zusammen, »denn er sollte ja glauben, dass er erneut Vater wird.«

Enno nickte. »Genau. Nicht auszudenken, was passiert wäre, wenn er von dem Ehebruch erfahren hätte.«

»Wie ist es euch gelungen, ihn dermaßen zu täuschen?«, fragte Marina, deren Neugier geweckt war.

An Ennos Stelle antwortete Astrid. »Im September kam Deik, wie er es gesagt hatte, auf Urlaub nach Nieblum. Das Dorffest stand an, und darauf verzichtete er nur ungern. Wo sonst konnte er so ausgiebig angeben mit seinen Kapitänsgeschichten? Wie in jedem Jahr kam er gegen Morgen sturzbetrunken nach Hause und nahm sich von Rike, was ihm als Ehemann seiner Meinung nach zustand. Wie man sich vorstellen kann, war er zu keinen Glanzleistungen im Ehebett mehr fähig, aber Rike hat ihm trotzdem weismachen können, dass in dieser Nacht ihr drittes Kind entstanden ist.«

Greta wischte sich die aufkommenden Tränen mit dem Ärmel weg. »Wie konntest du nur damit leben, nicht nur Rike, sondern auch dein Kind, also mich, an deinen Bruder zu verlieren?«

Ennos Stimme war nur ein Flüstern, als er sagte: »Ich weiß es nicht. Ich weiß es wirklich nicht.«

Mehrere Minuten durchbrach nur das Ticken der Uhr die Stille in der Küche. Dann wollte Greta wissen: »Wurde Deiks Tod jemals aufgeklärt?«

Enno schüttelte den Kopf. »Die Polizei kam zu dem Schluss, dass es sich um einen bedauernswerten Unfall handelte. Der Fahrer des Unglücksautos wurde nie ermittelt, aber es gab ja auch niemanden, der die Behörden unter Druck setzte. Rike war an einer Aufklärung nicht interessiert, und für die Reederei war Deik nur ein Kapitän unter vielen und problemlos zu ersetzen.«

Greta stand auf, seufzte und sagte: »Ich wäre jetzt gerne alleine. Das ist alles ziemlich viel auf einmal. Aber ich bin froh darüber, dass ich jetzt Bescheid weiß.« Im Vorbeigehen legte sie kurz ihre Hand auf Ennos Schulter. »Ich habe noch tausend Fragen, nur nicht heute. Du sollst nur wissen, dass ich dein Handeln verstehe. Du konntest nichts dafür, dass du dich in Rike verliebt hast. Wer kann schon lenken, an wen er sein Herz verliert? Es muss unfassbar schwer gewesen sein, sie und damit auch mich aufzugeben.«

»Noch dazu an Deik«, murmelte Astrid. Als sie einen tadelnden Blick von Greta erntete, ging sie sofort in die Verteidigung. »Ach, komm mir jetzt nicht wieder mit deiner christlichen Nächstenliebe. Die wäre sogar dir in dem Fall schwergefallen. Deik war kein guter Mensch und schon gar kein guter Ehemann. Trotzdem entschied Rike sich nach seinem Tod, lieber seine Witwe zu sein als Ennos Frau. Aus

Angst vor dem Gerede der Leute. Und Enno blieb allein mit der schweren Schuld, die er aus Liebe auf sich geladen hatte.«

Greta wollte ihrem Vater, ihrem echten, unglücklichen, vom Leben betrogenen Vater gerne helfen. »Vielleicht kannst du mit dir selber Frieden schließen, indem du den Gedanken zulässt, dass Deik an seinen inneren Verletzungen ohnehin gestorben wäre, auch wenn du sofort Hilfe geholt hättest.«

»Wir wissen ja nicht, ob es so gewesen wäre«, antwortete Enno traurig.

»Nein, aber das Gegenteil wissen wir ebenfalls nicht. Also dürfen wir wenigstens den Gedanken zulassen. Natürlich war es falsch von dir, ihm nicht zu helfen und damit seinen Tod in Kauf zu nehmen. Nachdem es nun mal so geschehen war, hättest du es durch nichts mehr rückgängig machen können, selbst dann nicht, wenn du für den Rest deines Lebens ins Gefängnis gegangen wärst. Du warst dein Leben lang ein armer Lazarus. Und du musstest ohne die Menschen sein, die du über alles geliebt hast. Ist das nicht Strafe genug?«

»Ich weiß nicht, ob ich dein Verständnis und ein solch salomonisches Urteil verdiene«, zweifelte Enno.

»Und ich weiß nicht, ob ich heute noch mehr Bibelsprüche ertrage«, knurrte Astrid vor sich hin.

»Und ich weiß nicht, wie wir all die verlorenen Jahre aufholen sollen«, sagte Greta, »aber ich möchte es gerne versuchen. Ich will dich kennenlernen, möchte alles über dich wissen. Dir helfen, den Dämonen der Vergangenheit ein für alle Mal zu entkommen. Dafür brauchen wir allerdings Zeit.«

Ein Lächeln legte sich auf Ennos Gesicht, als er meinte: »Tja, ich fürchte, meine diesbezüglichen Ressourcen sind nahezu erschöpft. Aber die Zeit, die mir bleibt, die gehört dir.«

Greta drehte sich an der Küchentür noch einmal um. »Wir werden einander viele Fragen stellen und hoffentlich finden wir genügend Antworten. Wir werden lachen und weinen, wütend sein und uns wieder beruhigen. Und wenn alles gesagt und geklärt ist, werden wir die gemeinsame Zeit, die uns bleibt, genießen. Und wir werden nie mehr über diese ganze Sache reden. Mit niemandem.«

Dankbarkeit legte sich auf Ennos Gesicht, als Greta den Raum verließ. Wie lange war es her, dass er genau dieselben Worte von seiner Schwester gehört hatte? Beinahe fünfzig Jahre. Dass er sie heute von seiner Tochter hörte, ließ in ihm die Hoffnung aufkommen, dass er sich vielleicht doch mit sich selbst, der Vergangenheit und dem Leben aussöhnen konnte.

48

Oldsum

Marina saß zusammen mit Gottlieb auf einer Friedhofsbank beim Grab seiner Frau. Inzwischen besuchte sie Gottlieb oft allein, wenn Greta wie heute etwas für die Pension erledigen wollte – die Ostersaison würde bald beginnen – oder aus einem anderen Grund keine Zeit hatte. Marina genoss seine Gesellschaft, seine väterliche Art, die Ruhe und Besonnenheit, die er ausstrahlte.

Heute wirkte Gottlieb abwesend und traurig. Er antwortete einsilbig, blickte ins Leere und begann von sich aus kein Gespräch. Behutsam versuchte Marina, den Grund für seine Niedergeschlagenheit herauszufinden.

Gottlieb sagte mit einem Seufzer: »Ach, Marina. Ich weiß nicht, wie es weitergehen soll. Ich muss raus aus der Wohnung.«

»Wieso das denn?«, fragte sie fassungslos.

»Der Eigentümer will renovieren und modernisieren, und für die Dauer dieser Maßnahmen sollen sich alle Mieter eine andere Bleibe suchen.«

»Ach so, also nur übergangsweise«, stellte Marina fest.

»Ja, aber ich möchte auf keinen Fall zu Steffen. Weißt du, so nahe sind wir uns nicht mehr, dass wir zusammen wohnen könnten. Und sonst habe ich niemanden.«

»Den letzten Satz habe ich jetzt mal zu deinen Gunsten überhört«, meinte Marina augenzwinkernd. »Wann sollen die Arbeiten starten?«

»Gleich nach den Osterferien«, gab Gottlieb zurück.

»Das ist doch kein Problem. Das Flensenhaus ist fertig, du könntest dort einziehen.«

»Meinst du wirklich?« In Gottliebs Augen keimte Hoffnung auf.

»Na klar. Das ist das Mindeste, was ich für dich tun kann nach allem, was du mir an Hilfe und Unterstützung hast zukommen lassen.«

»Das wäre vielleicht tatsächlich eine gute Lösung. Ich danke dir, Marina. Und sobald meine Wohnung wieder bezugsfertig ist, bist du mich los.«

»Warum willst du zurück in das schäbige Haus? Bei deiner hohen Rente könntest du dir doch etwas viel Besseres leisten«, fragte Marina.

»Das Haus war ja nicht immer schäbig«, antwortete Gottlieb. »Als Lotte und ich vor vielen Jahrzehnten dort einzogen, war es sogar sehr schick. Und als wir uns dann etwas Schickeres hätten leisten können, da wohnten mit uns dort schon so viele schöne Erinnerungen, dass wir nicht mehr wegwollten.«

»Na, jetzt warten wir erst mal ab. Nach ein paar Tagen willst du wahrscheinlich gar nicht mehr fort aus dem Flensenhaus.«

»Das hättest du wohl gerne«, stimmte Gottlieb in ihr Lachen ein.

»Ja«, gab Marina zu, »das hätte ich wirklich gerne.«

49

Nieblum

Marina stand vor dem Spiegel und drehte sich in ihrem neuen Kleid hin und her. Sie war so glücklich wie lange nicht mehr. Heute wurde das Flensenhaus offiziell eröffnet, es gab ein Einweihungsfest mit einem Tag der offenen Tür.

Gottlieb war vor vier Wochen eingezogen und die Renovierung des Mietshauses war in vollem Gang. Inzwischen hatte er Marina allerdings gesagt, dass er sich die Rückkehr in seine einsame Wohnung kaum noch vorstellen konnte.

Enno hatte Marinas Angebot, ebenfalls in die WG zu ziehen, nach einigem Zögern und langen Überlegungen angenommen. Er merkte, dass er genug hatte vom Alleinsein. Außerdem war ihm Marina inzwischen ans Herz gewachsen. Es war, als hätte er mit ihr und Greta jetzt zwei Töchter auf einen Schlag bekommen. Das Schicksal schien einen seltsamen Humor zu haben. Im alten Flensenhaus hatte er sein Leben Seite an Seite mit Rike verbringen wollen. Dort jetzt doch noch einzuziehen, gab ihm das Gefühl, dass sich sein Lebenskreis schloss.

Mit tatkräftiger Unterstützung von Greta hatte Marina auf der gesamten Insel Flyer verteilt und Plakate geklebt. Außerdem hatte sie Anzeigen im »Insel-Boten« geschaltet, um auf die bevorstehende Eröffnung hinzuweisen. Astrid hatte, ganz ihrem Naturell entsprechend, überall herumerzählt, was das »Seniorenzentrum Flensenhaus« zu bieten hatte. Jetzt konnten sie nur noch hoffen, dass viele Leute der Einladung trotz des kalten Winterwetters folgten, damit der Abend ein Erfolg wurde.

»Sehr verehrte Damen und Herren, liebe Gäste, ich freue mich, Sie heute hier begrüßen zu dürfen«, sagte Marina mit wackeligen Knien und einem Sektglas in den zitternden Händen. Sie war es nicht gewohnt, vor fremden Menschen Reden zu halten, aber sie hatte sich für heute fest vorgenommen, auch in diesem Punkt über ihren Schatten zu springen. Jeden Satz ihrer Ansprache hatte sie sich genau überlegt und immer wieder geübt, um ohne Spickzettel auszukommen. Und mit jedem Wort, das sie sagte, wurde sie ruhiger und souveräner.

»Mein Wunsch und mein Ziel ist es, das Seniorenzentrum Flensenhaus zum einem gesellschaftlichen Treffpunkt in Nieblum zu machen. Für meine Mitbewohner soll es ein Zuhause, für alle anderen ein Ort sein, an dem Einsamkeit und Langeweile nichts verloren haben.«

Als die zahlreich erschienenen Eröffnungsgäste am Ende ihrer Rede begeistert applaudierten, fühlte sie sich pudelwohl in ihrer Haut. Der Abend verging wie im Flug. Marina führte nette Gespräche mit interessierten Menschen, die alles über das »Seniorenzentrum Flensenhaus« wissen wollten. Sie erzählte von den Bewohnern, die zur WG im ersten Stock gehörten, und zeigte die Räume im Erdgeschoss. Der mit edler Wandbespannung ausgestattete Salon war Marinas ganzer Stolz. Hier sollten künftig Konzerte, Lesungen und andere Veranstaltungen stattfinden. Fragen zu den baulichen Maßnahmen beantwortete Gottlieb mit sichtbarer Begeisterung. Marina war glücklich. Was konnte jetzt noch schiefgehen?

Und dann sah sie ihn. Er lehnte lässig im Rahmen der Küchentür und hatte den Arm um eine rothaarige und sehr kurvenreiche Frau gelegt, die mindestens zwanzig Jahre jünger war als er und irritierende Ähnlichkeit hatte mit Jessica Rabbit aus dem Disney-Film von 1988. Marina versuchte, ihn zu übersehen, aber da schlenderte Steffen schon auf sie zu. Jessica Rabbit folgte ihm wie ein Schatten.

»Hallo, Marina«, sagte er und lächelte wie damals in dem Fischrestaurant, in dem sie sich kennengelernt hatten. Inzwischen war sie jedoch immun gegen Sean-Connery-Fälschungen.

»Steffen, was willst du hier?«, fragte sie, ohne seine Begrüßung zu erwidern.

»Das neue Zuhause meines Vaters begutachten. Immerhin hat er sich dazu entschlossen, seine Wohnung aufzugeben und künftig hier zu wohnen. Und natürlich will ich dir auch zu deinem großen Tag gratulieren«, gab er zurück.

Sie schnaubte verächtlich. »Wir wissen doch beide, dass dir nichts ferner liegt als mir zu gratulieren. Schließlich hast du dich sehr bemüht, das alles hier zu sabotieren, auch wenn ich dir leider nichts davon beweisen kann.«

In gespielter Empörung riss Steffen die Augen auf. »Ich weiß zwar nicht, wovon du sprichst, aber ich wünsche dir auf jeden Fall alles Gute für dein Altersheim.«

Marina schluckte. Altersheim. Das war eine Frechheit. Eine Beleidigung für das, was das Flensenhaus tatsächlich war. Sie hätte ihm nur zu gerne irgendwas an den Kopf geworfen. Mindestens Worte. Lieber noch etwas Großes und Schweres. Aber sie riss sich zusammen, weil sie sich auf keinen Fall auf sein Niveau herablassen würde. Hatte sie diesen Mann wirklich mal charmant gefunden?

Sie drehte sich wortlos um und wollte gehen, da legte er ihr vertraulich die Hand auf den Arm. »Warte, ich möchte dir jemanden vorstellen.« Sie schüttelte seine Hand ab, was ihm nur ein unverschämtes Grinsen entlockte.

Steffen schob Jessica Rabbit ein Stück nach vorne, tätschelte ihr besitzergreifend das Hinterteil und verkündete: »Das ist Becky, die Frau meines Lebens. Wir haben uns gesehen und es war sofort um uns beide geschehen. Stimmt's, Süße? Komm, sag Hallo.«

»Hallo, ich bin Becky«, piepste Becky alias Jessica.

»Ja, das habe ich schon kapiert«, murmelte Marina und fügte hinzu: »Bitte entschuldigt mich jetzt, ich muss mich um die wirklich wichtigen Gäste kümmern.«

»Ach, hier laufen auch wichtige Leute rum?«, fragte Steffen mit gespieltem Interesse. »Im Ernst, meine liebe Marina, glaubst du tatsächlich, dass dieser Laden sich irgendwann selbst finanziert?«

»Erstens bin ich nicht deine liebe Marina«, stellte sie richtig, »und zweitens glaube ich das nicht nur. Ich weiß, dass es funktionieren wird.«

»Dann hoffe ich für dich, dass du dich nicht irrst«, sagte er gnädig. »Wenigstens bist du nicht so naiv zu denken, dass du mit diesem Projekt reich werden kannst.«

»Was mir nicht das Geringste ausmacht, denn der Tanz ums goldene Kalb macht mir nicht halb so viel Spaß wie dir.« Marina schmunzelte in sich hinein. Scheinbar hatte Greta sie angesteckt, wie sonst war es zu erklären, dass sie jetzt schon selbst mit Worten aus der Bibel jonglierte.

»Wirst du damit umgehen können, wenn ich meinen Vater hier besuche?«, unterbrach Steffen ihre Gedanken.

»Wieso denn nicht? Außerdem werden wir dich wohl nicht allzu oft hier begrüßen, denn bisher hast du dich ja auch sehr selten bei ihm blicken lassen. Und jetzt entschuldige mich bitte. Für eine Fortsetzung dieser nur mäßig anregenden Unterhaltung fehlt mir nicht nur die Zeit, sondern auch die Lust.«

»Kein Problem, wir wollen sowieso gehen«, antwortete Steffen, der gegen Beleidigungen scheinbar immun war. »Wie gesagt, ich wünsche dir alles Gute.«

Sein Gesichtsausdruck verriet, dass er es natürlich nicht ehrlich meinte, trotzdem sagte Marina: »Danke gleichfalls.« Dann wandte sie sich noch einmal an das Jessica-Rabbit-Double. »Und für Sie hoffe ich, dass Ihnen ihr eigenes Leben nicht besonders wichtig ist, denn dafür wird Ihnen an seiner Seite sowohl die Zeit als auch die Gelegenheit fehlen.«

Sie drehte sich auf dem Absatz um und ließ die beiden stehen. Dabei ging es ihr so gut wie schon lange nicht mehr.

50

»Marina, darf ich dir eine liebe Freundin vorstellen?«

Erschrocken wirbelte Marina herum. Sie pflanzte gerade ein paar Hornveilchen in den Kübel neben der Haustür und war wieder einmal in Gedanken an die vier Tage zurückliegende Eröffnungsfeier vertieft gewesen. So hatte sie nicht bemerkt, dass Gottlieb zusammen mit einer Frau auf das Flensenhaus zugekommen war.

»Hallo, Gottlieb«, antwortete sie und wischte sich mit dem Handrücken eine Haarsträhne aus dem Gesicht. »Natürlich darfst du das.« Sie lächelte Gottliebs Begleiterin freundlich an. »Guten Tag, ich bin Marina Menkhoff.«

»Ich weiß«, sagte die fremde Frau. »Gottlieb hat mir schon viel von Ihnen erzählt. Ich heiße Johanna Klenke.«

Die beiden Frauen reichten einander die Hand. Johannas Händedruck war zögernd und kraftlos. Marina hatte einmal gehört, dass es etwas über einen Menschen aussagt, ob er sich mit »ich heiße« oder »ich bin« vorstellt. »Ich heiße« bedeutet lediglich »zufällig trage ich diesen Namen«. »Ich bin« dagegen sagt aus, dass jemand mit sich im Reinen ist und sich in seiner Haut wohl fühlt. Bei Johanna Klenke schien das nicht der Fall zu sein. Marina verstärkte ihren eigenen Händedruck und ihr Lächeln, um der Frau, die ihr gegenüberstand, etwas von ihrer unübersehbaren Unsicherheit zu nehmen.

»Freut mich. Habt ihr Zeit für eine Tasse Tee oder Kaffee?« Marina ließ ihren Blick zwischen Gottlieb und Johanna hin-

und herwandern und wunderte sich nicht darüber, dass es Gottlieb war, der antwortete.

»Warum nicht? Wenn wir dich nicht aufhalten.«

»Ach was, der Tag ist noch lang. Ich mache hier später weiter. Kommt rein.«

Kurz darauf saßen Marina und Gottlieb zusammen mit Johanna Klenke in der Küche. Auf dem Tisch standen Kekse, die bisher keiner von ihnen angerührt hatte, und die Kanne, aus der Marina Tee einschenkte. Johanna Klenke hatte nach der kurzen Begrüßung vor der Tür kein einziges weiteres Wort gesagt, während sich zwischen Marina und Gottlieb eine Unterhaltung über dies und das ergeben hatte.

»Weißt du noch, wie aufgebracht du warst, als die Maler nicht pünktlich kamen?«, fragte Gottlieb.

»Weil ich dachte, die lassen uns hängen«, gab Marina zurück und sah Johanna an, um diese in das Gespräch mit einzubinden. »Wissen Sie, ich war so froh, dass die sehr zeit- und kostenintensiven Außenarbeiten erledigt waren und wollte endlich sehen, dass es innen vorangeht und wir hoffentlich bald einziehen können.«

Johanna Klenke nickte kaum merklich und lächelte schüchtern, sagte aber immer noch nichts.

Okay, so funktionierte es also nicht. Marina wurde direkter. »Woher kennen Sie und Gottlieb sich eigentlich?«

»Von der Schule«, antwortete Johanna kurz.

Gottlieb fiel mehr zu dem Thema ein. »Kaum zu glauben, was?«, polterte er. »Eine halbe Ewigkeit ist das jetzt her. Johanna war das schönste Mädchen von allen. Jeder Junge war verknallt in sie.«

Auf Johannas Wangen legte sich eine leichte Röte, die sie sofort jünger und lebendiger aussehen ließ. Marina konnte sich gut vorstellen, dass die Frau vielen Männern den Kopf verdreht hatte.

»Aber sie hat keinen von uns angesehen, hatte nur Augen für Hans.« Gottlieb war nicht zu bremsen. »Hans Klenke. Was für ein Glückspilz!«

»Der Glückspilz war ich«, sagte Johanna, und Marina fand, es war an der Zeit sich unter vier Augen mit Johanna zu unterhalten.

»Gottlieb, in meinem Zimmer schließt das Fenster nicht richtig. Würdest du dir das mal ansehen?«

Inzwischen war es Mittag und Marina saß immer noch zusammen mit Johanna Klenke am Küchentisch. Gottlieb hatte verstanden, dass mit dem nagelneuen Fenster oben alles in bester Ordnung war und Marina sich nur allein mit seiner Bekannten unterhalten wollte. Er hatte sich unter dem Vorwand, dringend etwas besorgen zu müssen, aufgemacht zu einem Spaziergang.

Johanna, die sich über Gottliebs Abwesenheit scheinbar keine Gedanken machte, hatte zuerst nur knapp auf Marinas Fragen geantwortet. Dann aber hatte sie ihre Zurückhaltung abgelegt und schien die Unterhaltung von Frau zu Frau zu genießen. Sie erzählte Marina von ihrem Mann Hans. Er war die Liebe ihres Lebens gewesen und vor einigen Jahren gestorben. Seitdem lebte Johanna allein in ihrer Mietwohnung in Borgsum. Von ihren beiden Söhnen, die in Hamburg und Mannheim wohnten, berichtete Johanna auch. Von Thomas, der homosexuell war und schon lange den Kontakt eingestellt hatte, weil sie ihm kein Geld mehr schickte. Und von Heiko, der Frau und Kinder hatte, aber nur selten mit seiner Familie zu Besuch kam. Man musste kein Psychologe sein, um auf den ersten Blick zu erkennen, wie sehr Johanna unter ihrer Einsamkeit litt.

»Haben Sie ein liebgewonnenes Hobby, mit dem Sie sich die Zeit vertreiben?«, fragte Marina behutsam.

Johanna knetete ihre Hände und antwortete: »Ich habe immer gerne gekocht und gebacken, aber für mich alleine macht das keinen Spaß.«

»Sie könnten doch Kochkurse geben. Für die Frauen der Insel. Und vielleicht hat der eine oder andere Urlaubsgast hier für so einen Kurs auch mehr Zeit als in seinem normalen Alltag zu Hause.« Marina war Feuer und Flamme für ihre Idee.

Johanna Klenke nicht. »Auf keinen Fall!«, rief sie aus und wedelte abwehrend mit den Händen. »Dafür bin ich viel zu schüchtern. Nein, das ist nichts für mich.«

»Schade«, bedauerte Marina, »es war ja nur ein Gedanke.«

Eine Weile schwiegen beide. Dann fragte Marina: »Wann haben Sie ihren Sohn Heiko und seine Familie zuletzt gesehen?«

Anstatt zu antworten, senkte Johanna den Kopf. Marina beobachtete sie und war sicher, dass die Frau angefangen hatte, zu weinen. Ihr Gesicht war nicht zu erkennen und sie gab keinen Ton von sich, aber das Zucken ihrer schmalen Schultern verriet sie.

Marina ging zu Johanna, hockte sich vor sie und griff nach ihren Händen. »Johanna, was haben Sie? Habe ich etwas Falsches gesagt? Ist es wegen Ihres Sohnes?«

Mit dem Handrücken wischte sich Johanna über die Augen und sah Marina traurig an. »Das ist es ja gerade. Heiko wollte heute kommen, aber dann hat er wieder abgesagt.«

Es war zwei Uhr am Nachmittag, als Gottlieb ins Flensenhaus zurückkehrte und sah, dass die beiden Frauen immer noch in der Küche saßen. Johanna hatte sich beruhigt, aber man sah ihr deutlich an, dass sie geweint hatte. Gottlieb überging diese Tatsache taktvoll. »Na? Habt ihr euch gut unterhalten?«

»Ja«, sagte Johanna im Brustton der Überzeugung. »Das haben wir. Frau Menkhoff ist genauso nett, wie du sie mir beschrieben hast.«

Gottlieb grinste, während Marina tatsächlich spürte, dass sie rot wurde.

»Ich kann nicht glauben, was ich Ihnen alles erzählt habe, obwohl wir uns kaum kennen«, staunte Johanna über sich selbst. Und an Gottlieb gewandt fügte sie hinzu: »Stell dir vor, ich habe von Hans gesprochen und unserer glücklichen Ehe. Und von Thomas und Heiko.«

»Auch von Heikos leeren Versprechungen?«, grummelte Gottlieb, und sofort legte sich ein Schatten auf Johannas Gesicht.

»Ich nenne es nicht so, aber ja, darüber haben wir ebenfalls geredet.«

»Dein Sohn hat es zum wiederholten Male geschafft, dass du dich drei Wochen auf seinen Besuch freust und alles herrichtest, um dann kurzfristig wieder abzusagen. Noch dazu mit einer indiskutablen Ausrede«, kommentierte Gottlieb.

»Wie lautete die Ausrede«, fragte Marina, denn das hatte Johanna bisher nicht erzählt.

»Die Kinder müssten für die Schule lernen, und zwar in ihrer gewohnten Umgebung, wo sie nichts ablenkt.«

Es war Gottlieb mehr als deutlich anzusehen, was er von dieser Aussage hielt.

Johanna knetete wieder verlegen ihre Hände. »Na ja, möglicherweise hatten sie einfach keine Lust, sich hier bei ihrer Oma zu langweilen, wenn sie zu Hause mit ihren Freunden zusammen sein können. Und vielleicht wollten mein Sohn und meine Schwiegertochter auch lieber in den eigenen vier Wänden entspannen als in fremder Umgebung.«

»Und das ist ihnen nicht eher eingefallen als am Tag ihrer eigentlichen Ankunft?« Gottlieb war zu keiner Absolution bereit. »Außerdem wäre ihnen die Gegend hier gar nicht so fremd, wenn sie sich öfter bei dir blicken ließen.«

Johanna seufzte. »Was mache ich jetzt mit den selbst gebackenen Kuchen und allem, was ich sonst noch eingekauft und vorbereitet habe?«

Marina überlegte kurz. Gottlieb warf ihr einen Blick zu und grinste. Er wusste scheinbar genau, was sie dachte. »Tja, ich hätte da eine Idee«, sagte sie. »Wir könnten die Leckereien hierherholen und uns zusammen mit Enno, Greta und Astrid den Bauch vollschlagen.«

»Was für eine wunderbare Idee«, meinte Gottlieb.

»Wenn ich Ihnen eine Freude damit machen könnte«, antwortete Johanna zögernd.

»Also abgemacht«, fasste Marina zusammen. Sie war sehr zufrieden mit sich.

Knapp zwei Stunden später saßen alle zusammen am wirklich reich gedeckten Tisch und labten sich an den guten Sachen, die Johanna zubereitet hatte. Die Stimmung war ausgelassen, sie redeten und lachten durcheinander, und Marina sah wieder einmal bestätigt, dass die spontanen Feste die besten waren.

Irgendwann lehnte sich Astrid mit einem tiefen Seufzer zurück und stöhnte: »Ich weiß nicht, wann ich zuletzt so leckeren Kuchen hatte. Auch unsere Inselbäcker hätten keinen besseren backen können.«

»Das ist wahr«, stimmte Greta zu, »schade, dass ich jetzt satt bin.«

Und Enno meinte: »Sag mal, kannst du etwa auch Bienenstich backen?«

Und in diesem Moment kam Marina schon wieder auf eine, wie sie fand, ausgezeichnete Idee. »Johanna, wieso ziehst du nicht hier bei uns ein?«

Die Stimmen am Tisch verstummten, alle Blicke richteten sich auf Marina. In den Augen von Greta, Astrid, Gottlieb und Enno sah sie stumme Zustimmung, in Johannas dagegen stand blankes Entsetzen. Sie schnappte nach Luft und wollte zu einer Antwort ansetzen, als Gottlieb sagte: »Ja, wieso eigentlich nicht? Oben ist noch ein Zimmer frei, ein wirklich schönes, mit Aussicht auf den Garten.«

Enno versprach: »Beim Umzug packen wir alle mit an, dann ist das keine große Sache.«

Astrid nickte und fixierte Johanna durchdringend, als wollte sie sie überreden, einer zweifelhaften Sekte beizutreten.

Marina freute sich über die Begeisterung ihrer Freunde. Nur Johanna sah nicht besonders begeistert aus.

»Aber ... nein ... ich ...«, stotterte sie und sah die anderen an wie das Kaninchen die Schlange.

»Das Zimmer ist zwar noch nicht renoviert«, erklärte Greta, »aber wie ich Gottlieb kenne, wird das nicht lange dauern.«

»Geht ruckzuck«, stimmte dieser sofort zu. »Und du kannst dir die Tapete selbst aussuchen.«

Enno machte eine Handbewegung zum Fenster und meinte nicht sehr bescheiden: »Wenn ich mit dem Garten fertig bin, wirst du direkt ins Paradies sehen.«

Marina hatte die ganze Zeit beobachtet, wie Johanna sich immer mehr in sich zurückzog. So wurde das nichts. Johanna war eine Frau, die nicht hofiert, sondern gebraucht werden wollte. Um sie dazu zu bringen, einen Umzug in die WG ernsthaft in Erwägung zu ziehen, mussten sie sie davon überzeugen, dass es nicht für sie, aber umso mehr für alle anderen hier im Haus das Beste wäre.

Marina rückte mit ihrem Stuhl so nahe an Johannas, dass sie nach ihren Händen greifen konnte. »Bitte entschuldige, dass wir dich bedrängen, Johanna. Ich habe mich von dem leckeren Essen zu dem Vorschlag hinreißen lassen. Momentan bin ich hier im Haus fürs Kochen zuständig, Spaß macht es mir allerdings nicht wirklich. Es ist nur leider so, dass den beiden Herren sogar Wasser anbrennen würde.« Sie erntete empörte Blicke von Gottlieb und Enno, durch die sie sich jedoch nicht aus dem Konzept bringen ließ. »Wir wären überglücklich, wenn uns regelmäßig jemand kulinarisch so verwöhnen würde, wie du das heute getan hast.«

Johanna sah in die Runde. Zum Glück hielten sich diesmal alle mit Zustimmungsbekundungen oder Überzeugungsversuchen zurück.

»Und dann sind da ja auch noch die Veranstaltungen«, fügte Marina nachdenklich hinzu.

»Was für Veranstaltungen?«, fragte Johanna.

»Konzerte, Vortragsabende, Lesungen. Ich weiß natürlich, dass es von Mai bis Oktober regelmäßig Lesungen im Kurgartensaal gibt, aber im Winterhalbjahr haben die Leute doch viel mehr Zeit für Bücher und den Besuch von Lesungen. Tja, das alles sollte eigentlich im Salon stattfinden, er ist dafür wie geschaffen. Man müsste natürlich eine Kleinigkeit anbieten ...« Marina ließ den Satz absichtlich unvollendet.

Johanna sah aus dem Fenster. Marina hoffte, dass sie im Stillen bereits darüber nachdachte, welche Arten von Gaumenschmaus sie für die Besucher der erwähnten Veranstaltungen zaubern könnte. Sie fragte in die Runde: »Möchte noch jemand Tee oder Kaffee?« Und gab Johanna damit die Gelegenheit, eine Weile ihren Gedanken nachzuhängen.

Johanna sah Marina an. Leise sagte sie: »Aber ich muss doch dorthin zurück, wo meine Erinnerungen wohnen. Wir hatten schöne Jahre in der Wohnung. Hans, die Jungen und ich.«

Marina nahm behutsam ihre Hand. »Johanna, bitte versteh mich nicht falsch. Wir alle lieben unsere Erinnerungen und leben gerne mit ihnen. Aber wer nur in der Vergangenheit lebt, der bremst die Gegenwart aus.«

In Johannas Augen schimmerten Tränen. »Ich lebe nun mal lieber in der Vergangenheit«, beharrte sie. »Die Erinnerungen an Hans und unser Familienleben bedeuten mir alles. Eine Zukunft gibt es für mich nicht mehr, die Gegenwart interessiert mich kaum, und wenn ich aus unserer gemeinsamen Wohnung ausziehen würde, käme mir das vor wie ein Verrat.«

Auch in Marinas Augen standen Tränen, als sie antwortete: »Man kann nichts verraten oder vergessen, was man im Herzen verankert hat. Und Hans hätte nicht gewollt, dass du traurig und alleine bist, wenn es eine bessere Alternative gibt.«

Eine Weile schwiegen beide, und die anderen am Tisch wagten kaum, sich zu bewegen oder zu atmen, um den innigen Moment nicht zu zerstören.

Als Johanna sich über die Augen wischte und leise fragte: »Was wird dann aus meinen Möbeln?«, wusste Marina, dass der erste und entscheidende Schritt getan war.

51

Marina saß am Tisch in der Küche. Im Haus war es still, die anderen waren schon im Bett. Sie hatte extra gewartet, bis sich alle hingelegt hatten, um in Ruhe für jeden ihrer Zuhausemenschen ein Osternest vorzubereiten. Zum Frühstück am morgigen Ostersonntag hatte sie Greta, Astrid und auch Johanna eingeladen. Vor ihr standen fünf Körbchen, die darauf warteten, mit bunten und hart gekochten Eiern, ein paar Pralinen und einem persönlichen Geschenk für jeden befüllt zu werden.

Plötzlich hörte Marina ein Geräusch. Sie hielt mitten in der Bewegung inne und lauschte angestrengt. Das fehlte noch, dass einer ihrer Mitbewohner in die Küche kam und sie auf frischer Tat ertappte. So schnell könnte sie die vielen Dinge, die auf dem Tisch verstreut lagen, gar nicht zusammenpacken.

Jetzt war wieder alles ruhig.

Marina wollte sich gerade dem nächsten Osterkörbchen widmen, als sie das Geräusch erneut hörte. Es klang wie ein vorsichtiges Klopfen. Stand da jemand vor der Haustür? Aber warum klingelte dieser Jemand nicht? Sie wartete einen kurzen Moment. Da! Wieder vernahm sie das Klopfen, und es kam eindeutig von der Haustür. Es war halb zwölf, und sie fragte sich mit leichtem Schaudern, wer um diese Zeit etwas von ihr oder einem ihrer Mitbewohner wollte.

Plötzlich kam ihr die Idee, dass es nur Greta oder Astrid sein konnten. Hoffentlich war nichts passiert. Von der Sorge um die beiden gepackt, lief sie zur Tür und riss sie auf.

Vor ihr stand Mick.

Einen Moment überlegte sie, ob sie nur träumte. Als ihr klar wurde, dass das nicht der Fall war, hätte sie die Tür am liebsten auf der Stelle wieder geschlossen, aber dann schämte sie sich sofort für diesen Gedanken. Mick war ihr Ehemann, wenn auch nur noch auf dem Papier.

»Hallo, Marina«, sagte Mick, Seine Stimme klang schüchtern und fremd.

»Mick, was machst du hier?«, gab sie zurück und trat gleichzeitig zur Seite, damit er hereinkommen konnte.

Mick betrat das Flensenhaus, blieb nach wenigen Schritten stehen und sah sich unschlüssig um, als würde er sich in diesem Moment selbst fragen, was er überhaupt wollte.

Marina beobachtete ihn und stellte fest, dass er in diesem Haus fehl am Platz wirkte. Sie hatte viel Herzblut und Geld in ihr neues Zuhause gesteckt. Ihr Denken und Handeln hatte sich lange Zeit einzig und allein um das Haus gedreht und um das, was sie daraus machen wollte. Mick hatte hier bisher keine Rolle gespielt, aber jetzt war er da, und er wirkte deplatziert wie eine Giraffe in der Fußgängerzone.

»Komm mit«, forderte Marina ihren Mann auf und ging voraus in die Küche. »Möchtest du was trinken?«

Mick setzte sich auf den erstbesten Stuhl und ließ den Blick über die halb fertigen Osterkörbe wandern. »Hast du Bier da?«

Marina nickte und holte ihm eine Flasche aus dem Kühlschrank. Dann nahm sie ihm gegenüber Platz. »Warum bist du hergekommen, noch dazu um diese Zeit? Und wieso hast du nicht vorher Bescheid gesagt?«

Mick nahm einen Schluck aus der Bierflasche, bevor er antwortete. »Habe die letzte Fähre um acht genommen. War neugierig.«

Neugierig. Marina hätte nicht gedacht, dass Mick sie immer noch enttäuschen konnte, aber er hatte es geschafft. Schon im dritten Satz. Neugierig. Nicht »ich wollte dich sehen«, nicht »du hast mir gefehlt«, nicht mal ein »ich war gespannt auf dein Projekt«. Egal. Es spielte keine Rolle mehr.

»Wo willst du übernachten?« Schon als sie die Frage stellte, ahnte Marina die Antwort.

»Hier bei dir, dachte ich. Es ist Ostern, da gibt's auf der Insel kein einziges freies Bett.«

Bei mir auch nicht, hätte Marina am liebsten geantwortet, aber sie hielt sich zurück.

»Außerdem bin ich immer noch dein Mann«, setzte Mick überflüssigerweise hinzu, und Marina gab sich geschlagen.

»Okay. Mein Zimmer ist oben. Ich will das hier«, sie machte eine ausladende Handbewegung über den Tisch mit den Ostersachen, »fertig machen und komme später nach.«

»Okay, ich bleibe und warte auf dich.«

Marina nickte nur kurz und widmete sich wieder ihren Osterkörben.

Ein paar Minuten schwiegen beide. Dann sagte Mick: »Das ist also das ... wie heißt dieses Haus noch mal?«

»Flensenhaus«, gab sie knapp zurück.

»Ja. Was immer das bedeutet.«

Marina hatte keine Lust, ihm die Herkunft des Namens zu erklären. Sie kannte ihn gut genug, um zu wissen, dass es ihn nicht interessierte und er es sich nicht merken würde.

»Und hier wohnst du jetzt zusammen mit fremden Leuten?«

»Mit liebgewonnenen Menschen, die alles andere als fremd für mich sind«, korrigierte sie ihn.

»Und was machst du den ganzen Tag?«

»Ich organisiere den Alltag und unser gemeinsames Leben und kümmere mich um meine Mitbewohner, wann immer sie das möchten oder brauchen«, fasste Marina zusammen.

»Dafür hättest du auch zu Hause bleiben können.« Mick lachte, verschluckte sich und hustete.

»Sei bitte leise, die anderen schlafen schon«, ermahnte ihn Marina.

Immer noch hustend gab Mick ihr per Handzeichen zu verstehen, dass er ein weiteres Bier haben wollte. Sie holte eine weitere Flasche und wünschte sich bestimmt zum zehnten Mal, sie hätte das Klopfen an der Tür nicht gehört.

»Was hast du eigentlich für den Kasten bezahlt?«, fragte er, als er sich beruhigt hatte.

»Zehntausend Euro«, antwortete sie. »Der Rest vom Erbe meiner Mutter ist für die Sanierung und Renovierung draufgegangen.«

»Wieso war das Haus so billig?«, wollte er jetzt wissen.

Also erzählte Marina ihm die Geschichte. Dass Enno, einer der jetzigen Bewohner, das Flensenhaus vor vielen Jahren gekauft und kurz danach seiner Schwester Astrid geschenkt hatte. Dass Astrid es ihr verkaufte, weil ihr die Idee mit der Senioren-WG gefiel. Und dass Astrid das Geld, das sie von Marina für das Haus bekommen hatte, für die Renovierung spendierte, und zwar in Form von neuen Fenstern.

Warum Astrid sich verpflichtet gefühlt hatte, die Kosten zu übernehmen, behielt sie für sich. Die neuesten Erkenntnisse über die familiären Zusammenhänge wollte sie nicht mehr mit Mick teilen. Sie erzählte auch nicht, dass die Instandsetzung des Hauses eine finanzielle und emotionale Achterbahnfahrt gewesen war. Und natürlich erwähnte sie mit keinem Wort den Brand, den Marvin gelegt hatte, denn das hatte sie ihrem Sohn versprochen.

Eine knappe Stunde später saßen Marina und Mick immer noch in der Küche. Die Osterkörbe waren fertig und warteten darauf, verschenkt zu werden. Vor Mick standen drei leere Bierflaschen, die ihm augenscheinlich die nötige Bettschwere verschafft hatten, denn er gähnte pausenlos.

»Eine Frage habe ich noch«, flüsterte er, als er aufstand und Marina die Treppe hinauf folgte. »Wenn Astrid dein Geld sowieso in die Renovierung gesteckt hat, warum hat sie dir das Haus nicht gleich geschenkt?«

»Weil sie verhindern wollte, dass ich ihr auf die Schliche komme«, antwortete Marina. Als sie Micks fragenden Blick sah, fügte sie erklärend hinzu: »Als ich das Objekt gekauft habe, wusste ich nicht, wem es gehörte. Der Verkäufer, also Astrid, ist nicht in Erscheinung getreten und hat die Transaktion über einen Notar abwickeln lassen.«

Jeder andere Mensch wäre jetzt gespannt gewesen auf die ganze Geschichte. Nicht so Mick. Er machte es sich in Marinas Bett breit und schlief sofort ein. Sie selbst lag wach, weil Mick sich neben ihr trotz der vielen gemeinsamen Jahre seltsam fremd anfühlte.

Am nächsten Morgen erschienen Greta, Astrid und Johanna zugleich und pünktlich auf die Minute zum Osterfrühstück. Alle drei waren angemessen irritiert von Micks Anwesenheit. Bei der ersten sich bietenden Gelegenheit fragte Greta: »Was will er hier?« Marina zog nur die Schultern hoch. Johanna schwieg, während Astrid Mick mit dem für sie typischen abschätzenden und unheimlich wirkenden Blick musterte, aber nichts sagte.

Jetzt saßen sie zusammen um den liebevoll gedeckten Tisch. Die Osterkörbchen mit dem auf jeden Einzelnen abgestimmten Inhalt wurden von allen mit echter Freude angenommen, aber die Stimmung und die Unterhaltungen während des Frühstücks waren verhalten.

Mick schien das nicht aufzufallen. Mit großem Appetit verschlang er drei dick mit Käse und Schinken belegte Brötchen und zwei hart gekochte Eier.

Gottlieb beobachtete den fremden Besucher unauffällig und mit neutralem Gesichtsausdruck. Enno bemühte sich erst gar nicht um Neutralität, sondern starrte Mick düster unter seinen buschigen Augenbrauen hinweg an. Johanna, die keinen Hunger zu haben schien, wirkte unruhig und nervös. Irgendwann fasste sie sich ein Herz und stellte die Frage, die ihr die ganze Zeit auf der Seele gelegen hatte.

»Möchten Sie Marina nach Hause holen? Wollen Sie, dass sie uns verlässt und mit Ihnen geht?«

Alle am Tisch schwiegen und richteten ihre Blicke auf Mick. Die geballte Aufmerksamkeit war ihm unangenehm, er senkte die Augen und sammelte ein paar Krümel von seinem Hosenbein. »Tja, was soll ich sagen? Ich habe zu lange die Zeichen nicht erkannt, habe zu viele Gelegenheiten verpasst, meiner Frau zu zeigen, was sie mir bedeutet. Und jetzt ist es zu spät. Ich habe sie verloren und das inzwischen auch kapiert.«

Gegen ihren Willen merkte Marina, wie ihr die Tränen kamen. Die Reaktionen der anderen fielen unterschiedlich aus.

Johanna tupfte sich ebenfalls eine Träne aus dem Augenwinkel, Gottlieb wagte ein vorsichtiges Lächeln, Enno stieß einen erleichterten Seufzer aus, Greta strahlte über das ganze Gesicht und Astrid nickte zufrieden.

»Ich kann nicht behaupten, dass ich von Marinas jetziger Lebensweise sonderlich überzeugt bin«, ergänzte Mick seinen Monolog, »aber sie ist eine erwachsene Frau und sollte wissen, was sie tut. Und jetzt verabschiede ich mich. Alles Gute für Sie alle. Marina, bringst du mich zur Tür?«

Natürlich konnte sie ihm diese Bitte nicht abschlagen. Außerdem war sie immer noch berührt von seinen Worten. Ja, er hatte in den vergangenen Jahren zu viel überhört, übersehen und nicht kapiert. Aber dass ihre Ehe zu Ende war und er daran nicht unschuldig war, das hatte er nun doch verstanden.

Sie öffnete die Haustür, umarmte Mick zum Abschied und versprach, sich bei ihm zu melden. Dann sah sie ihm nach, wie er sich immer weiter vom Flensenhaus entfernte, während hinter ihr die Geräusche aus der Küche lauter wurden, weil alle fröhlich durcheinanderredeten und lachten.

52

Enno war glücklich. Und das fühlte sich für ihn so ungewohnt an, dass er sich kaum traute, es zuzulassen. Alles hatte sich zum Guten gewendet. Wer hätte das für möglich gehalten? Vor vier Monaten hatte er in Gretas Küche gesessen und vor ihr, Astrid und Marina schonungslos seine Lebensbeichte abgelegt. In genau derselben Küche, in der vor fast fünfzig Jahren sein Herz in tausend Stücke zersprungen war, hatten sie gemeinsam angefangen, die Scherben behutsam zusammenzusetzen.

Er war den drei Frauen aus unterschiedlichen Gründen zu Dank verpflichtet. Astrid hatte die Versöhnung mit Greta überhaupt erst möglich gemacht, weil sie nicht lockergelassen und ihn zu dieser schmerzhaften, aber notwendigen Aussprache gedrängt hatte. Bei Marina im Flensenhaus hatte er ein neues Zuhause gefunden, mit Menschen, die er gerne um sich hatte, mit denen er sich unterhielt oder die anfallenden Arbeiten im Haus erledigte.

Manchmal hatte er zwar immer noch das Bedürfnis, ganz für sich zu sein und sich von allen zurückzuziehen, aber dann hinderte ihn auch niemand daran. Er war zu lange allein gewesen, um sich jetzt zu jeder Zeit in Gesellschaft anderer wohlzufühlen. Wenn er jedoch tatsächlich Gesellschaft wollte, war jemand da, der ihn nicht hinterfragte, sondern ihn nahm, wie er war.

Der größte Dank galt seiner Tochter Greta. Wie gerne er die Worte dachte oder sagte: Seine Tochter. Sein Kind. In den zurückliegenden Wochen hatten sie jede Gelegenheit genutzt, um sich zu treffen und sich kennenzulernen. Sie hatten Gemeinsamkeiten festgestellt und entdeckt, wie ähnlich sie sich in vielen Dingen waren. Zusammen hatten sie sich die alten Fotos angesehen und über alles gesprochen, was wichtig war. Sie hatten geweint und gelacht, und irgendwann den Karton mit den Fotos wieder hinten in Gretas Schrank verschwinden lassen, weil ab jetzt nur die Gegenwart zählte.

Ende Mai hatte er Marina und Greta, die in diesem Monat beide fünfzig Jahre alt geworden waren, einen Fering-Flug geschenkt. Er hatte sie auf diesem Rundflug über die Insel begleitet, und er hatte auch Astrid gefragt, ob sie nicht mitkommen wolle, aber sie hatte abgelehnt.

»Ich bin achtundachtzig Jahre lang nicht geflogen. Da werde ich jetzt bestimmt nicht mehr damit anfangen«, hatte sie verkündet, und das Thema war beendet gewesen.

Bei strahlendem Sonnenschein waren sie also zu dritt zu dem kleinen Flughafen nach Wyk gefahren, von wo aus die Maschinen der Firma Westküstenflug starteten. Mit einer rundum verglasten Cessna 182 waren sie zuerst über die Insellandschaft geflogen und dann hinaus aufs Meer. Sie hatten Krabbenkutter im Fahrwasser gesehen und Robben auf den Seehundbänken und sich gegenseitig immer wieder auf alles aufmerksam gemacht, was es zu entdecken gab.

Der Ausblick aus der einmotorigen Maschine war atemberaubend. Enno und Greta hatten ihre Insel noch nie aus der Vogelperspektive gesehen, und Marina verliebte sich von Minute zu Minute mehr in ihre neue Heimat. Alle drei hatten das Gefühl, mit diesem Blick von oben endgültig Ordnung in ihr Leben gebracht zu haben, um ab jetzt auf dem Boden der Tatsachen ganz neu anfangen zu können.

Ob Rike glücklich darüber wäre, dass er und Greta zusammengefunden hatten? Ja, gewiss wäre sie das. Manchmal wünschte er sich, genau wie Greta im Glauben Halt zu finden. Dann könnte er darauf vertrauen, dass er Rike im Himmel wiedersah. Aber aus einem lebenslang Ungläubigen wurde auf der Zielgeraden kein frommer Mann mehr.

Seiner Gewohnheit, täglich ins Café Kohstall zu gehen und sich eine Tasse Kaffee und ein Stück Bienenstich zu gönnen, war Enno treu geblieben. Auch heute hatte er sich um kurz vor zwei Uhr auf den Weg gemacht. Die Frühlingssonne schien von einem strahlend blauen Himmel. Die Temperaturen lagen knapp unter zwanzig Grad. Es war so windstill, dass Enno unterwegs angefangen hatte, zu schwitzen. Mit zügigen Schritten ging er seines Weges.

Er betrat das Café und steuerte seinen Stammplatz in der Ecke an. Wie immer nahm er eine der Tageszeitungen aus dem Regal. Die Bedienung trat an den Tisch und stellte den Kaffee und den Kuchen vor ihm ab. Enno stand auf und begrüßte sie freundlich. Er reichte ihr die Hand, verbeugte sich kurz und erkundigte sich, wie es ihr heute ging.

Als die junge Frau diese positiven Veränderungen an ihrem sonst so mürrischen und wortkargen Stammgast zum ersten Mal erlebt hatte, war sie irritiert und verwirrt gewesen. Und sie hatte sich ermahnt, sich nicht zu früh zu freuen, denn eine Schwalbe machte bekanntlich noch keinen Sommer. Umso erfreuter war sie, als sie bei Ennos nächsten Besuchen feststellte, dass seine gute Laune und Freundlichkeit von Dauer waren.

Enno hatte den Kuchen zur Hälfte aufgegessen, als ihn plötzlich eine Hitzewelle überrollte, die nichts mit dem Wetter zu tun hatte. Er zog seine leichte Jacke aus und öffnete den obersten Knopf seines Hemdes. Die Hitzewelle hielt an. Was war bloß los mit ihm? Er war schnell gegangen, und hier im Café war es sehr warm, aber das hatte ihm doch sonst auch nichts ausgemacht.

Die seltsame Hitze kam aus seinem Inneren. Aus seiner Brust, seinem Bauch, seinem Kopf. Jetzt wurde ihm schwindelig. In seinem Blickfeld tanzten bunte Kreise. Scheinbar spielte der Kreislauf verrückt. Kein Wunder bei diesen Temperaturen. Enno schloss die Augen und lehnte den Kopf an die hohe Stuhllehne. Er hoffte, dass sich bald alles normalisieren würde.

Nach ein paar Sekunden öffnete er die Augen wieder. Die Lichtkreise waren verschwunden, dafür war seine Umgebung jetzt in gleißendes Licht getaucht. Er blinzelte, erkannte aber nichts. Nichts, außer einer Hand, die sich ihm entgegenstreckte.

Rike?

Das konnte nicht sein. War das wirklich seine geliebte Rike, die ihn lächelnd zu sich heranwinkte? Er schien kurz eingeschlafen zu sein. Das war ihm noch nie passiert. Der Traum war so schön, dass er es mit dem Aufwachen nicht eilig hatte.

Als die Bedienung des Cafés einen Blick in Richtung des Ecktischs warf, überkam sie ein seltsames Gefühl. Der Stammgast blieb heute viel länger als sonst und hatte zum ersten Mal sein Stück Kuchen nicht aufgegessen. Sie ging zu ihm und sah, dass er eingeschlafen war.

Dass er für immer eingeschlafen war.

53

Marina saß auf den Stufen vor der Haustür des Flensenhauses und hing ihren Gedanken nach. So viel war geschehen in weniger als zwei Jahren. Es kam ihr so vor, als hätte sie gerade gestern zum ersten Mal auf diesen Treppenstufen gesessen. Und trotzdem hatte sich ihr Leben seitdem komplett verändert.

Sie war nicht mehr mit Mick zusammen. Dreißig Jahre hatte es diese Option für sie nicht gegeben, jetzt war sie Realität. Sie hatten die Scheidung eingereicht, weil Mick inzwischen mit Ellen zusammenlebte, aber Marina empfand darüber keine Bitterkeit. Mit Marvin hatte sie sich längst versöhnt. Der Brandanschlag auf das Flensenhaus während der Renovierung war eine Kurzschlusshandlung gewesen, die er selbst nicht mehr nachvollziehen konnte. Der Alltag in der Senioren-WG hatte sich gut eingespielt. Jeder hatte seine Aufgaben, alle waren füreinander da, und es lief, wie Marina es sich gewünscht und vorgestellt hatte. Johanna verbrachte inzwischen mehr Zeit im Flensenhaus als in ihrer Wohnung. Sie hatte ihren Mietvertrag gekündigt und wollte in knapp drei Monaten in das Zimmer ziehen, das Marina ihr bei ihrem Kennenlernen schon angeboten hatte.

Enno wurde schrecklich vermisst. Am meisten natürlich von Greta, die zum ersten Mal mit Gott und der Welt haderte. Zum zweiten Mal hatte sie einen geliebten Menschen verloren, mit dem sie zu wenig gemeinsame Zeit hatte verbringen können.

Gretas anfängliche Wut auf Astrid, weil diese die ganzen Jahre hindurch geschwiegen hatte, war zum Glück schnell verflogen. Astrid hatte ihrem Bruder versprochen, sein Geheimnis zu bewahren, und sie hatte fast ihr Leben lang Wort gehalten. Wer durfte ihr das vorwerfen? Außerdem hatte sie am Ende ja doch noch dafür gesorgt, dass Greta und Marina die ganze Wahrheit erfuhren.

Alle hielten Ennos Andenken bedingungslos in Ehren. Er war ein ehrlicher, liebenswerter und bescheidener Mann gewesen mit einem reinen Herzen. Daran änderte auch dieser dunkle Fleck in der Vergangenheit nicht das Geringste. Enno hatte für die Menschen, die er liebte, alles, wirklich alles, getan. Und dabei hatte er Fehler gemacht. Aber machte die nicht jeder?

Denn wer von euch ohne Sünde ist ...

Der Abend neigte sich über das Flensenhaus, es war jedoch immer noch warm und etwas schwül. Heute hatte sie Greta und Jan Thomsen, die inzwischen ein Paar waren, zum Abendessen eingeladen. Astrid wollte auch kommen, also waren sie sechs Personen. Da wurde es Zeit, dass sie hineinging und bei den Vorbereitungen half. Johanna werkelte seit Stunden in der Küche, und Gottlieb ging ihr zur Hand.

Marina freute sich auf den Abend. Sie wusste natürlich, dass sie in Zukunft nicht von Sorgen und Problemen verschont bleiben würde, aber sie hatte hier drei Dinge gefunden, durch die sie sich stark und beinahe unverwundbar fühlte: Glaube, Zuversicht und ihre Zuhausemenschen.

Der herzliche Dank der Autorin

gilt Rainer für viel Liebe und Unterstützung, Anni fürs Daumendrücken, Meike für eine tolle Freundschaft sowie wertvolle Tipps und Frau Dr. Kleszcz-Wagner für ein ebenso akribisches wie lehrreiches Lektorat.

Doris Oetting, Kalte Liebe in Cuxhaven
Kriminalroman
Paperback, 258 Seiten, ISBN 978-3-95475-203-4

Sie will ihre Angst im Zaum halten, keine Verzweiflung auf-
keimen lassen. Als die ersten Droh-SMS eintreffen, als sie mehr
werden. Als sie merkt, jemand ist in ihrer Abwesenheit in
ihrer Wohnung gewesen – in dem Nest, das sie sich nach einer
gescheiterten Ehe in Cuxhaven geschaffen hat. Plötzlich erscheinen ihr die Menschen, die sie liebt, in einem anderen
Licht. Es bleibt ihr eine alte Tante auf Neuwerk. Wird sie bei
ihr Hilfe finden?

Von derselben Autorin

Doris Oetting, Die Föhr-Affäre
Inselkrimi
Paperback, 279 Seiten, ISBN 978-3-95475-239-3

Es war eine berauschende gemeinsame Nacht! Doch am Morgen liegt Julia Lessings Liebhaber tot neben ihr. Sie hat keine Ahnung, was geschehen ist. Und noch viel weniger weiß sie, wie sie mit der Situation umgehen soll. Denn ihre Affäre mit dem auf Föhr lebenden Künstler war ein Geheimnis – und muss es unbedingt bleiben! Im Schock ist die erfolgreiche Geschäftsfrau aus Hamburg zu keinem klaren Gedanken fähig. Panisch trifft sie eine falsche Entscheidung, die schwerwiegende Folgen für sie hat. Die Ereignisse überstürzen sich und drohen ihre Zukunft zu zerstören.

Spannende Unterhaltung nicht nur für Föhr-Fans.